L'insolence de sa beauté

J'AI LU

GUY DES CARS

L'OFFICIER SANS NOM	*J'ai lu* 331/3*
L'IMPURE	*J'ai lu* 173/4*
LA DEMOISELLE D'OPÉRA	*J'ai lu* 246/3*
LA DAME DU CIRQUE	*J'ai lu* 295/2*
LE CHÂTEAU DE LA JUIVE	*J'ai lu* 97/4*
LA BRUTE	*J'ai lu* 47/3*
LA CORRUPTRICE	*J'ai lu* 229/3*
LES FILLES DE JOIE	*J'ai lu* 265/3*
LA TRICHEUSE	*J'ai lu* 125/3*
AMOUR DE MA VIE	*J'ai lu* 516/3*
L'AMOUR S'EN VA-T-EN GUERRE	*J'ai lu* 765/2*
CETTE ÉTRANGE TENDRESSE	*J'ai lu* 303/3*
LA MAUDITE	*J'ai lu* 361/3*
LA CATHÉDRALE DE HAINE	*J'ai lu* 322/3*
LES REINES DE CŒUR	*J'ai lu* 1783/3*
LE BOULEVARD DES ILLUSIONS	*J'ai lu* 1710/3*
LES SEPT FEMMES	*J'ai lu* 347/4*
LE GRAND MONDE-1	*J'ai lu* 447/4*
LE GRAND MONDE-2	*J'ai lu* 448/4*
SANG D'AFRIQUE	*J'ai lu* 2291/5*
DE CAPE ET DE PLUME-1	*J'ai lu* 926/3*
DE CAPE ET DE PLUME-2	*J'ai lu* 927/3*
LE FAUSSAIRE (DE TOUTES LES COULEURS)	*J'ai lu* 548/4*
L'HABITUDE D'AMOUR	*J'ai lu* 376/3*
LA VIE SECRÈTE DE DOROTHÉE GINDT	*J'ai lu* 1236/2*
LA RÉVOLTÉE	*J'ai lu* 492/4*
LA VIPÈRE	*J'ai lu* 615/4*
LE TRAIN DU PÈRE NOËL	
L'ENTREMETTEUSE	*J'ai lu* 639/4*
UNE CERTAINE DAME	*J'ai lu* 696/4*
L'INSOLENCE DE SA BEAUTÉ	*J'ai lu* 736/3*
LE DONNEUR	*J'ai lu* 809/2*
J'OSE	*J'ai lu* 858/2*
LE CHÂTEAU DU CLOWN	*J'ai lu* 1357/4*
LA JUSTICIÈRE	*J'ai lu* 1163/2*
LE MAGE ET LA BOULE DE CRISTAL	*J'ai lu* 841/1*
LE MAGE ET LE PENDULE	*J'ai lu* 990/1*
LE MAGE ET LES LIGNES DE LA MAIN ... ET LA BONNE AVENTURE ... ET LA GRAPHOLOGIE	*J'ai lu* 1094/4*
LA FEMME QUI EN SAVAIT TROP	*J'ai lu* 1293/2*
LA COUPABLE	*J'ai lu* 1880/3*
LA FEMME SANS FRONTIÈRES	*J'ai lu* 1518/3*
LA VENGERESSE	*J'ai lu* 2253/3*
LE FAISEUR DE MORTS	*J'ai lu* 2063/3*
JE T'AIMERAI ÉTERNELLEMENT	
L'ENVOÛTEUSE	*J'ai lu* 2016/5*
LA MÈRE PORTEUSE	
L'HOMME AU DOUBLE VISAGE	
LE CRIME DE MATHILDE	*J'ai lu* 2375/4*
LA FEMME-OBJET	
LA VOLEUSE	*J'ai lu* 2660/4*

Guy des Cars

L'insolence de sa beauté

Éditions J'ai lu

SON AMBITION

C'était l'affluence habituelle. De 10 à 18 heures, la boutique ne désemplissait pas. Et cela pendant toute la semaine à l'exception du dimanche, jour de fermeture. Il est vrai que l'enseigne de ce temple du « prêt-à-porter » de luxe était connue : quelle Parisienne pouvait ignorer le double prénom *Marie-Caroline*? Une maison où rien n'était à très bon marché mais où tout était de qualité. Ce n'était peut-être pas de la grande couture mais ce n'était pas non plus de la confection. En sachant se placer habilement entre ces deux conceptions extrêmes de la mode, *Marie-Caroline* avait réussi, en une dizaine d'années d'efforts suivis, à acquérir ce qui est le plus important dans ce genre de commerce : une griffe.

Et pourtant *Marie-Caroline* en chair et en os n'existait pas! Ce n'était qu'une marque de fabrique. Expression qui aurait même pu paraître exagérée pour les initiés puisque la plupart des modèles exposés et vendus provenaient directement d'Italie où la couture, sous toutes ses formes, a fait des progrès étourdissants.

Le patron et créateur de *Marie-Caroline* était un personnage intelligent qui, après avoir franchi toutes les rivières d'Europe centrale pour venir à Paris, avait traversé la Seine pour émigrer de la rue du Sentier à Saint-Germain-des-Prés. Son véritable pays d'origine était assez indéfini mais cela, après tout, n'offrait qu'une maigre importance aux yeux de la fidèle clientèle du magasin. La seule chose que ces dames ou demoiselles savaient — pour l'avoir entendu prononcer cent fois par jour par les vendeuses ou employées dans la boutique — était que ce patron se nommait « Monsieur Venfel »... Ce qui, dans une réalité ne concernant pas les tiers, était une légère déformation du nom d'origine : Lovenfeld. La première syllabe et le *d* final avaient été escamotés. Le prénom aussi avait été écourté : de Nathan, il s'était réduit à Nat. En fin de compte, le tout, Nat Venfel, donnait un nom très estimable dont la résonance avait un petit cachet international propice aux affaires...

Homme aimable au demeurant, ce Nat Venfel. Commerçant avisé dont l'intervention, dans une discussion avec un fournisseur ou dans un litige avec une acheteuse, ne se produisait qu'à la toute dernière extrémité quand, véritablement, il fallait prendre une décision ferme. Sinon, le patron préférait rester dans l'ombre en s'abritant derrière l'incontestable savoir-faire et la remarquable autorité de celle qui, chez *Marie-Caroline*, portait officiellement le titre de directrice « Madame Bernier ».

Une femme redoutable dont l'âge assez indécis pouvait osciller — selon les heures ou les éclairages — entre la solide quarantaine et une alerte cinquantaine. Tout ce qu'on connaissait de sa vie privée était que, depuis un certain temps déjà, Mme Bernier portait un veuvage dont elle paraissait très bien s'accommoder. Son physique était plutôt agréable : élancée, la chevelure et la peau très brunes, les yeux veloutés de noir, d'une élégance discrète mais vraie, Mme la Directrice pouvait plaire. Elle n'avait jamais dû d'ailleurs déplaire au patron et cela depuis l'ouverture de la maison dont elle avait été l'âme secrète dès le premier jour. On chuchotait même, entre clientes et vendeuses, que M. Venfel et elle... Mais ce n'étaient là que des on-dit ou des ragots de cabine d'essayage. Personne n'avait la moindre preuve : le patron et la directrice n'arrivaient jamais ensemble le matin au magasin et en repartaient toujours séparément, la journée de travail finie, après avoir échangé un bonsoir correct, sans plus. Personne non plus ne les avait jamais rencontrés en duo intime quelque part dans Paris. Officiellement il demeurait le célibataire endurci et elle continuait à savourer le charme de son veuvage.

Mme Bernier n'avait qu'un défaut — mais en était-ce un dans une maison qui employait, réparties entre le magasin de vente et l'atelier de retouches installé dans le sous-sol, une bonne quinzaine de vendeuses et d'ouvrières? — celui d'être sévère avec le personnel, qui la craignait. Sans doute préférait-elle réserver toute son amabilité pour la clientèle : ce qui était de bonne tactique.

Parmi les vendeuses au charme variable et dont l'âge s'échelonnait entre la vingtaine et la trentaine, une seule avait su trouver grâce devant elle, presque depuis le jour de son arrivée dans la maison cinq années plus tôt : Sylvie. Pourquoi Sylvie et pas une autre? Peut-être uniquement parce que Sylvie était laide... Laideur qui ne pouvait que choquer au premier contact tellement elle était accablante. Sylvie cependant n'était pas âgée : entrée à vingt et un ans chez *Marie-Caroline*, elle abordait aujourd'hui le cap des vingt-six après avoir su coiffer crânement la Saint-Catherine en portant le surprenant bonnet que n'avaient pas manqué de lui confectionner les cousettes de l'atelier.

La laideur éclatait d'abord sur son visage où le nez déparait tout. Ce n'était pas un nez bourbonien dont il avait cependant la proéminence osseuse, ce n'était pas un nez juif accusant les stigmates d'une race, ce n'étaient pas non plus les narines épatées d'une indigène appartenant à une peuplade primitive. C'était un peu tout cela : un nez trop busqué, trop gros, trop large... Et au-dessus de ce nez, enfoncés dans leurs orbites, brillaient des yeux assez quelconques, de teinte marron, et dont les paupières trop lourdes semblaient avoir du mal à se relever pour permettre aux prunelles de fixer droit devant elles un interlocuteur. Ce qui tendait à faire croire que le regard était fuyant : le pire des handicaps pour un regard de femme.

Il y avait aussi le drame des oreilles que Sylvie s'obstinait à montrer parce qu'elle portait toujours un chignon perché sur le haut du crâne. A celles de ses collègues qui lui avaient maintes fois demandé les raisons de ce choix définitif d'une coiffure aussi sévère, elle avait toujours répondu :

— Ça me permet de dégager ma nuque.

Celle-ci, en effet, ne manquait pas d'une certaine grâce. Et l'on comprenait que Sylvie cherchât à montrer l'une des rares parties d'elle-même qui fût accessible à l'admiration d'autrui et cela d'autant plus que ses cheveux de fausse blonde n'étaient pas beaux. Emprisonnés dans un chignon, on remarquait moins leur banalité.

Malheureusement, cela découvrait les oreilles très

longues en forme d'huîtres de Marennes, aux lobes trop épais, décollées surtout : ce qui tuait l'arrondi du visage.

Et le bilan de laideur était loin d'être terminé! Si l'on réussissait à oublier le visage, il était impossible de ne pas remarquer la poitrine. Malgré le pull qui les moulait et qui les comprimait, les seins apparaissaient trop volumineux et trop flasques pour une fille de vingt-six ans : ils donnaient l'impression d'avoir servi pour allaiter de nombreux enfants et d'être épuisés par cet effort. Bref, ils assassinaient la silhouette. Quant aux cuisses, elles étaient trop fortes, envahies par la cellulite, mais cela aurait pu, à la rigueur, s'améliorer grâce à des massages appropriés.

Les mains et les pieds, en revanche, étaient menus. Et, miracle des miracles dans un pareil complexe, les attaches des poignets et des chevilles n'avaient rien de vulgaire. Le dessin de la bouche était plaisant : les lèvres, peut-être un peu épaisses, témoignant d'une sensualité latente, étaient attirantes. La denture était assez saine mais manquait d'éclat.

Par bonheur, la voix était chaude et douce, ponctuée d'intelligence. C'était presque un régal de l'entendre répondre à une cliente :

— Mais certainement, madame, nous avons ce que vous recherchez...

Une voix, faite pour l'accueil et le commerce, qui savait aussi se montrer tendre pour répondre à celle d'un homme entreprenant. Malheureusement, à cause de son physique disgracieux, ces occasions étaient rares.

Et pourtant! Sylvie la laide avait quand même réussi à s'attirer rapidement non seulement la sympathie de toute la maison, mais aussi — c'était beaucoup plus important pour le bon rendement des affaires — la confiance absolue de la clientèle. Trois semaines à peine après son arrivée, on entendit dans la ruche bourdonnante la voix de la directrice dire à une cliente réputée pour son exigence odieuse :

— Je vais vous confier à Mlle Sylvie... Elle seule saura vous donner satisfaction.

Trois mois plus tard, fusaient dans le magasin des « Voyez Sylvie... Demandez à Sylvie... Sylvie chérie — c'était l'une des autres vendeuses qui s'adressait à elle — j'ai obtenu un congé demain après-midi pour aller chez mon docteur. Seulement je suis très ennuyée : Mme X..., qui est l'une de mes meilleures clientes, viendra à 16 heures pour un essayage. Il n'y a que toi à pouvoir me remplacer. Je compte sur toi? » La voix douce de Sylvie répondait : « C'est promis. »

Après cinq années de présence souriante et de gentillesse constante chez *Marie-Caroline*, Sylvie était devenue indispensable. Le patron lui-même, M. Venfel — qui, par nature, se montrait plutôt avare de compliments — avait été jusqu'à prophétiser :

— Ma petite Sylvie, vous avez le plus grand avenir dans ce métier. Ce serait le rêve pour moi si je n'avais que des vendeuses telles que vous! Je doublerais mon chiffre d'affaires... Vous verrez qu'un jour viendra où, à votre tour, vous aurez votre propre maison de prêt-à-porter!

— Je le souhaite de tout mon cœur! répondit Sylvie, rougissante et modeste.

— Et vous pourrez très bien l'appeler *Chez Sylvie*... Ce serait une excellente enseigne qui résumerait toute votre personnalité.

Les fournisseurs aussi adoraient Sylvie. Quand ils venaient, il était rare qu'ils ne lui apportassent pas un petit cadeau : foulard, flacon de parfum, collier fantaisie... La vendeuse la plus laide était de loin la plus gâtée, mais malheureusement son physique ingrat l'empêchait de savourer pleinement ces attentions. Un physique qui la hantait, et cette hantise, avec le temps, tournait à la folie.

Au fond, elle n'était heureuse que dans le magasin, absorbée par son travail, oubliant sa laideur dans le tohu-bohu de la boutique. Mais lorsqu'elle se retrouvait seule après la fermeture, se dirigeant vers le métro qui la ramènerait à proximité de son domicile, elle se sentait presqua aussitôt envahie par une immense tristesse et une lassitude anormale chez quelqu'un de son âge. Elle reprenait alors conscience de son isolement dû, elle ne le savait que trop, à l'injustice dont la nature avait fait preuve à son égard.

Elle avait bien encore ses parents, mais ils vivaient retirés en province : une province qu'elle exécrait et d'où elle s'était évadée dès qu'elle l'avait pu, attirée par le mirage de la capitale. Elle aimait Paris où, malgré tout, elle se sentait un peu moins seule. Mais elle ne s'y était pas fait beaucoup d'amis, toujours pour la même raison. Redoutant la compagnie des filles qui, toutes, sans excepter celles qui étaient très quelconques, faisaient figure de beautés à côté d'elle, et sentant bien qu'il lui était presque impossible de faire la conquête de garçons, elle finissait par se recroqueviller sur elle-même en se terrant chez elle.

Chez elle? Ce n'était pas laid chez elle : un charmant deux pièces cuisine qu'elle avait su aménager avec beaucoup de goût. Elle avait un goût très sûr, Sylvie... Plus peut-être pour l'ameublement et la décoration que pour s'habiller. A quoi cela lui aurait-il servi de se montrer élégante, sinon pour donner plus d'évidence à sa laideur? C'était pourquoi, en dépit de la profession qu'elle exerçait et de l'environnement perpétuel de jolies robes ou de vêtements féminins qu'elle ne cessait de manipuler et de voir tourbillonner autour d'elle chez *Marie-Caroline*, elle n'avait pas le courage d'être une jeune femme bien habillée. Elle en était même arrivée à penser qu'il fallait laisser tout ce qui était agréable ou joli à porter aux autres, à celles dont l'allure et le visage permettaient de mettre les choses en valeur... Aussi avait-elle réservé toute sa soif de beauté à l'aménagement minutieux du cadre intime dans lequel elle ne cherchait qu'à se retrouver avec elle-même.

Depuis peu, cependant, elle y recevait une visite, la seule qu'elle autorisait à pénétrer chez elle. Et ce n'était pas une femme... Un amoureux? Elle savait qu'André était amoureux d'elle et cela depuis le premier jour où il l'avait aperçue chez *Marie-Caroline*. L'ennui était qu'il ne lui plaisait pas : aussi surprenant que cela pût paraître, elle le trouvait laid... Or, il lui fallait un homme beau, très beau! Souffrant atrocement de la vision de son propre reflet chaque fois qu'elle se regardait dans un miroir, elle pensait sincèrement que seul un être magnifique pourrait rétablir l'équilibre physique dans sa vie, si jamais il se présentait...

Elle reprochait aussi à Dédé — c'était par ce diminutif que tout le monde appelait André chez *Marie-Caroline* — d'être peu soigné de sa personne. Et elle n'avait pas tout à fait tort. Dédé, à son avis, portait ses cheveux beaucoup trop longs dans le cou : ce qui l'auréolait de bouclettes qu'elle détestait. Il n'était jamais non plus très bien rasé. Ses éternels pulls à col roulé n'étaient pas nets. Son appareil vestimentaire allait du manteau hippie à long poil de chèvre jusqu'à d'invraisemblables défroques qu'il semblait avoir mis son point d'honneur à dénicher chez le plus sordide des fripiers. Les ongles étaient tellement négligés que l'on pouvait se demander comment il osait manger sans avoir eu l'idée de se laver les mains. La crasse voulue et le débraillé calculé semblaient être ses principaux titres de gloire. Chaque fois qu'il venait lui rendre visite dans son appartement où tout était tellement propre, le premier soin de Sylvie était d'inonder son visiteur d'un parfum à la lavande qu'elle chérissait.

Donc, Dédé n'était pas beau, mais, malgré tout ce qu'il semblait avoir voulu accumuler sur sa personne pour rebuter les autres, il y avait en lui une qualité essentielle qui balayait toute la crasse : l'intelligence du cœur. Intelligence qui l'habillait d'un charme discret, mais très sûr, auquel personne, pas même Sylvie, ne pouvait résister. Voilà pourquoi il était pratiquement son unique ami.

Leur première rencontre avait eu lieu dans le magasin par l'un de ces après-midi chargés d'électricité où la maison *Marie-Caroline* présentait à l'élite de sa clientèle les nouveaux modèles qu'elle lançait sur le marché. Ce cérémonial, soigneusement orchestré par M. Venfel et sa directrice, se répétait deux fois par an : dans les premiers jours de septembre pour les collections d'automne et d'hiver, au début de mars pour rappeler que le printemps et l'été ne demandaient qu'à se montrer. Au cours de cette présentation, Dédé, seul photographe récemment agréé par la maison, avait le droit de prendre toutes les photos qu'il voulait à condition qu'il fût assez habile pour les répandre ensuite dans les magazines de mode et journaux spécialisés, sans omettre de mentionner que c'étaient là des « créations exclusives » de *Marie-Caroline*. Et comme il existait dans Paris une douzaine de maisons de même ordre qui lui réservaient leur confiance, Dédé, le photographe spécialisé dans le prêt-à-porter, ne vivait pas trop mal...

Ce qui lui avait tout de suite plu dans Sylvie? Lui-même, sans doute, aurait été incapable de le dire... Sa laideur peut-être? N'étant pas très beau non plus, il était possible qu'un instinct secret lui eût fait comprendre qu'ils étaient nés pour se comprendre et même pour associer ce qui, aux yeux des autres, donnait l'impression d'être une infortune, mais qui, dans la réalité de la vie, pouvait devenir leur triomphe. L'union, même celle de deux êtres disgraciés par la nature, ne fait-elle pas la force?

Dans le cœur et dans les pensées de Dédé, le choc avait été immédiat. Et cela d'autant plus qu'en cet après-midi de présentation le physique de Sylvie offrait un contraste saisissant avec celui des mannequins volants engagés spécialement par *Marie-Caroline* pour porter les nouveaux modèles. Des créatures qui, si elles n'étaient pas toutes des splendeurs, avaient quand même l'écrasante supériorité d'avoir un nez, des oreilles et des seins d'un gabarit agréable.

Ces jours de défilé, la souffrance de Sylvie — dont le rôle était, avec les autres vendeuses, d'aider les mannequins à se vêtir et à se dévêtir dans l'atelier du sous-sol transformé en cabine — était atroce. Son rêve le plus secret n'était-il pas de devenir mannequin? D'être l'une de ces belles filles qui se présentent avec désinvolture, qui avancent, qui tournent, qui virevoltent au milieu d'une double haie de clientes admiratives qu'elles toisent parfois avec arrogance en ayant l'air de dire : « Vous pouvez nous contempler, bonnes bourgeoises, mais vous ne saurez jamais porter ces robes ou ces tailleurs avec le même art que nous! Le chic, c'est notre empire et, quelle que soit votre fortune, nous ne l'acquerrez jamais! »

Voilà à quoi pensait Sylvie le laideron pendant toute la durée des présentations de collection. C'était pourquoi aussi elle n'avait pas prêté grande attention à Dédé la première fois où elle l'avait aperçu, opérant à coups de *flash* dans le magasin.

Et puis, peu à peu, très lentement même, les choses avaient changé. Dédé était revenu quelques jours plus tard pour montrer, avant de les faire publier dans les journaux, à M. Venfel et à Mme Bernier les photos qu'il avait prises et développées. Photos qui avaient passé ensuite de main en main parmi les vendeuses. Sylvie avait pu, elle aussi, les admirer et, comme elles étaient toutes très réussies, elle en conclut que leur auteur ne manquait pas de talent. Et elle commença à regarder avec curiosité, mais sans plus, ce garçon mal habillé et mal rasé dont les petits yeux clairs, embusqués derrière de grosses lunettes en fausse écaille, semblaient lui sourire. Au début, elle ne comprit pas. Elle pensa que ce n'était là qu'un sourire professionnel, perpétuellement répété et s'adressant à toute personne de la maison. Mais, quand il revint le lendemain sous un prétexte quelconque et qu'elle se rendit compte qu'il lui souriait encore, et à elle seule, elle commença à s'étonner. Ce n'était pas si fréquent dans sa vie qu'un sourire d'homme lui fût ainsi réservé. Vraiment c'était dommage que ce garçon fût aussi peu soigné et aussi laid! Mais enfin, comme ce sourire lui avait fait du bien, elle sut y répondre par un autre sourire. Ainsi s'établit le premier contact sans qu'aucune parole eût été nécessaire.

Aussi, lorsque, quelque temps après, Sylvie, qui venait de quitter le magasin pour rejoindre la bouche de métro, se retrouva face à face avec lui dans la rue, elle ne fut qu'à demi surprise de l'entendre dire :

— Je vous attendais...

— Moi?... Mais, pourquoi?

— J'ai une furieuse envie de bavarder un peu avec vous...

— Pardonnez-moi, mais je suis pressée.

— Aussi pressée que cela? Peut-être vous attend-on?

Elle eut une courte hésitation avant de répondre :

— Je dois rentrer chez moi...

Comme il n'y avait pas une grande conviction dans sa voix, il s'enhardit :

— Vous ne voulez pas prendre un verre dans ce petit café qui semble avoir été placé là exprès pour nous accueillir?

— Pas ici! C'est beaucoup trop près du magasin! Si l'on nous voyait!

— Il n'y aurait aucun mal à cela.

— Après tout, vous avez raison.

Et elle entra avec lui dans le café.

Une heure plus tard, ils y étaient encore. Ils avaient parlé de tout et de rien, et commencé à se connaître... Ce qu'ils apprirent de plus important l'un de l'autre fut que tous deux vivaient seuls : elle dans son deux pièces cuisine du XVe arrondissement, lui dans une garçonnière perchée au sixième étage d'un vieil immeuble de la rue Lepic. Au moment de leur séparation, il demanda, presque timide :

— On peut dîner ensemble un soir?

— Si cela vous fait vraiment plaisir...

— Alors quand? Demain?

— Je préférerais après-demain...

Après-demain ce serait samedi et, le lendemain, elle n'aurait pas à se rendre de bonne heure chez *Marie-Caroline*.

— C'est convenu. Voulez-vous que nous nous retrouvions ici, à ce café, vers 18 h 30?

— J'y serai. Bonsoir, André.

— Oh! appelez-moi Dédé comme tout le monde.

— Je préfère André.

— A samedi, Sylvie...

Lorsqu'ils furent, elle dans le métro et lui dans l'autobus, ils eurent tout le loisir de reprendre conscience de leur solitude. Mais elle leur parut un peu moins grande, l'un et l'autre ayant oublié sa propre laideur.

Sylvie trouvait cela d'autant plus stupide que ce garçon ne lui plaisait pas du tout, mais, pendant les 48 heures qui la séparèrent du rendez-vous fixé, elle ne fit que penser au moment où ils se reverraient dans le petit café.

Il y était à l'heure dite, l'attendant. Elle eut l'impression, en le revoyant, qu'il était un peu moins mal rasé. Elle-même, pour la première fois, s'était fardé les lèvres. Elle savait pourtant que la seule coquetterie qui lui fût permise était d'être naturelle, sans le moindre maquillage, lequel ne pourrait qu'accentuer tout ce qu'elle haïssait de son visage.

Il l'emmena dîner dans un « bistrot » de la rive gauche où la qualité de la cuisine était moyenne — de cela Sylvie se moquait éperdument — mais dont la clientèle, des plus pittoresques, était composée en majeure partie de photographes de mode accompagnés de mannequins qui, pour la plupart, étaient leurs amies éphémères. Les confrères de Dédé étaient à peu près tous vêtus comme lui, c'est-à-dire à la diable, et guère mieux rasés. Certains même portaient chevelure et barbe à faire rêver un pope grec. Ce qui importait c'était l'ambiance bruyante, bon enfant et gaie. Dédé connaissant tout le monde, les présentations furent superflues. Puisqu'il accompagnait Sylvie, n'était-il pas pour elle une référence suffisante? Elle fut tout de suite admise par le cénacle qui, en dépit de ses apparences de grande liberté, se révélait au fond assez fermé. Ce n'était pas tout le monde qui fréquentait ce bistrot! Les intrus avaient vite fait de déguerpir, comprenant qu'ils ne seraient jamais intronisés.

Pendant cette soirée, Sylvie — dont c'était la première sortie du genre — fit une étonnante découverte : l'élément féminin occupant les tables comprenait, en plus des mannequins, quelques « filles » qui étaient très loin d'être belles et dont certaines lui donnèrent même l'impression d'être, à peu de détails près, aussi laides qu'elle-même. Et cela n'avait pas empêché ces « mal loties de la nature » de trouver des garçons à qui elles semblaient réellement plaire. Elles paraissaient radieuses et souriantes. Ce qui, pour Sylvie la complexée, constitua un sérieux réconfort.

Mais, comme sa modestie, ajoutée à des années de désillusion, l'empêchait de se croire comparable à une autre, même dans un concours de laideur, elle se prit à détailler ces jeunes femmes physiquement très proches d'elle pour essayer de découvrir ce qui les rendait plaisantes aux yeux de ceux qui les accompagnaient et qui les regardaient avec amour. Et elle comprit que ce qui sauvait tout chez ces femmes, c'était la façon assez insensée dont elles se coiffaient, se maquillaient et s'habillaient. Qu'elles fussent en minijupes, en maximanteaux, en collants agressifs ou en bottes aux couleurs criardes, elles ne pouvaient pas passer inaperçues. Le toupet les sauvait. Toutes semblaient dire : « Nous sommes laides? Et après! C'est pour cela que l'on nous remarque davantage et que nous avons du succès! Et c'est pourquoi nous mettons tout en œuvre pour atteindre ce résultat. »

Sylvie prit aussitôt la décision — n'était-elle pas merveilleusement placée chez *Marie-Caroline* pour trouver tout ce qu'il lui fallait comme extravagances vestimentaires? — de s'habiller, de se coiffer et de se maquiller outrageusement, elle aussi... Et peut-être fut-ce la leçon la plus profitable qu'elle tira de ce premier dîner avec Dédé. Sans le lui avouer, elle lui fut secrètement reconnaissante d'avoir eu le courage de l'amener avec lui en un pareil lieu. Ce fut à dater de cette soirée que les grands mannequins sophistiqués, qui avaient fait son admiration au cours des défilés, cessèrent d'être pour elle des modèles que l'on envie.

Après le dîner, Dédé l'entraîna dans une discothèque où la laideur et la beauté ne se distinguaient plus, tant il y faisait sombre. Et comme Sylvie ne dansait pas plus mal qu'une autre, ce fut une soirée plutôt réussie. Au petit jour, il la ramena en taxi jusque chez elle.

— Merci, dit-elle en descendant de voiture. Grâce à vous je ne me suis pas ennuyée une seconde.

— Alors nous recommencerons?

— Quand vous voudrez!

— Que diriez-vous de mardi prochain?

— J'aime le mardi...

— Où nous retrouverons-nous? A notre petit café comme ce soir, vers 18 heures?

— Je préférerais que ce fût un peu plus tard... En sortant de mon travail, j'aimerais rentrer chez moi pour me changer... Si cela ne vous dérangeait pas trop, maintenant que vous connaissez mon adresse, pourriez-vous venir me chercher vers 20 h 30?

— Volontiers. Devrai-je attendre ici, devant la porte, ou bien monter?

— Vous monterez, répondit-elle sans hésitation. Je vous offrirai un whisky. J'ai vu que vous ne le détestiez pas.

— Mais vous ne m'avez pas paru beaucoup l'apprécier.

— Qui sait? Peut-être finirai-je, moi aussi, par m'y habituer.

— Ce qui laisse supposer que vous ne devez pas en avoir chez vous?

— C'est vrai, mais, pour vous recevoir mardi, il y en aura... Sonnez au troisième, première porte à gauche en sortant de l'ascenseur. Vous vous souviendrez?

— J'ai bonne mémoire... Je ne peux surtout pas oublier la charmante camarade que vous avez su être pour moi ce soir. Savez-vous qu'au restaurant tous mes copains de métier vous ont trouvée épatante?

— Ils ont donc pris le temps de vous le dire?

— Non, mais je l'ai senti... Je les connais... Eux et moi nous n'avons pas besoin de parler pour nous comprendre. L'habitude du métier : un flash suffit!

— Vos yeux seraient-ils des objectifs?

— Souvent plus rapides que les vrais! Bonsoir, Sylvie.

— Bonne nuit, André.

Quand il lui serra la main, elle comprit qu'elle

avait enfin trouvé un ami, un vrai. Lorsqu'elle se retrouva seule, elle se demanda si Dédé n'était pas lui aussi, comme ses camarades qui sortaient avec des filles laides, un peu amoureux. Et elle pensa que, lorsqu'ils se reverraient, ce serait plus gentil de lui dire « tu »...

Elle passa sa journée du dimanche à réfléchir sur la façon dont elle devrait s'habiller, se coiffer et se maquiller à l'avenir pour se faire remarquer et surtout se faire désirer comme « toutes les autres ». Et elle, qui pourtant ne pouvait plus se voir, resta des heures devant la grande glace de sa salle de bains. Le lendemain, profitant des réductions dont elle pouvait bénéficier en qualité d'employée, elle commença ses achats chez *Marie-Caroline*.

— Qu'est-ce qui t'arrive? lui demanda l'une des vendeuses.

— Il m'arrive que je n'ai rien à me mettre! C'est toujours ce qui se produit quand on passe sa vie à habiller les autres... Il est grand temps que je m'occupe de moi!

La réponse fit naître sur les lèvres de son interlocutrice un sourire ironique qui signifiait : « Crois-tu sincèrement que, portées par toi, même les tenues les plus excentriques parviendraient à faire oublier ta laideur? »

Le mardi, à 18 heures, elle sauta dans un taxi pour se retrouver plus vite chez elle et procéder enfin à cette transformation vestimentaire qui était devenue sa hantise et à laquelle elle n'avait pas cessé de penser depuis le dîner offert par Dédé.

Quand celui-ci sonna à l'heure prévue à la porte de son appartement, il fut tellement stupéfait par la nouvelle apparence de celle qui venait de lui ouvrir qu'il manqua laisser choir le bouquet qu'il tenait dans sa main droite.

— Eh bien, André, ce serait à croire que « tu » ne me reconnais pas? Je n'ai pourtant pas tellement changé depuis trois jours...

— Oh, si!

— En mieux ou en moins bien?

N'osant pas répondre, il préféra éluder :

— J'ai pensé que ces quelques roses te feraient plaisir...

— Et tu as eu raison. Elles sont ravissantes, exactement comme je les aime : des roses thé... Comment as-tu pu deviner ma couleur préférée?

— Une idée comme ça...

— Mais entre! Ne reste pas ainsi planté sur le palier.

Il était encore tellement abasourdi par la transformation que ce fut à peine s'il remarqua, sur le moment, le bon goût de l'ameublement et de la décoration. N'importe qui, à sa place, aurait été médusé! Ce n'était pas tellement la minijupe qui arrivait au ras des fesses, ni même la blouse volontairement déboutonnée jusqu'à un point dépassant les limites de la décence qui le fascinaient... C'était surtout la coiffure à la garçonne remplaçant l'éternel chignon perché sur le crâne : transformation capillaire obtenue grâce à une perruque blond platiné dont la vulgarité était agressive. Il y avait aussi encadré par la perruque qui réussissait partiellement à cacher le décollement des oreilles, le visage maquillé à outrance... Un triste visage qui s'était voulu gai et où tout était exagéré : les sourcils dessinés à coups de crayon trop appuyés, les paupières qui — trouvant sans doute insuffisante la difficulté naturelle qu'elles avaient à rester ouvertes

— semblaient plier sous le poids du fard et des faux cils. Le nez, toujours impossible, continuait à pointer, émergeant du masque préfabriqué. C'était clownesque. Mais comme Dédé aimait déjà Sylvie, il eut envie de pleurer.

Il dut faire un effort pour s'arracher à la vision de cauchemar et dire :

— C'est charmant chez toi...

— Ça te plaît? Voici le whisky...

Quand ils eurent bu la première gorgée, elle leva son verre en contemplant le liquide dans une sorte d'extase béate avant de confier :

— Grâce à toi et à ta présence, je crois que je vais finir par aimer ce breuvage! A notre troisième rencontre qui commence...

Elle but à nouveau.

N'osant pas trop la regarder, il préféra détourner les yeux vers les rayons d'une bibliothèque qu'elle avait aménagée dans un angle du living-room.

— Tu aimes la lecture? demanda-t-il.

— C'est l'une de mes passions.

— Tu en as donc beaucoup?

— Quelques-unes, je pense...

— Que lis-tu de préférence?

— Des histoires d'amour...

— Qui se terminent bien?

— Pas obligatoirement. Je ne déteste pas celles qui n'ont pas de fin. Ça laisse supposer qu'elles pourraient durer.

Apercevant un tourne-disque, il continua :

— La musique est l'une de tes autres passions?

— J'aime le jazz, le bon... Souvent, quand je reviens de mon travail, je mets un disque et je danse toute seule...

— J'ai remarqué l'autre soir à la discothèque que tu dansais très bien... Mais quand ça t'arrive, comme tu viens de me le dire, de danser seule ici, à quoi penses-tu?

— Je pense que je ne suis pas seule et que j'ai un partenaire... Je l'imagine... Je lui donne une silhouette et un visage...

— Il a toujours la même silhouette et le même visage?

— Jamais! Il change à chaque fois selon l'inspiration que m'apporte le disque qui, lui aussi, varie.

— En somme, tu n'as pas de type d'homme bien défini en tête?

— Pour moi chez un homme il y a deux lois essentielles : il doit être grand et beau...

— Beau?

— Cela te surprend? Pourquoi n'aimerais-je pas les hommes beaux?

— Tu as peut-être raison...

Il y eut un silence, de part et d'autre, lourd de toutes les inquiétudes. Ce fut elle qui le rompit en disant de sa voix douce :

— André, je voudrais te poser une question à laquelle je te demande de me répondre avec cette franchise que je sens innée en toi... Pourquoi m'as-tu attendue l'autre soir à la sortie du magasin et invitée à dîner le lendemain?

— Parce que...

Il s'arrêta net, ne trouvant pas ses mots. Elle insista encore :

— Pourquoi m'avoir demandé de dîner à nouveau avec toi ce soir et m'avoir apporté ces roses? Je te plais donc?

Il hésita avant d'avouer :

— C'est-à-dire que tu m'as plu tout de suite quand je t'ai vue chez *Marie-Caroline* le jour de la présentation des modèles... Ensuite tu m'as plu encore davantage après notre première soirée passée ensemble... Seulement — c'est toi qui viens de me demander d'être franc — aujourd'hui j'avoue être un peu déçu...

— Je ne te plais plus?

— Ce n'est pas exactement cela... Ce sont tes vêtements, ta perruque et ton maquillage qui me gênent... Rien de tout cela ne te convient! Je te préférais de beaucoup naturelle, sans fards, avec une robe toute simple...

— Mais, André, je suis ce soir comme une femme doit l'être aujourd'hui si elle veut plaire!

— Crois-tu? Laisse ces déguisements aux autres et reste toi-même... C'est tellement rare à notre époque une femme qui soit vraie!

— Il est inouï de t'entendre parler ainsi, toi dont l'allure et l'accoutrement sont tout ce qu'il y a de plus hippies!

— Certainement... Mais à moi ça me va! Je me connais... Celui que l'existence condamne à photographier perpétuellement les autres, a commencé par se photographier lui-même dans son cœur et dans son âme... Je serais encore plus laid si je ne m'étais pas donné volontairement cette silhouette de contestataire! C'est ce qu'ont très bien compris tous ceux qui sont aujourd'hui comme moi : ils ne seraient rien du tout s'ils n'étaient pas ainsi. On ne les remarquerait même pas!

— Et tu me reproches d'essayer, moi aussi, de composer un personnage pour que l'on me remarque! Tu n'es pas logique, André... Tu n'as pas non plus l'air de te douter que tu me plairais beaucoup plus si tu étais... disons : plus soigné. Encore un peu de whisky? Je pense que ce ne sera pas superflu pour nous deux au moment où nous commençons à nous dire nos vérités.

Après qu'ils eurent bu à nouveau, elle reprit :

— Que ça te plaise ou non, je resterai ce soir vêtue, maquillée et coiffée comme je le suis pour aller dîner avec toi... A moins que tu ne préfères que nous en restions là?

— Mais pas du tout, Sylvie! Moi je crois sincèrement que je...

Il s'arrêta net de parler, n'osant pas prononcer le dernier mot. Elle sourit :

— Je t'approuve de ne pas « le » dire!... D'abord ce serait beaucoup trop tôt! Nous nous connaissons à peine et je suis encore bien incapable de savoir ce que je ressens pour toi... Puisque nous ne sommes qu'au début d'une amitié, essayons de la prolonger le plus possible! Ce sera sage... D'ailleurs je n'irai dîner avec toi que si nous nous mettons bien d'accord sur un point. Samedi, tu m'as très gentiment invitée, mais ce soir, sortant en camarades, nous partageons les frais. Je n'ai nullement l'intention de me laisser entretenir ni par toi ni par personne! Sais-tu que je gagne très confortablement ma vie, non seulement avec le pourcentage que je touche sur les ventes que je réalise mais aussi avec les petits « cadeaux » personnels que beaucoup de clientes, qui m'aiment bien, me font... Vois cet appartement : je l'ai entièrement installé et meublé. Tout ce qui s'y trouve m'appartient et cela ne m'a pas empêchée, particulièrement depuis ces derniers mois, de commencer à faire des économies... Un jour, je serai très riche, je le sais! Et uniquement par mon travail!

— Qu'est-ce que tu feras quand tu auras vraiment de l'argent?

— Ne t'inquiète pas pour moi! J'ai déjà une idée mais c'est mon secret... Nous partons?

— Où allons-nous dîner?

— Ça, je me laisse guider. Tu connais mieux le Paris de la nuit que moi. Mais je te répète : pour les frais, ce sera moitié moitié. Nous sommes d'accord?

— Nous le sommes.

Il l'emmena dans un autre « bistrot », du même style et ayant sensiblement le même genre de clientèle que le premier, mais celui-ci se trouvait sur la rive droite à proximité du Palais-Royal.

Quand ils arrivèrent dans le restaurant, il y eut un silence, très vite suivi de sourires et même d'éclats de rire. L'apparition de ce couple moitié hippie, moitié caricature ne pouvait déchaîner que l'hilarité. Lorsqu'ils eurent trouvé une table, Sylvie confia à André :

— Tu vois bien que j'avais raison de m'habiller et de me maquiller ainsi : on nous a remarqués... Alors que l'autre soir personne n'a fait attention à nous!

— Je me demande, répondit Dédé, de plus en plus gêné, s'il n'aurait pas mieux valu qu'il en fût ainsi.

— Pourquoi? Regarde l'homme qui est assis à la troisième table en face de nous en commençant par la droite... Eh bien, mon cher, j'ai une touche terrible avec lui! En ce moment il parle de nous, ou de moi seule peut-être avec la femme qui l'accompagne et qui, d'ailleurs, ne manque pas d'allure... Mais je la reconnais! C'est d'abord son tailleur que j'ai repéré : ça vient de chez *Marie-Caroline*... C'est moi qui le lui ai vendu la semaine dernière... Une cliente nouvelle et très gentille... Elle m'a reconnue elle aussi : elle me fait un grand sourire... Elle a quand même l'air un peu étonnée!

— Comme moi, lorsque je t'ai retrouvée tout à l'heure. Il y a de quoi, tu sais! C'est vrai : quand on t'a connue simple et naturelle et qu'on te retrouve ainsi, ça surprend!

— Ne continue pas à te montrer désagréable, André. Sinon je m'en vais en te plantant là!... Qu'est-ce qu'il y a de bon à manger ici? Oh! j'aperçois du carré de porc aux lentilles : un plat que j'adore et que ma mère réussit merveilleusement...

— Tu as toujours ta maman?

— Et même mon père. Mais pourquoi revenir sur ce sujet? Ne t'ai-je pas déjà expliqué, quand nous avons fait connaissance dans le petit café, que tu pouvais me considérer comme étant seule... Mes parents vivent retirés très loin de Paris, dans un coin perdu de province d'où ils ne sortent jamais et où je ne vais qu'une fois par an pour 24 heures. Un village triste et sinistre où j'ai été très malheureuse...

— Pourquoi?

— C'est là où pour la première fois de ma vie, alors que j'étais à la communale, j'ai pris conscience de ma laideur... J'avais sept ans. Ni mes parents ni les voisins ne m'avaient jamais fait de remarque, mais un après-midi où je jouais dans la cour de l'école pendant la récréation, une petite camarade — dont le visage était pourtant couvert de taches de rousseur et que moi je trouvais affreuse — m'a dit : « Toi, tu es la plus moche de la classe et du village : c'est ce que tout le monde dit! Quand tu seras grande, tu seras une sorcière, c'est sûr! » Je me suis enfuie de l'école et j'ai couru jusqu'à la maison où j'ai répété, en pleurant, à ma mère ce que la petite rouquine venait de me dire... Tu ne te douteras jamais de ce que maman m'a alors répondu! « Cette petite est méchante. Tu n'es pas plus laide qu'elle, ma chérie. » Si tu crois qu'une telle constatation pouvait me consoler! Même si ce n'était pas vrai, ma mère aurait dû me répondre que j'étais beaucoup plus belle que l'autre... Comme elle ne l'a pas fait, j'ai commencé à l'aimer moins... Et ce soir-là, avant d'aller me coucher dans le réduit mansardé qui me servait de chambre, je me suis regardée dans la glace fixée sur la porte de la vieille armoire de la salle commune où l'on rangeait le linge. Et j'ai compris à quel point j'étais laide! Depuis, j'hésite toujours à me regarder dans un miroir... Ce soir, je l'avoue, et même hier et avant-hier, enfin depuis notre première sortie, je crois avoir fait un gros effort pour essayer, sinon de masquer ma laideur, tout au moins de la mettre en valeur... C'est pourquoi je suis heureuse, même si cette cliente paraît surprise comme toi de ma transformation, que l'homme qui l'accompagne me regarde... Car il est une chose dont je suis sûre, André : il existe dans un regard d'homme des sentiments qui ne trompent pas une femme, à plus forte raison quand elle est laide... Je sais que j'intéresse cet homme et cela m'enchante! C'est la preuve irréfutable que la façon dont je suis vêtue, ma perruque et mon maquillage ne sont pas inutiles... Si j'étais restée « toute simple », comme tu le dis, il ne m'aurait même pas regardée! Désormais je serai toujours comme ce soir.

— Même pour ton travail au magasin?

— Surtout pour lui! Si tu savais le nombre de clientes qui s'y font accompagner par leurs époux ou par des amants pour se faire offrir des robes! Eh bien, aucun, jamais ne m'a prêté attention... A l'avenir, ce sera différent : ils feront comme cet homme... Et je plairai enfin à tout le monde! C'est ça que je veux : plaire!

Consterné, il l'avait laissé parler. Le plus stupéfiant n'était pas tout ce qu'elle venait de débiter dans une sorte d'exaltation presque maladive, mais l'étrange rayonnement de son visage : la conviction d'être enfin remarquée, en bien ou en mal, l'avait transfigurée...

— Maintenant, André, tu vas être gentil de me raccompagner chez moi.

— Tu n'aimerais pas aller dans une autre discothèque que je connais?

— Pas ce soir. J'ai trop de sentiments qui valsent en moi pour avoir envie d'aller m'exhiber sur une piste de danse. Et demain matin je travaille.

Quand elle sortit du bistrot, elle jeta un rapide coup d'œil vers l'homme qui dînait avec la cliente de *Marie-Caroline*. Et elle le trouva très bien, cet homme, avec ses tempes légèrement grisonnantes et les traits réguliers de son visage qui reflétaient une réelle virilité. Il avait de l'allure. Evidemment c'était un tout autre personnage que Dédé qui, par comparaison, donnait maintenant l'impression de n'être qu'un fantoche mal attifé. Mais ce qu'il y eut de plus important pour elle, ce fut de sentir que le regard de celui qui dans ses pensées, était déjà « un monsieur » l'avait accompagnée jusqu'à la porte.

Arrivée devant l'entrée de son immeuble, elle sut quand même faire preuve à l'égard de Dédé — qui venait d'être l'instrument indirect de ce qui était pour elle la plus éblouissante des rencontres — d'un peu de gentillesse :

— Monte chez moi prendre un dernier whisky.

Mais promets-moi de ne pas rester trop longtemps.

Lorsqu'ils furent dans l'appartement, elle reprit :

— Je sens que tu m'en veux pour tout ce que je t'ai dit tout à l'heure.

— Moi? Je n'ai aucun droit à t'en vouloir... Je crois, au contraire, que tu as su te montrer franche, toi aussi... N'est-ce pas la base d'une amitié durable?

— C'est cela : restons des amis...

Après une nouvelle hésitation, il dit :

— Avant de te quitter, Sylvie, il y a encore une chose que je voudrais te demander... Et je pense que tu ne peux pas me la refuser.

— Mon Dieu, quel cérémonial, André! Parle...

— Voilà : j'aimerais beaucoup faire, un jour prochain, ici même si tu le désires — et dans ce cas j'apporterai un soir tout mon matériel — quelques photographies de toi.

Saisie, elle répéta, se mentant à elle-même :

— De moi? Mais enfin tu n'y penses pas! Je ne suis pas un mannequin et je ne postule nullement l'honneur de me voir sur des magazines! Je ferais une piètre *cover-girl!*

— Comprends-moi : il ne s'agit pas de cela... Ces photographies ne seront nullement destinées à être publiées. Je te les offrirai et, si tu le permets, j'en conserverai une ou deux pour moi...

— Pour embellir sans doute ta collection personnelle?

— Ça ne la déparerait pas, crois-moi! Je t'ai trop observée maintenant pour ne pas savoir que, si l'on sait te « chiper » sous un bon angle, tu pourrais être terriblement photogénique!

— Tu es fou!

— Je suis lucide au contraire. Ce physique, que tu

parais tant redouter, offre pour la photographie l'immense avantage d'avoir des traits accusés... L'ossature est intéressante : seuls les visages qui en possèdent une semblable ne vieillissent pas. Et ton nez lui-même, que tu détestes, te donne une surprenante personnalité! C'est capital la personnalité chez l'individu... C'est ce qui manque à la plupart de ces mannequins que je passe ma journée à photographier : elles ont beau changer de chapeau, de robes ou de fourrures, elles restent toujours anonymes... C'est même la seule raison pour laquelle elles réussissent comme mannequins : tels des caméléons, elles s'adaptent à n'importe quelle mode que leur imposent les couturiers. A toi, ça ne t'arrivera jamais! C'est toi qui t'imposeras aux autres sur tes photos. Ceux qui les contempleront diront : « Celle-là au moins ne ressemble à personne. Elle est elle-même. » Dans mon art — si l'on veut bien admettre que c'en est un — c'est là, à mon avis, le plus beau des compliments... Tu acceptes?

— Je ne sais pas encore... Tu me prends tellement au dépourvu! Car tu es bien le premier à me faire une offre aussi incroyable : me photographier! De toute façon, je n'accepterai que si tu me promets de ne montrer ces photos à personne d'autre qu'à moi.

— C'est juré!

— Ce qui m'amuse, c'est que tu aies attendu jusqu'à maintenant pour m'en parler.

— Je n'ai pas osé plus tôt.

— Serais-tu aussi timide que cela, André?

Comme il se taisait, elle continua :

— A moins que cette transformation, que je viens de m'imposer et que tu semblais ne pas tellement apprécier au début de la soirée, n'ait fini par te séduire, toi aussi?

— A vrai dire, je préférerais te « prendre » telle que je t'ai connue, c'est-à-dire sans perruque et sans ce maquillage trop poussé qui rendra mal en photo.

— Crois-tu?

— S'il est une chose dont je suis absolument certain, c'est bien de celle-là! Tu ne veux même pas faire confiance à mon métier?

— Pourtant les mannequins, tu les photographies très maquillés?

— Pas toujours! Et ne m'as-tu pas dit toi-même que tu n'avais rien d'un mannequin? Alors!

— Alors? Laisse-moi encore réfléchir et sauve-toi vite! Bonsoir, André, et merci pour tout : pour la soirée et pour ton offre qui pourrait presque m'apporter l'illusion que je suis belle!

— Pour moi tu es la plus belle...

— Tais-toi! Ne dis pas de bêtises! A bientôt...

Dès qu'elle eut refermé la porte, elle se dit qu'ils ne s'étaient pas fixé de rendez-vous pour un autre soir. Mais elle n'en eut aucun regret. Certes, il était très sympathique ce garçon, seulement, depuis ce soir, elle pensait à ce « monsieur » aux tempes grisonnantes qui l'avait regardée. Et elle avait maintenant la certitude que, dans ce regard nouveau, il y avait du désir...

Son arrivée, le lendemain matin, à la boutique fit sensation. Seule, la robe ne faisait preuve d'aucune excentricité. Sylvie savait très bien que le patron et la directrice exigeaient que leurs vendeuses, quel que fût leur appétit de plaire, eussent toutes une tenue vestimentaire discrète pour ne pas porter tort aux clientes qui, elles, pouvaient tout se permettre — depuis « la mini » ultra-courte jusqu'au « maxi » le plus démesuré — puisqu'elles payaient.

Mais Sylvie, la vendeuse modèle, n'avait pas craint de venir travailler perruquée et maquillée comme elle l'était la veille au soir. En agissant ainsi, elle s'était laissé guider par un secret espoir : si réellement « le monsieur » rencontré au restaurant s'intéressait à elle, il viendrait la voir chez *Marie-Caroline*. La dame qu'il accompagnait et qui avait souri ne pouvait pas ne pas lui avoir expliqué que cette jeune femme, outrageusement attifée, était l'une des vendeuses du temple du prêt-à-porter. Il n'y avait donc plus qu'à attendre... Et il était indispensable que, le jour où l'homme pénétrerait dans le magasin, il retrouvât exactement en Sylvie celle qui l'avait fasciné la première fois. Sinon il serait déçu. Quand un homme s'est fait une première idée de l'apparence physique d'une femme, il est rare — à moins qu'il ne soit vraiment artiste et, dans ce cas, il saura très vite modifier ce qui ne va pas dans la présentation de cette femme — qu'il ne s'y conforme pas. Il veut que la femme soit à lui telle qu'elle lui a plu le jour de la toute première rencontre.

Les critiques vinrent, chez *Marie-Caroline*, des autres vendeuses qui, toutes sans exception, ne manquèrent pas d'accueillir Sylvie — sinon métamorphosée, du moins « modifiée » — par des :

— Qu'est-ce qui te prend? Pas possible, serais-tu folle, ou amoureuse? Ce n'est pourtant pas la Mi-Carême! Ça ne te va pas, toute cette peinture sur la figure! Et la perruque platinée... grotesque! Tu ne vas pas rester comme ça?

— Je resterai comme il me plaît d'être!

— Mais tes clientes habituelles, qu'est-ce qu'elles vont dire quand elles te verront ainsi?

— Est-ce que je leur donne mon avis sur tout ce

qu'elles achètent et qui ne leur va pas? Avec moi elles ont toujours raison, même si une robe portée par elles devient un désastre!... Et c'est pour cela qu'elles m'aiment! Elles n'auront qu'à être de mon avis à leur tour...

La première cliente qu'elle servit ce matin-là était nouvelle et, comme elle n'avait jamais vu cette vendeuse auparavant, elle ne fit aucune remarque. Avec la seconde — qui, elle, était une familière de la maison et n'était plus toute jeune — ce fut une autre affaire.

— Vous savez, ma petite Sylvie, à quel point je vous apprécie et vous serez la première à reconnaître que je n'ai continué à être cliente de cette maison qu'à la condition formelle que vous seule seriez ma vendeuse.

— Croyez bien, madame, que je vous en suis très reconnaissante.

— C'est pourquoi, profitant de ce que nous sommes là toutes les deux en train de faire un essayage et que personne ne nous écoute, je me permets de vous dire que vous commettez la plus grande erreur en portant une telle perruque et en vous maquillant de la sorte... Avec moi ça n'a pas une grande importance parce que j'ai beaucoup d'estime pour vous, mais je crains qu'un changement aussi extravagant ne choque certaines de vos clientes... Vous savez, nous autres les femmes, qui passons une bonne partie de notre vie à aller de boutique en boutique, nous n'aimons pas tellement que les vendeuses se donnent des allures trop délurées... Nous préférons les jeunes femmes qui savent être à leur place, c'est-à-dire rester modestes. Dans le genre, pour moi et pour beaucoup de mes amies qui viennent ici, vous représentiez la vendeuse idéale... Je vous en supplie : supprimez tout cela et redevenez la charmante Sylvie!

— Mais, madame, ce n'est pas parce que je me maquille ou parce que je porte une perruque que je ne ferai pas aussi bien mon travail! Je ne pense pas non plus avoir changé de caractère!

— On croit cela, ou on le dit... Mais souvent, quand le physique change, c'est qu'il y a une raison secrète... J'ose espérer pour vous que ce n'est pas un garçon dont vous êtes amoureuse — et c'est là votre droit absolu — qui vous a conseillé ces... modifications?

— Je ne suis amoureuse de personne! C'est moi seule qui ne pouvais plus me voir telle que j'étais...

— C'est bien vrai? Alors je n'insiste pas, mais je regrette quand même la Sylvie que je connaissais depuis plus de trois années...

Ces reproches, ces remarques plus ou moins acerbes, ces critiques de femmes, Sylvie les entendit pendant toute la journée. Mais, forte de l'impression qu'elle savait avoir produite sur un homme, elle sut conserver son calme. Elle en conclut, en quittant le magasin le soir, que toutes sans exception : les autres vendeuses, les arpètes de l'atelier de retouche, les clientes et même la directrice Mme Bernier, étaient maintenant jalouses d'elle. Cette dernière n'avait-elle pas été jusqu'à lui dire en guise de bonsoir :

— Sylvie, il ne faudrait pas trop persévérer dans ce genre... Ce n'est pas du tout celui de la maison.

La seule personne qui n'avait rien dit était le patron : Nat Venfel. Et pourtant il n'avait pas été sans remarquer le changement! Il s'était contenté de regarder curieusement sa meilleure vendeuse. Et celle-ci se demanda, pendant qu'elle rejoignait la bouche du métro, si « le patron » était touché lui aussi, par la même grâce subite que celle qu'elle avait lue dans les yeux du monsieur du restaurant?

Pendant toute la soirée, elle pensa et repensa à ces regards des deux hommes en pleine force de l'âge. Cela lui donna le double courage non seulement d'oublier toutes les paroles désagréables entendues dans la journée mais aussi de continuer à se maquiller de la même façon et à porter la perruque platinée...

Le lendemain matin, elle reprit, identique, son travail chez *Marie-Caroline*. Se souvenant peut-être du vieux dicton français qui affirme : « *Il n'est de bois si vert qui ne s'allume* », elle eut la satisfaction de constater que plus personne dans la maison ne lui faisait de remarques. Ce qui signifiait qu'autour d'elle on commençait à s'habituer à sa nouvelle apparence physique. Et, contrairement aux prédictions de la vieille cliente et à l'avertissement de la directrice, son chiffre d'affaires ne diminua pas d'un centime. N'était-ce pas la preuve éclatante que pour le travail son nouveau genre convenait tout aussi bien que l'ancien? La seule chose qui importe chez une vendeuse, c'est de savoir s'y prendre avec la clientèle. Et, dans ce domaine-là, Sylvie continuait à se montrer imbattable.

Le surlendemain après-midi, à l'heure où l'affluence était la plus grande, le cœur de Sylvie se mit à battre... Etait-ce même son cœur? Elle n'en savait rien mais le fait était là : la cliente, rencontrée le soir du deuxième dîner avec Dédé, venait de pénétrer dans la boutique et elle n'était pas seule : le monsieur aux tempes grisonnantes l'accompagnait...

Sylvie, qui venait juste d'en terminer avec une autre cliente, se précipita au-devant de la nouvelle venue qui lui dit aimablement :

— Vous voyez, mademoiselle, que ça peut vous servir de sortir parfois le soir... C'est en vous revoyant l'autre jour dans ce petit restaurant que m'est venue l'idée de retourner chez *Marie-Caroline* où j'ai déjà trouvé de jolies choses... Et mon mari, à qui j'ai parlé avec enthousiasme de cette maison où vous travaillez, a voulu m'accompagner... Je vous certifie que c'est là un véritable miracle! Parce que lui, pour l'arracher un après-midi à son bureau et surtout pour l'entraîner dans une maison de couture, ce n'est pas une petite affaire! Qu'est-ce que vous avez de nouveau à me montrer?

— Beaucoup de choses ravissantes, madame, et qui vous iront à ravir!

Elle était bien décidée à faire essayer à la cliente tout ce qu'il y avait de nouveau dans la collection, pressentant qu'il se passerait quelque chose puisque l'homme était là. Et celui-ci, dont elle savait maintenant qu'il était l'époux, n'était venu que pour elle, Sylvie! Voyant aussi qu'il continuait à la détailler, elle se félicitait d'avoir su rester, malgré la désapprobation générale, telle qu'elle était le soir où, pour la première fois, leurs regards s'étaient croisés.

Au cours de l'essayage, la cliente appela son mari par son prénom pour lui demander son avis sur l'un des modèles présentés, ce qui permit à Sylvie de savoir qu'il se prénommait Jean, prénom court qu'elle aimait assez. Et comme elle connaissait le nom de famille de la dame, grâce à la fiche établie dans la boutique depuis sa première visite, elle put réunir prénom et nom pour identifier le mari : Jean Charvin... Mentalement elle se répéta » « Jean Charvin... Jean Charvin... » Ça sonnait agréablement et ça convenait au personnage.

Il sut d'ailleurs se montrer généreux, n'hésitant pas à offrir à son épouse les trois « merveilles » qui avaient excité sa convoitise : une robe imprimée, un tailleur bleu marine et une jupe mi-longue beige qui avait beaucoup de chic à condition d'être portée avec des bottes hautes. Pendant toute la durée de l'essayage, il ne cessa pas de sourire : sourire qui errait insensiblement de son épouse à la vendeuse en passant par la contemplation attendrie des modèles créés par *Marie-Caroline*... Ce fut avec ravissement aussi que Sylvie entendit la cliente dire à son mari en sa présence :

— Tu vois, Jean, que j'ai bien fait de te dire l'autre soir, quand nous avons rencontré mademoiselle au restaurant, que je retournerais volontiers dans cette boutique parce que cette jeune fille était de loin la plus aimable et la plus intelligente des vendeuses que j'aie connues depuis longtemps!

— Tu avais raison, chérie. Mademoiselle est charmante...

Une fois de plus Sylvie rougit. Mais cette fois ce n'était pas par modestie; c'était de fierté.

La cliente reprit :

— Vous vous appelez Sylvie, n'est-ce pas?

— Oui, madame.

— Je vais vous paraître sans doute indiscrète, mais ce jeune homme qui dînait avec vous l'autre soir, c'était peut-être votre fiancé?

— Oh non, madame! répondit Sylvie avec une telle vivacité et sur un tel ton que l'on comprenait tout de suite que la seule idée d'avoir un fiancé pareil, aussi mal rasé et aussi peu soigné, ne l'avait même pas effleurée.

— Eh bien! franchement, avoua Mme Charvin en

souriant, je préfère cela... Il est certainement très gentil ce garçon, seulement je trouve qu'il ne vous convenait pas. J'en ai d'ailleurs fait la remarque à Jean. N'est-ce pas, chéri?

— C'est exact... Seulement, Hélène, j'ai l'impression que nous nous mêlons de choses qui ne nous regardent pas. Mademoiselle est libre de sortir avec qui bon lui semble...

Puis s'adressant à Sylvie avec un sourire de plus en plus éloquent :

— J'ai une épouse merveilleuse qui n'a, à mon avis, qu'un seul petit défaut : celui de toujours vouloir se mêler de faire le bonheur des autres, et particulièrement de ceux qu'elle ne connaît pas!

On revint à l'essayage.

Quand il fut terminé et que le mari eut réglé à la caisse par chèque, la cliente chuchota quelques mots à son époux qui répondit : « Mais certainement! » en fouillant dans son portefeuille. Il en sortit un billet qu'il plia rapidement en quatre et qu'il remit discrètement à Sylvie pendant que sa femme disait avant de sortir du magasin :

— Ma petite Sylvie, c'est pour vous remercier de votre gentillesse... A la prochaine fois.

Le mari se contenta de dire en inclinant légèrement la tête :

— Mademoiselle...

— Monsieur...

Après leur départ, Sylvie resta pendant quelques instants comme paralysée. Elle savait très bien qu'elle tenait dans sa main encore serrée deux billets différents : l'un valait cinquante francs et l'autre n'était qu'un carré de papier blanc, sans doute arraché à un carnet de poche. Elle courut au vestiaire du personnel pour lire les quelques mots griffonnés en hâte sur le second billet : *Téléphonez-moi demain matin, si cela vous est possible, entre 11 et 12 heures à 073. 02. 90. C'est mon bureau. Je répondrai directement. A demain.*

Sur le moment, Sylvie crut suffoquer. Elle s'attendait, certes, qu'il se passât quelque chose, mais tout de même pas ça! « Comment cet homme — elle pensa même « ce mufle » — a-t-il osé me remettre un pareil billet alors qu'il accompagnait sa femme? Et cet « à demain » qui termine le message semble vouloir dire qu'il ne se fait aucun doute et qu'il est déjà sûr que je l'appellerai! Mais il me prend pour qui? »... Et puis, très vite, parce que la pensée d'une femme court quand il s'agit d'un événement rarissime dans sa vie, elle revint à une plus juste compréhension des choses : « Après tout, il n'avait que ce moyen-là pour me faire comprendre qu'il souhaitait me revoir... A aucun moment il n'a eu, dans la boutique, la possibilité de me l'expliquer oralement... C'est moi, finalement, qui déciderai de cette rencontre en l'appelant à son bureau ou en ne le faisant pas... Je me demande aussi si sa femme, qui a tout de la bourgeoise indiscrète, serait très contente si elle savait qu'il m'a donné cinquante francs. Pour elle, telle que je crois l'avoir devinée, dix auraient été largement suffisants. »

— Eh bien, Sylvie? dit Mme Bernier en pénétrant dans le vestiaire, qu'est-ce qui vous arrive? On a besoin de vous dans le magasin : il y a deux clientes qui vous réclament. Vous n'êtes pas souffrante au moins?

— Nullement, madame! Au contraire, je ne me suis jamais sentie mieux... J'arrive!

Elle s'engouffra dans la boutique après avoir enfoui

les deux billets — celui qui était griffonné avait à ses yeux beaucoup plus de valeur — dans l'échancure de son corsage. Ce ne fut que le soir, au moment de partir après son travail, qu'au même vestiaire elle les retira de la cachette improvisée pour les glisser dans son sac. Elle quitta ce soir-là le magasin la tête bourdonnante de mille pensées contradictoires...

Rentrée chez elle, un whisky lui parut indispensable, à elle qui cependant n'en avait jamais bu un verre lorsqu'elle était seule. Ensuite, affalée dans l'un des deux fauteuils du living-room, elle essaya de mettre de l'ordre dans ses idées. Une question, toujours la même, revenait lancinante à son esprit : « Téléphonerai-je ou pas? »

Quand elle s'endormit très tard, elle avait opté pour la seconde solution : elle n'appellerait pas ce Jean Charvin à son bureau comme il semblait presque l'avoir exigé dans son message. Elle n'était pas une aventurière et encore moins une grue en quête de rencontres galantes ou intéressées. Elle était Sylvie la vendeuse, qui gagnait bien sa vie, au point d'avoir déjà réalisé de belles économies, et qui était libre de choisir ou de ne pas choisir un homme. Ne serait-ce pas s'avilir que de répondre à l'appel du premier venu? Ce serait également une erreur : si cet homme — qui était séduisant, il fallait bien le reconnaître — voulait vraiment la revoir, il n'aurait qu'à s'y prendre autrement et à lui envoyer par exemple des fleurs... Un homme qui recherche une femme parvient toujours à trouver son adresse, ou alors il n'est pas sincère! Le seul qui, jusqu'à présent, lui avait offert des roses, était Dédé... Seulement il ne lui plaisait pas, ce pauvre Dédé! Et encore moins maintenant qu'elle pouvait établir une comparaison. N'y avait-il pas un monde entre un petit photographe de mode crasseux et un M. Charvin qui se permettait d'offrir à son épouse plusieurs robes à la fois?

Son épouse? Chose curieuse, ça ne gênait pas tellement Sylvie qu'il fût marié... Après tout, ils sont légion les hommes mariés qui s'ennuient avec leurs épouses et ne peuvent plus les supporter. D'ailleurs, elle devait être parfaitement odieuse, la femme de Jean Charvin! Sous une apparence aimable et une fausse gentillesse, elle ne cherchait qu'à écraser les autres — et particulièrement les vendeuses de magasin — grâce à la fortune de son époux. Voilà pourquoi elle se mêlait de leurs affaires de cœur... Avoir osé lui demander à elle, Sylvie, si l'affreux Dédé était son fiancé! Et s'être permis de lui dire qu'il ne lui convenait pas! Dédé, qui avait été le premier garçon à se montrer attentionné à son égard... Dédé qui devait l'aimer... Cette Mme Charvin méritait une leçon! Et si c'était elle, Sylvie, qui la lui donnait en lui prenant son époux? Ne serait-ce pas fantastique? On doit toujours renvoyer la monnaie...

Quand elle s'endormit, elle avait quand même décidé de ne pas téléphoner. Mais, lorsqu'elle se réveilla le lendemain — la nuit, comme chacun sait, portant conseil — la première chose qu'elle fit fut de relire le billet griffonné et de l'enfouir à nouveau dans son sac avant de partir travailler. Pendant les deux premières heures de la matinée passées chez *Marie-Caroline*, elle resta dans l'expectative : téléphonerait-elle ou non? Et peu à peu la voix intérieure et très secrète qui ne cessait de lui répéter : « C'est enfin la chance de ta vie, toi qu'aucun homme n'a vraiment désirée à l'exception de Dédé... Profites-en! » finit par dominer toutes les considérations de respectabilité. A 11 heures elle demanda à Mme Bernier l'autorisation de s'absenter pendant quelques minutes pour donner un coup de téléphone urgent « à ses parents ». Autorisation qui lui fut accordée, la règle étant chez *Marie-Caroline* qu'aucune employée ne devait utiliser l'appareil de la maison pour des communications personnelles.

Au moment de décrocher le récepteur dans la cabine du petit café où elle avait eu sa première conversation avec Dédé, elle hésita encore. Le seul fait qu'elle l'appelait, comme il le lui avait demandé, n'allait-il pas faire croire à ce Jean Charvin qu'elle était une fille facile?... Et puis tant pis! Elle forma le numéro.

— Je voudrais parler à M. Jean Charvin...

— C'est moi. Bonjour, Sylvie...

— Vous avez reconnu ma voix?

— Vous êtes la seule femme qui pouvait m'appeler à cette heure-ci, directement sur cette ligne privée... C'est très bien de l'avoir fait à l'heure indiquée. Cela prouve déjà que vous êtes une femme précise.

— Pourquoi m'avez-vous demandé de vous appeler?

— Mais parce que je veux vous rencontrer ailleurs que dans un magasin et même dans un restaurant où nous n'étions seuls, ni vous ni moi!

— Il y avait pourtant une sérieuse différence : vous dîniez avec votre épouse alors que moi je n'étais accompagnée que par un ami...

— Qu'est-ce que cela change? Il faut que nous nous rencontrions, c'est tout... Vous-même le sentez très bien puisque vous venez de m'appeler...

Comme elle ne répondait pas, il reprit :

— Le mieux serait que nous prenions un verre ensemble... Je sais que, comme moi, vous travaillez toute la semaine... A propos, d'où m'appelez-vous en ce moment?

— D'un café.

— Je m'en doutais... De chez *Marie-Caroline*, ça ne ferait pas très sérieux... Ne pensez-vous pas qu'un samedi soir serait le mieux? Que diriez-vous de samedi prochain vers 19 heures?

— Pour moi ce serait un peu trop tôt : je quitte mon travail assez tard... Vous ne pourriez pas vers 20 heures?

— Dans ce cas, je vous garderai à dîner.

— Ça ne vous gênera pas?

— Nullement.

— Mais... Mme Charvin?

— Encore! Décidément mon épouse vous inquiète! Eh bien, apprenez que le samedi soir est le jour sacro-saint de son bridge! Elle revient rarement à la maison avant minuit.

— Alors c'est d'accord... Où nous retrouvons-nous?

— Rendez-vous à 20 heures au bar *Alexandre*, avenue George-V... Vous connaissez?

— Non, mais je trouverai.

— A samedi... Et faites-vous très belle!

Il avait raccroché... Saisie par cette dernière recommandation qui avait tenu lieu d'au revoir, et ayant encore le récepteur en main, elle se demandait si, en disant cela, il n'avait pas voulu se moquer d'elle. Pourtant, le ton de voix était à la fois gai et sincère : ce n'était pas celui de quelqu'un qui se moquait... S'il lui avait demandé de se faire *très* belle, peut-être était-ce parce qu'il la trouvait déjà belle?

Après avoir raccroché à son tour, elle ressentit comme une sorte de vertige : belle! Quand elle quitta la cabine, elle savait qu'elle se ferait « très belle » à sa manière : perruque, maquillage plus violent encore, maximanteau ultra-long acheté chez *Marie-Caroline*, qui balaierait presque la chaussée... Elle ne l'avait encore jamais mis. Lorsqu'il s'entrouvrirait, il laisserait voir une chemisette transparente, dont le décolleté battrait tous les records d'indécence, ainsi qu'une minijupe découvrant largement les cuisses. Les mollets seraient enserrés dans des bottes agressives. Le « monsieur » marié qui venait de l'inviter à dîner en tête à tête ne pourrait être, cette fois, que complètement subjugué...

En fin d'après-midi, quand elle ressortit de la boutique, elle se trouva nez à nez avec Dédé qui l'attendait, planté sur le trottoir, devant la porte.

— Tu pourrais quand même faire preuve de plus de discrétion! dit-elle, sans aménité. En te voyant ainsi, mon patron et toutes celles qui travaillent avec moi pourraient s'imaginer des choses qui n'existent pas entre nous!

— Quelles choses?

— Ne joue pas les niais! Tu sais très bien que nous ne sommes et ne serons jamais que des amis!

— Eh bien, justement... C'est l'ami qui t'attendait pour te demander si tu avais pris une décision au sujet de tes photos.

— Aucune! Je n'ai même pas eu le temps d'y penser...

— Veux-tu que nous dînions ensemble samedi?

— Impossible!

Elle eut une imperceptible hésitation avant d'ajouter sur un ton moitié ironique, moitié triomphant :

— Je suis déjà invitée...

— Par qui?
— Ça ne te regarde pas! Tu n'es ni mon mari, ni mon amant, ni mon fiancé... Alors?
— Tu as raison, je ne suis rien de tout cela! Je ne suis que l'ami...
— Alors, si tu veux le rester, ne me pose pas de questions! Je suis libre de faire ce que je veux et de sortir avec qui me plaît...
— Il te plaît donc celui avec qui tu dînes samedi?
— Ça non plus, ça ne te regarde pas! Et puis suffit! C'est tout ce que tu as à me dire?
— C'est tout.
— Alors bonsoir! Je me sauve... Et inutile, désormais, de revenir m'attendre ici devant le magasin... Quand je pourrai te voir, je te ferai signe par un pneumatique. Tu m'as donné ton adresse. Bonne nuit, André.
— Bonne nuit...

Le samedi, quand elle arriva — « belle à souhait » selon ses idées — chez *Alexandre*, l'homme aux tempes grisonnantes était là, l'attendant devant un whisky.
— Je ne suis pas en retard?
— Vous êtes l'exactitude même... C'est moi qui étais en avance, mais je préfère cela. J'ai pour principe de ne jamais faire attendre une femme, surtout dans un bar : ça pourrait la gêner... Comment allez-vous, charmante Sylvie, depuis notre petite conversation téléphonique?
— Mais... vous le voyez...
— En pleine forme... Que prenez-vous?
— Un whisky comme vous.
Dès que celui-ci fut servi, l'homme dit :

— Il faut toujours faire un vœu quand on boit le premier verre de l'amitié.

— Voilà, c'est fait, dit-elle après avoir bu une gorgée.

— Moi aussi...

— Serait-ce indiscret de vous demander quel est votre vœu, monsieur Charvin?

— Oh! Je vous en prie! Ne m'appelez pas M. Charvin, mais Jean...

— J'aime beaucoup ce prénom... Alors Jean, ce vœu?

— C'est que nous devenions, vous et moi, de grands amis... Je l'avoue : vous me plaisez terriblement!

— Autant que cela?

— Oui... Quel a été votre vœu à vous?

— Que notre amitié soit durable... Mais vous n'allez pas me dire que vous n'avez pas rencontré de femmes beaucoup plus jolies que moi?

— Plus jolies certainement, plus séduisantes non!

— Et c'est un homme de votre âge qui dit cela?

— C'est pourquoi vous devez le croire... Quel âge me donnez-vous?

— Je ne sais pas... Je vous trouve très bien... Quarante-huit peut-être?

— Disons cinquante et n'en parlons plus! Je ne vous demande pas le vôtre : vous êtes très jeune...

— Hé, hé! J'ai coiffé Sainte-Catherine...

— C'est encore très jeune. Un quart de siècle de différence entre nous c'est beaucoup!

— Je n'aime pas les hommes trop jeunes : ils ne comprennent rien aux femmes...

— Les jeunes femmes de votre génération disent toutes la même chose.

— Parce que c'est vrai!

— Si on les croyait, ce serait à penser que ceux qui nous suivent ne connaissent rien à l'amour... Maintenant, parlons de choses sérieuses : où aimeriez-vous dîner?

— Où cela vous fera plaisir de m'emmener. Je ne connais pratiquement aucun restaurant de Paris.

— Pourtant ce petit bistrot très parisien où je vous ai aperçue en compagnie d'un ami?

— C'était la première fois que je m'y rendais... Et si j'ajoutais que c'était aussi ma première sortie seule avec un garçon... Vous me croiriez?

— Pourquoi pas? Vous ne sortiez donc pas avant?

— Jamais.

— Pour quelle raison?

— J'avais peur...

— Peur de quoi?

— De ne pas plaire... Aussi je préférais rester chez moi.

— Eh bien, mon petit, vous étiez complètement folle! Enfin je constate avec plaisir, puisque vous avez bien voulu accepter mon invitation, que vous vous apprivoisez... Que diriez-vous ce soir de *Le Doyen?*

— Je ne connais pas...

— Sur les Champs-Elysées!

— Je vous assure : je ne sais pas où c'est...

— J'ai tout lieu de croire que ça vous plaira...

— Mais... ce doit être très élégant?

— Pas plus que vous ce soir.

— Vous pensez que je ne serai pas ridicule?

— Vous serez la plus « dans le vent »... Et pourquoi être toujours inquiète comme cela? Vous avez beaucoup de charme, Sylvie...

— Si vous continuez, Jean, je vais finir par vous croire...

L'ambiance de *Le Doyen* ne rappelait en rien celle des « bistrots » où elle était allée avec Dédé. La variété de la carte s'harmonisait avec la qualité du service. Sans être nullement éblouie parce qu'elle savait conserver un contrôle permanent sur elle-même, Sylvie appréciait tout ce qui était nouveau pour elle dans cette soirée. Ce lui fut d'autant plus facile que Jean Charvin sut la mettre à l'aise. C'était comme s'ils se connaissaient depuis très longtemps... L'homme était certainement intelligent, peut-être un peu « m'as-tu-vu », mais même cette façon d'être ne déplaisait pas tellement à la jeune femme. On sentait qu'il savait ce qu'il voulait. Après lui avoir posé quelques rapides questions sur sa famille et avoir acquis la certitude qu'elle vivait seule à Paris, il demanda :

— Cette solitude ne vous pèse pas?

— Elle m'est parfois très pénible... A vous je peux l'avouer.

— Pourquoi à moi plutôt qu'à un autre?

— Parce que vous avez l'âge qui vous permet de me comprendre.

— Je crois en effet que j'arriverai très bien à vous comprendre...

Ce fut dit sur un ton qui ne laissait aucun doute sur ses intentions.

— Savez-vous, continua-t-il, que j'aime beaucoup votre regard? Il irradie d'intelligence... J'aime les femmes intelligentes : elles seules savent être des maîtresses.

— Vous avez donc tellement besoin d'une maîtresse?

— Chez moi ce n'est nullement un besoin, mais plutôt un désir... Puisque tout à l'heure vous avez bien voulu me confier que la solitude vous pesait, à mon tour maintenant de faire un aveu : j'ai envie de vous!

— Mais votre femme?

— Je continue à l'aimer tout en ne la désirant plus. N'est-ce pas là ce qui arrive le plus souvent après vingt années de mariage?

— Je ne sais pas, mais j'ai quand même l'impression, si je me mariais un jour, que je saurais continuer à me faire désirer par mon époux... Comme il ne m'aurait jamais connue très belle, il serait moins déçu en me voyant vieillir... A la longue, une vraie laide doit pouvoir l'emporter sur n'importe quelle fausse belle, car il existe toujours une certaine tricherie dans la beauté qui, après tout, n'est qu'assez relative. Aucun homme n'a la même conception de la beauté alors que tous sont immédiatement d'accord pour reconnaître la laideur... Et quand ils désirent vraiment une femme laide, ils sont beaucoup plus sincères que devant une femme belle. Il est possible que vous ne me mentiez pas...

Elle le regardait intensément, cherchant à comprendre et voulant surtout savoir s'il se moquait d'elle ou non. Ne trouvant pas la réponse, elle reprit :

— J'ai beaucoup trop bavardé! Si nous parlions un peu de vous? Racontez-moi ce que vous faites et comment vous vivez.

L'instinct féminin lui faisait comprendre que les hommes qui cherchent à faire une conquête commencent le plus souvent par parler d'eux-mêmes pour se mettre en valeur. Et c'est encore plus vrai quand l'homme a atteint la maturité : ayant œuvré, il a la conviction de vivre une certaine réussite... Jean Charvin ne dérogeait pas à cette loi. Ainsi apprit-elle qu'il n'avait pas d'enfants, qu'il avait vécu pas mal d'aventures ignorées de sa femme avec qui il vivait en bonne intelligence, qu'il était P.D.-G. — un de plus! pensa-t-elle — d'une importante affaire industrielle à la tête de laquelle il avait succédé à son beau-père, sa femme étant fille unique. Elle sut aussi qu'il jouait chaque dimanche au golf parce que c'était « l'un des moyens les plus agréables de se faire des relations », qu'il possédait une chasse en Sologne, moins par amour de la chasse que pour « pouvoir rendre des politesses », qu'après avoir conduit des voitures de sport il préférait aujourd'hui celles qui sont plus confortables, qu'il aurait aimé lire mais qu'il « n'en avait pas le temps », qu'il allait rarement au théâtre, étant « trop accaparé par les dîners en ville », et qu'enfin, atout suprême, il avait une excellente santé.

En résumé, la petite vendeuse de *Marie-Caroline* avait le bonheur de se trouver face à face avec l'un de ces innombrables hommes — ni plus mauvais ni meilleur qu'un autre — qui sont parfaitement satisfaits de leur sort à condition de pouvoir de temps en temps le pimenter de petites aventures du genre de celle qu'ils commençaient à vivre. Alors qu'il la ramenait chez elle en Mercedes, Sylvie avait très bien réalisé que ce serait à elle de décider si, oui ou non, elle prolongerait et pousserait même l'aventure.

Lui semblait n'avoir aucun doute. C'était un homme sûr de lui qui n'aurait même pas compris qu'une jeune femme pût hésiter. Ah! Il était loin, très loin d'avoir la modestie d'un Dédé! Il est vrai qu'il avait la chance d'être bel homme et beau parleur.

Avec cette même sûreté dont il avait su faire preuve dans le texte lapidaire du petit message glissé chez *Marie-Caroline*, il demanda lorsque la voiture s'arrêta devant l'immeuble :

— Avez-vous le téléphone?

— Non.

— C'est dommage parce que c'est bien pratique... surtout pour une jeune femme très seule, telle que vous... C'est une compagnie, le téléphone! Ça peut vous apporter, dans un moment de tristesse ou de cafard, l'inappréciable réconfort d'une voix amie... Mais puisque vous ne l'avez pas, c'est vous qui m'appellerez après-demain lundi vers 11 heures, comme la première fois... Et nous conviendrons d'un deuxième rendez-vous... Personnellement je suis enchanté de cette soirée : vous vous y êtes montrée exactement telle que je vous avais imaginée après vous avoir vue, et telle que je souhaitais que vous fussiez... J'ose espérer que de votre côté vous n'êtes pas trop déçue?

— Je suis ravie!

— Tant mieux! Alors à lundi!

— Jean, si cela vous faisait plaisir, peut-être pourrais-je vous téléphoner dès demain matin?

— A mon bureau? Mais il n'y aura personne puisque nous serons dimanche.

— Et... chez vous?

— Chez moi? Impossible! N'oubliez pas que j'ai une épouse... D'ailleurs c'est sacré aussi bien pour elle que pour moi : nous nous consacrons mutuellement le dimanche... Elle m'accompagne toujours au golf de Saint-Germain où nous déjeunons. C'est aussi le jour où notre personnel a congé. Après le repas, pendant que je fais mon parcours, ma femme reste au *Club-House* où elle joue au bridge.

— Mais elle y joue donc tout le temps?

— Elle y joue beaucoup! Ne nous en plaignons

pas : sa passion pour ce jeu ne nous a-t-elle pas permis de faire ce petit dîner?

— Il était merveilleux, votre dîner.

— Il vous a plu? Tant mieux... Nous en ferons d'autres! Je vous ferai découvrir d'excellentes maisons... J'aime les jeunes femmes comme vous qui savent apprécier les bonnes choses... Il faut être gourmande de tout dans la vie! Bonne nuit...

En formulant ce souhait, il lui baisa la main. Sur le moment elle fut surprise : il ne lui était jamais arrivé encore qu'un homme eût à son égard un pareil geste de déférence. Quand ils s'étaient retrouvés chez *Alexandre* avant le dîner, il lui avait seulement serré la main. Dans l'esprit de Sylvie, c'était un très grand progrès : cela n'indiquait-il pas que, maintenant qu'il la connaissait un peu moins mal, ce quinquagénaire la respectait? La progression du désir n'est-elle pas plus facile à contrôler lorsqu'elle est imprégnée de respect?... Ce premier baisemain, la demoiselle de magasin aurait voulu qu'il durât plus longtemps, qu'il fût même éternel! N'était-ce pas aussi un hommage à sa laideur, qui surclassait toutes les beautés, et qu'un homme de goût — un vrai — venait enfin d'apprécier? Un simple baisemain, cela peut même faire disparaître d'un seul coup, chez une femme, tout complexe d'infériorité physique...

Ce fut avec regret qu'elle retira sa main en disant doucement :

— Merci Jean... Pour vous aussi bonne nuit!

Dès qu'elle fut chez elle, elle courut vers la glace de sa salle de bains où elle se regarda longtemps, se dévisageant avec anxiété, scrutant tout ce qu'elle détestait de son visage, de sa gorge, de sa poitrine... Elle essayait de deviner ce qui pouvait plaire à celui qu'elle ne parvenait déjà plus à nommer que par son prénom.

Avait-elle rêvé pendant toute la soirée? N'avait-elle pas été le jouet de son imagination exaltée qui aurait tout inventé : le rendez-vous au bar, le dîner chez *Le Doyen*, la conversation même, les répliques échangées? Pourtant, comment aurait-elle pu inventer, elle, certains mots qu'il lui avait dits? Et des phrases entières continuaient à résonner délicieusement à ses oreilles : « *Je crois, en effet que j'arriverai très bien à vous comprendre* (et celle-ci :) *J'aime les femmes intelligentes : elles seules savent être des maîtresses.* (Cette autre encore :) *Le téléphone? Ça peut vous apporter l'inappréciable réconfort d'une voix amie...* » Tout cela ne voulait-il pas dire que lui aussi avait besoin de la revoir? Qu'elle lui était devenue indispensable, malgré son physique?... Peut-être même grâce à lui? Quand elle s'endormit, elle ne savait plus...

Pendant toute la journée du dimanche, elle continua à s'interroger sur elle et sur lui.

Elle? Etait-ce cela l'amour? Ou bien n'éprouvait-elle qu'une curiosité de jeune fille? Car, malgré ses vingt-cinq ans passés, Sylvie était restée jeune fille. Bien sûr, elle ne s'en vantait à personne! Un pareil état frise le ridicule à une époque où tout va tellement vite, où la femme ne cesse de proclamer ce droit au plaisir qui depuis des siècles lui était contesté, où les sentiments les plus vrais sont bafoués, ridiculisés... Elle n'aurait pas demandé mieux que de devenir femme, et cela depuis des années déjà! Seulement personne n'avait voulu d'elle. Aucun homme n'avait eu envie de la déflorer. Elle ne savait que trop pourquoi : parce qu'elle n'avait pas su plaire... Et voilà que, brusquement, alors qu'elle commençait à désespérer, deux hommes successivement — et presque simultanément — venaient de lui manifester un intérêt tout autre que celui de la pure amitié : Dédé le photographe et Jean l'industriel... Deux hommes tellement différents, tellement opposés en tout : âge, apparence, profession, situation. Car Dédé — dont elle avait volontairement limité le sentiment au plan amical parce qu'il ne lui plaisait pas — la voulait, lui aussi : elle en était sûre! Quant à l'autre...

Lui? Il la désirait avec toute sa virilité d'homme mûr qui ne veut pas débrider. Elle le comprenait très bien. Son état de jeune fille seule la plaçait devant un dilemme : ou elle se donnait à lui et, dans ce cas, le premier qui lui révélerait l'acte d'amour serait un homme marié, ou elle se refuserait alors que l'aventure commençait à l'attirer et elle serait très malheureuse. De toute façon, ne fallait-il pas qu'il y eût un commencement? Etre prise par l'homme, ne serait-ce pas pour elle l'unique moyen de se débarrasser enfin du handicap de laideur qui finissait par la rendre folle? Et ne valait-il pas mieux choisir Jean plutôt qu'un autre? Avec un homme marié qui — en dépit de ses fugues et de ses allures d'homme libre — était bel et bien enchaîné depuis vingt années à la même femme qu'il disait « encore aimer sans la désirer », il y aurait moins de risques pour l'avenir. Et il devait avoir acquis une telle pratique pour tromper son épouse que celle-ci, comme toutes les autres fois, ne se douterait de rien! Alors?

Ne serait-ce pas aussi pour elle la première grande revanche sur son passé de solitude? Même si l'aventure était courte, il lui resterait toujours la merveilleuse ressource de se dire qu'elle avait au moins connu la possession charnelle à laquelle toute femme, quelle qu'elle soit, a droit au moins une fois dans sa vie.

Evidemment, il eût été préférable de vivre cette aventure d'amour avec un homme qui serait son époux. Mais puisqu'elle ne l'avait pas rencontré, ce personnage! Et puis, elle ne se sentait pas mûre pour le mariage qu'elle appréhendait... Elle n'avait que trop souffert en observant, pendant son enfance et son adolescence, la triste existence de ses parents pour lesquels elle n'avait même pas pu être le lien qui resserre l'affection à défaut de l'amour... Il n'y avait plus d'hésitation à avoir : si l'homme aux tempes grisonnantes lui demandait d'être sienne, elle accepterait...

Le lundi, à 11 heures, elle l'appela à son bureau. La voix qui répondit était toujours aussi sûre d'elle :

— Alors, ma petite Sylvie, ce dimanche n'a pas été trop solitaire pour vous?

— Vous savez bien qu'il l'a été... Et le vôtre?

— Le golf... Un excellent parcours! J'étais en pleine forme... Quand nous voyons-nous?

— Dès que vous le voudrez...

— Mercredi après-midi à 15 heures? Ça vous conviendrait?

— Je me débrouillerai...

— Parfait. Nous nous retrouvons chez *Alexandre?*

— Chez *Alexandre*...

— Nous n'y resterons que quelques instants. Après, nous verrons...

— C'est cela.

— Je dois vous quitter parce qu'on m'appelle sur

une autre ligne... A mercredi! Et faites-vous aussi « femme » que samedi dernier.

— J'essaierai...

Quand elle raccrocha, elle savait que cet après-midi-là elle « y passerait » comme tant d'autres, avant elle, qui avaient cédé... Mais ça la laissait presque indifférente. Sa décision était prise, le sort en était jeté. Elle irait, résignée, au rendez-vous, comme le destin semblait l'exiger, pour vivre un moment essentiel de son existence.

Le mercredi, après avoir obtenu un après-midi de congé pour aller « chez son dentiste », elle arrivait à 15 heures au bar. Comme la première fois, il l'y attendait. Et il lui baisa la main : le respect se maintenait. « Pourvu qu'il ne le soit pas trop longtemps, respectueux! » se dit-elle. Mais très vite la suite des événements lui prouva combien cette crainte était mal fondée.

— Un whisky? demanda-t-il.

— Je préférerais une coupe de champagne.

Malgré tout son aplomb, elle éprouvait le besoin de se remonter. Dès qu'elle eut bu, il reprit :

— Nous n'allons pas rester ici tout l'après-midi : c'est sinistre, un bar, à pareille heure! Que faisons-nous?

— Je me fie à vous : je suis sûre que vous ne manquez pas d'idées...

Il eut une toute petite hésitation avant de répondre :

— J'en ai bien une... Seulement je me demande si elle vous conviendra. Peut-être pourrions-nous aller chez moi?

— Chez vous? Mais votre femme?

— Entendons-nous : il n'est pas question bien sûr, et pour le moment tout au moins, que vous veniez dans mon appartement de l'avenue Raymond-Poincaré, mais je possède aussi une garçonnière — assez agréable, vous verrez — située à proximité de l'Etoile... J'y ai même du très bon champagne puisque vous semblez préférer aujourd'hui ce nectar.

— A vrai dire, je n'ai pas encore pris l'habitude de me rendre ainsi dans les garçonnières... Dites-moi : c'est sans doute là que vous faites des heures de bureau supplémentaires?

— Pas toujours! Il m'arrive aussi de les passer chez celles qui veulent bien m'inviter... J'ai horreur de l'hôtel : ça tue les meilleurs sentiments!

— Parce que vous avez la conviction, à chacune de vos aventures, d'être sincère?

— Je le suis puisque chaque fois j'ai vraiment envie de la femme!

— Aucune d'elles ne vous a jamais fait comprendre que vous pouviez être parfaitement cynique?

— Non...

— Eh bien, avec moi ce sera fait! Mais je vous avoue que ça ne me déplaît pas... J'ai eu tout le temps de réfléchir pendant ce dimanche où vous avez fait un magnifique « parcours » au golf...

— Et vous vous êtes dit?

— Celui-là ou un autre... Pourquoi ne pas essayer?

— Savez-vous que c'est vous, ma petite Sylvie, qui l'êtes, cynique!

— Vous me preniez pour une oie blanche? Je le suis physiquement mais pas moralement...

— Donc vous venez dans ma garçonnière?

— Vous ne vous figurez tout de même pas que je vais vous donner ce que j'ai de plus précieux là où d'innombrables autres, avant moi, sont passées... Non! C'est vous qui allez venir chez moi... C'est certainement moins luxueux, mais au moins ce n'est pas une « garçonnière » : je n'y ai reçu personne avant vous.

— C'est bien vrai?

— Pourquoi mentirais-je? Un seul ami est venu m'y rendre visite, mais pas du tout avec les mêmes intentions que vous! C'est celui qui dînait dans le bistrot où nous nous sommes vus la première fois.

— L'horrible hippie?

— Il n'est pas très joli garçon, je le reconnais, mais il a le mérite de savoir respecter une jeune fille, même s'il a envie d'elle... Je ne pense pas que ce soit votre cas? C'est d'ailleurs probablement pourquoi vous me plaisez beaucoup plus que lui! Nous partons?

— Je vous accompagne.

Trois heures plus tard, il ressortait du petit appartement en y laissant une Sylvie devenue femme... Une Sylvie qui n'était pas plus amoureuse de lui qu'il ne l'était d'elle et qui trouvait que ce qu'elle venait de faire était on ne peut plus normal. Ne doit-on pas tout connaître dans la vie?

Une Sylvie aussi qui n'était plus tout à fait la même lorsqu'elle reprit son travail le lendemain matin chez *Marie-Caroline*... Une Sylvie qui regardait différemment ses camarades vendeuses — qui, toutes sans exception, avaient connu depuis longtemps déjà la même aventure — et surtout les clientes... Quelle délectation, si elle revoyait un jour Mme Charvin dans le magasin!... Et son plaisir serait doublé si celle-ci était accompagnée de son époux!

Ce Jean Charvin qui lui avait dit avant de la quitter :

— Nous nous voyons mercredi prochain?

— Pourquoi mercredi?

— C'est pour moi le jour le plus pratique : le seul où je n'ai ni déjeuner d'affaires ni réunion du comité de direction.

— C'est probablement ce jour-là que la garçonnière t'est le plus utile?

— On ne peut rien te cacher! Je t'adore!

Elle n'avait pas répondu à cette dernière déclaration qui lui avait fait un peu mal. Et il avait repris :

— Alors, mercredi 15 heures? Je viendrai directement ici : ce sera plus simple et plus discret.

— Tu as raison : on pourrait « nous » voir chez *Alexandre*... Je t'appellerai lundi à ton bureau à 11 heures pour confirmer le rendez-vous : il n'est d'ailleurs pas certain que je puisse obtenir un nouveau congé ce jour-là... De toute façon, à bientôt!

Pendant qu'elle refermait la porte, elle savait très bien qu'elle venait de mentir : elle ne l'appellerait ni lundi ni aucun autre jour! Pourquoi se revoir? Elle n'en avait pas plus envie que lui pour qui elle n'était maintenant, sans nul doute, qu'une pièce de plus ajoutée à son tableau de chasse... Pièce de choix parce qu'il l'avait eue vierge? Ce n'était même pas certain : ce genre d'homme se moquait de la virginité comme du reste. La seule chose qui devait compter pour lui était de pouvoir assouvir ses appétits immédiats et sa soif de nouvelles conquêtes. Au fond, ce n'était qu'un piètre bonhomme, le P.D.-G... Avec le temps il ne laisserait finalement à celle qui venait d'être sa compagne très éphémère que le souvenir d'un certain après-midi où elle n'avait pas hésité à demander un congé à ses employeurs pour pouvoir perdre son pucelage.

Sur ce plan-là, les choses ne s'étaient pas trop mal passées : l'homme, ayant de l'expérience, ne s'était pas montré trop maladroit. C'était même la seule reconnaissance qu'elle lui en gardait, car pour le reste! Elle n'avait ressenti ni plaisir ni souffrance... C'était donc cela, l'acte d'amour? Eh bien, c'était peu! Comment était-il possible que tant de filles en parlent avec une telle extase? Comment pouvait-on écrire toutes ces choses sublimes, dans les livres ou dans les magazines, sur la pénétration de la femme par l'homme? Comment pouvait-on vivre ou même mourir pour une telle chose? Comment osait-on aussi multiplier ces films plus ou moins pornographiques qui réussissaient quand même à attirer les foules? Vraiment, après ce qu'elle venait de connaître, Sylvie en restait stupéfaite.

A moins qu'elle n'appartînt à cette catégorie de femmes dont elle avait entendu parler et que l'on qualifiait de frigides? Mais alors ce serait atroce : être laide et frigide! Que lui resterait-il? Non, impossible qu'il en fût ainsi... Une pareille injustice ne pouvait être admise par la nature ou par le ciel... Et si finalement c'était l'homme qui n'avait pas su s'y prendre pour lui apporter ce plaisir ignoré par elle et auquel elle avait droit, autant que toutes celles qu'il rendait heureuses? Dans ce cas, il n'existait qu'un remède : coucher immédiatement avec un autre homme pour savoir si vraiment... Avec Dédé, par exemple, qui ne demanderait pas mieux. Seulement, Dédé... il fallait avoir envie de lui! Ce qui n'était pas le cas! D'ailleurs il devait être assez répugnant, tout nu! Mieux valait trouver quelqu'un d'autre... Mais qui? Pourquoi pas, cette fois, l'amant d'une cliente plutôt que son mari?

Un amant, ça doit, ça ne peut que bien faire l'amour, sinon ce n'est pas un amant!

Sylvie en avait déjà repéré trois ou quatre qui étaient venus chez *Marie-Caroline* en compagnie de leur maîtresse et qui étaient plutôt bien de leur personne. Sur le moment, ils ne l'avaient pas attirée parce qu'elle ne pensait alors qu'à son travail, mais, maintenant qu'elle venait de franchir la ligne de démarcation entre la jeune fille et la femme, c'était très différent... Quand ces hommes-là étaient entrés dans la boutique, elle se souvenait d'avoir entendu certaines vendeuses dire entre elles :

« Il n'est pas mal du tout, celui-là! Si je le pouvais, je me le « taperais » bien! »

Pourquoi ne serait-ce pas elle, Sylvie, qui les essayerait l'un après l'autre? Ne serait-ce pas fantastique et, en tout cas, follement excitant? Ne serait-ce pas aussi l'apothéose de sa revanche de femme, jusqu'à présent frustrée de tout? Et si, parmi ces hommes beaux, dont jouissaient les femmes trop favorisées et trop comblées, il s'en trouvait un — un seul! — capable de la révéler à elle-même? Ce jour-là, elle pourrait aimer l'amour...

Son terrain de chasse était tout trouvé : le magasin. Là, dans le va-et-vient incessant de la clientèle et du personnel, elle se sentirait à l'aise pour repérer ce qu'elle appelait déjà « ses » conquêtes, sans que personne pût s'en apercevoir. Qui pourrait se douter que Sylvie la sage s'était brusquement métamorphosée en Sylvie la séductrice?

Telle une tigresse à l'affût, elle commença, tout en servant les clientes, à épier chaque homme qui pénétrait dans la boutique. Et pour chacun elle se disait que celui-là peut-être lui donnerait satisfaction.

Mais — était-ce un présage? — de longues journées passèrent sans que l'homme tant convoité se présentât... Un après-midi cependant, un événement, qui pour elle eut toute son importance, se produisit dans sa vie grise : Mme Charvin venait d'entrer dans le magasin, mais seule. Son époux, cette fois-ci, ne l'accompagnait pas. Ce qui ne fit que confirmer Sylvie dans son idée que celui qu'elle avait pris au début pour « un monsieur » n'était qu'un parfait mufle. Mais elle sut aussi être franche avec elle-même et reconnaître qu'il avait, à sa décharge, une solide excuse. Lorsqu'ils s'étaient quittés après leur premier couchage, elle avait promis de lui téléphoner à son bureau. Elle ne l'avait pas fait. Il était donc possible, et même normal, qu'il eût pensé qu'elle ne tenait guère à le revoir : ce qui était d'ailleurs le cas! A moins que cet homme, habitué aux aventures faciles, n'eût été très déçu par le comportement physique de sa nouvelle conquête? Jamais sans doute il n'avait dû en posséder une aussi démunie d'expérience sur le plan sexuel. C'était l'une des raisons impérieuses pour lesquelles elle devait trouver le plus tôt possible « l'amant » qui, après l'avoir initiée à toutes les caresses, lui apprendrait à devenir une amante...

Dès qu'elle vit Mme Charvin, elle éprouva une extrême satisfaction intérieure : cette bourgeoise fade, qui paradait dans les boutiques de mode et qui prenait un ton protecteur quand elle s'adressait aux petites vendeuses, n'était plus qu'une femme trompée par le fait de l'une de ces obscures qu'elle semblait mépriser. C'était là le plus grisant pour Sylvie qui avait maintenant la conviction d'avoir vengé, en un après-midi, toute la corporation à laquelle elle était fière d'appartenir. Aussi un sourire ironique effleura-t-il ses lèvres pendant que l'épouse de Charvin essayait un nouveau modèle.

— Pourquoi souriez-vous ainsi en me regardant? lui demanda brusquement la cliente sur un ton où filtrait l'agacement.

— Parce que j'aime, madame, vous voir essayer nos modèles : il n'y a pas une seule de nos clientes qui ait votre chic pour les porter!

L'épouse Charvin roucoula d'aise : ce qui permit à Sylvie de continuer à sourire... Mais le sourire d'ironie se transforma peu à peu en sourire commercial et, comme ce dernier était également réussi, la femme trompée finit par acheter le modèle. Elle fut même tellement satisfaite qu'au moment de partir elle glissa un billet dans la main de Sylvie.

— Oh! Merci, madame Charvin! Vraiment, vous êtes trop gentille...

— Mais non, Sylvie, vous le méritez.

La porte refermée, la vendeuse regarda furtivement le billet : dix francs! Elle ne s'était donc pas trompée non plus quand elle avait pensé que la bonne femme aurait été furieuse d'apprendre que son mari, lui, n'avait pas hésité à donner cinquante francs... La radine! Il est vrai que lui, il préparait le terrain pour coucher.

Cette venue de l'épouse du premier homme qu'elle avait connu fut-il le moteur qui déclencha la suite de ses expériences? Le lendemain même, une deuxième proie se présentait dans le magasin. Sylvie n'avait encore jamais vu cet homme, mais il n'était pas nécessaire d'être pythonisse pour deviner que ce nouveau venu n'avait rien d'un mari et tout d'un amant.

Il accompagnait une cliente — avantageusement connue chez *Marie-Caroline* pour ses éclats de voix, ses dépenses et son goût extravagant — que Sylvie servait depuis plus de deux années et qui se faisait appeler *Marylin*... Une blonde capiteuse dont les formes appétissantes s'accordaient avec de faux cils noir de jais démesurément longs : blonde aux yeux sombres, pseudo-star en permanence; c'était la femme qui crève tout sauf les écrans! En réalité elle devait se nommer Marie Dupont ou Odette Dubois, mais nul ne s'en souciait dans le magasin où, pour son plaisir, on l'aurait tout aussi bien appelée *Greta, Marlène* ou *Ava*...

— Bonjour, mademoiselle Marylin...

— Bonjour, Sylvie...

Puis, désignant avec désinvolture le grand garçon au teint mat et aux cheveux calamistrés qui lui tenait lieu de garde du corps :

— Domingo...

Celui-ci adressa à la vendeuse un sourire découvrant une denture dont l'éclat aurait pu rivaliser avec celui d'une publicité pour une pâte dentifrice. Etait-il espagnol? Rien n'était moins sûr. La seule chose certaine, et qui se remarquait d'emblée, était, sinon sa distinction, du moins l'élégance de sa silhouette...

Grand, mince, la taille fine, les jambes longues, le visage émacié et le regard langoureux, Domingo pouvait plaire... Il plut tout de suite à Sylvie qui s'empressa, avec un zèle excessif, de satisfaire aux exigences de Mlle Marylin. Elle sut être prodigieuse, courant pour chercher les nouveautés, les étalant, les palpant, les commentant, les adaptant de ses doigts de fée aux formes de la cliente. Dès qu'un modèle était sur elle, Domingo — qui attendait avec une patience angélique à l'entrée de la cabine — était convoqué par Sylvie qui lui disait avec un sourire des plus aguichants :

— Venez voir, monsieur... Mlle Marylin aimerait connaître votre avis.

— Qu'est-ce que tu en penses? demandait cette dernière à Domingo qui se contentait de répondre sur un ton sibyllin :

— Pas mal...

— Alors j'achète!

Et elle acheta toutes les dernières créations. Une excellente cliente.

Quand le couple sortit de la boutique, Domingo le ténébreux portait de volumineux paquets. Peut-être était-ce là sa principale activité : porter les paquets de la belle.

— Tu as repéré son gigolo? dit une vendeuse à Sylvie après leur départ.

— Pour quelle raison dis-tu que c'est son gigolo?

— Ah, ça! Tu ne vois donc rien?

— C'est peut-être son fiancé?

— Tu rigoles? Depuis le temps que cette grue vient, tu sais très bien que c'est une fille entretenue par un industriel.

— Encore un?

— Pourquoi « Encore un »?

— Je ne sais pas : une idée qui me vient... En tout cas, gigolo ou pas, il a quelque chose d'attirant...

— Une gueule de métèque! Moi, ce n'est pas du tout mon genre.

— A moi, il ne me déplairait pas...

— Ça, c'est la meilleure! Mlle Sylvie s'intéresse maintenant aux maquereaux! On aura tout entendu!

Sylvie ne répondit pas. Maquereau ou pas, ce Domingo lui convenait pour ce qu'elle voulait en faire.

Et puis, ce serait tellement amusant de cocufier une fille comme cette Marylin!

Lorsqu'elle quitta le magasin en fin de journée, une fois de plus, Dédé était là. Il l'attendait non pas devant la porte mais à l'entrée de la bouche de métro. C'était comme un fait exprès : à se demander si, chaque fois qu'elle venait de rencontrer un homme susceptible de l'intéresser, le photographe ne le flairait pas, se postant sur son chemin, telle une ombre maléfique, pour lui en faire le reproche. A croire aussi qu'il la surveillait, observant ses moindres allées et venues. Ainsi, pourquoi était-il devant elle, le regard embusqué derrière ses grosses lunettes de myope, justement ce soir où elle aurait désiré être seule pour réfléchir à la façon dont elle devrait s'y prendre pour attirer l'attention de Domingo? Il finissait par devenir indiscret, cet amoureux laid et sale!

— Encore toi? dit-elle.

— Comment encore moi? Mais voilà plus de trois semaines que nous ne nous sommes pas vus! Tu devais m'envoyer un pneumatique : tu ne l'as pas fait... Et tu reconnaîtras que je t'ai laissé une paix royale.

— C'est vrai, mais tu n'avais qu'à attendre mon message pour revenir.

— Tu ne veux donc plus me revoir?

— Je ne dis pas cela... Seulement toi qui es mon ami, il faut me comprendre : j'ai encore besoin d'être seule...

— C'est tout le contraire de moi! Puisque tu te considères, toi aussi, comme mon amie, tu devrais comprendre que j'ai besoin de ta présence... Je ne dis pas tous les jours parce que je sens bien que ça t'ennuierait, mais de temps en temps... C'es trop te demander?

Un peu émue, elle demanda avec plus de douceur :

— Sincèrent, je te manque autant que cela?

— Oui.

Il y avait de la détresse dans ce oui. Elle eut pitié :

— Qu'est-ce que tu fais ce soir?

— Rien de spécial.

— Alors je veux bien que nous dînions ensemble, mais dans un nouveau bistrot amusant.

— J'en connais un, sensationnel, du côté de la Bastille...

— En route! Tant pis, ce soir je n'irai pas me refaire une beauté chez moi...

— Je te trouve très bien ainsi.

— Malgré mon maquillage et ma perruque?

— Je crois que je finirai par m'y habituer...

— Tu fais des progrès, André...

L'idée d'aller dans un bistrot parisien lui était venue brusquement pendant qu'ils parlaient. Qui sait? La chance la favorisant, peut-être verrait-elle Domingo qui ne pouvait être qu'un garçon à fréquenter les lieux où se trouvait une parcelle du Tout-Paris? Et même si ces endroits ne l'attiraient pas tellement, sa belle amie — qui ne cherchait qu'à se faire remarquer comme toutes les créatures de son genre — devait l'y entraîner... Et s'ils n'étaient pas dans ce bistrot de la Bastille, pourquoi n'y dénicherait-elle pas un autre « Domingo », tout aussi séduisant, qui posséderait lui aussi les « qualités » d'un amant?

Elle fut déçue. Il n'y avait pas de Domingo ni « d'amant » dans le bistrot ni aucun homme qui lui parût susceptible de lui convenir. Le plus enrageant fut que tous les hommes présents paraissaient trop occupés avec les femmes qu'ils accompagnaient pour seulement la remarquer : elle ne remettrait plus jamais les pieds dans cet établissement médiocre!

— Veux-tu que je te raccompagne chez toi? demanda Dédé.

— Je te permets même de monter pour y boire le dernier whisky.

Se sentant un peu désemparée, elle avait besoin de compagnie : celle de Dédé servirait au moins à meubler, ne serait-ce que pendant quelques minutes, la solitude retrouvée.

Une fois dans l'appartement, il dit :

— Et les photos? As-tu eu le temps maintenant d'y réfléchir?

— Eh bien, je vais te surprendre... J'accepte que tu les fasses.

— C'est vrai?

— Mais tu me prendras telle que je me plais actuellement : avec ma perruque et mon maquillage.

— Je veux bien, mais ce sera dommage! Je te le répète : on ne retrouvera pas la véritable Sylvie! Je les ferai, bien sûr... Mais après, me laisseras-tu en prendre d'autres, naturelles, de la Sylvie qui me plaît à moi?

— Uniquement pour te faire plaisir... Seulement je te préviens : si elles ne me conviennent pas, je les déchirerai ainsi que les clichés. Je suis sûre que je serai encore plus moche en photo qu'au naturel!

— Nous verrons... Quand les faisons-nous? Veux-tu dimanche prochain, l'après-midi? Nous aurions tout le temps.

— C'est d'accord. Maintenant va-t'en! Je te ressasse mon refrain : demain matin je travaille.

— Moi aussi.

— Qu'est-ce que tu fais en ce moment?

— Des séries de photos pour des produits de beauté : ce n'est pas passionnant mais ça paie bien. Bonne nuit!

— A dimanche...

Quand il la quitta ce soir-là, pour la première fois il se sentit un peu moins malheureux.

Alors qu'elle était déjà dans son lit et avant d'éteindre, elle repensa à Dédé. C'était bien le meilleur des garçons, seulement voilà : il n'avait rien d'un Jean Charvin et encore moins d'un Domingo! Elle pensa également à ces photos qui seraient prises dimanche... Si par miracle — après tout, Dédé n'était-il pas un artiste de talent? — celles-ci étaient réussies, ne pourraient-elles pas lui servir? Des photos, ça se prête, ça s'envoie, ça se répand... Ça permet à quelqu'un que tout le monde ignore de se faire connaître... Pour une femme seule, c'est beaucoup mieux qu'une carte de visite : ça étonne, ça suggère, ça attire... Elle saurait les utiliser, s'il le fallait. C'était l'unique raison pour laquelle Sylvie avait fini par accepter l'offre de Dédé.

Quand ce dernier arriva chez elle le dimanche, il éprouva un choc encore plus violent, si possible, que celui ressenti le soir où il l'avait trouvée portant perruque et maquillée. Elle le reçut dans un déshabillé noir en plumetis transparent qui laissait tout deviner de son anatomie. L'ensemble était surmonté de l'inévitable perruque dont elle semblait ne plus pouvoir se séparer. Quant au maquillage, il était poussé à l'extrême. Ainsi vêtue, Sylvie n'avait plus rien de la gentille demoiselle du magasin et tout de la fille qui attend le client dans une maison de rendez-vous.

— Comment me trouves-tu? demanda-t-elle aussitôt.

— Mais... assez imprévue!

— C'est ainsi que je veux que tu me photographies.

— Tu es folle!

— Si tu n'es pas d'accord, tu n'as qu'à repartir avec tout ton matériel! Tu ne comprends donc pas que je n'accepte ton offre que si elle permet à ceux qui verront ensuite mes photos d'admirer mes formes... Ne valent-elles pas celles de tous ces mannequins et de toutes ces femmes que tu as déjà photographiés pour des journaux de mode?

— Bon, répondit Dédé en commençant à installer ses projecteurs. J'essaierai de faire au mieux...

— Mais il faudra que ce soit parfait! Sinon, je te l'ai dit, je déchire tout : épreuves et pellicule... Tu vas me prendre aussi dans toutes les positions : debout, assise les jambes croisées et fumant une cigarette, allongée sur ce divan et même nue.

— Toi?

— Oui, moi! Pourquoi ne me mettrais-je pas nue devant l'objectif? On ne voit plus que du nu partout : au théâtre, à l'écran, sur les journaux, dans les librairies, sur les pochettes de disques... Es-tu mon meilleur ami, oui ou non?

— Tu le sais bien.

— Alors sois gentil : fais-moi plaisir!

— Vraiment, Sylvie, je t'assure que ce n'était pas du tout le genre de photos que je voulais prendre de toi! Mais, si j'accepte pour « te faire plaisir » comme tu le dis, me feras-tu à moi aussi un plaisir?

— Lequel?

— Quand j'en aurai terminé avec ces photos que tu

souhaites avoir, tu retireras ta perruque, tu te démaquilleras et tu te laisseras photographier telle que tu es réellement.

— C'est promis.

Elle fut longue, la séance de photos! Sylvie prit toutes les poses possibles et imaginables, ordonnant sans cesse à Dédé :

— Prends-moi sous cet angle... Et sous celui-là... De profil... Maintenant de trois quarts. De dos aussi : tu ne trouves pas que j'ai une très jolie chute de reins? Ça ne te choque pas trop que je me mette toute nue devant toi? Oh! Je sais bien que vous autres, les photographes de mode, vous en voyez de toutes les couleurs! Mon nu n'est pas si mal! Et il y a des façons de porter le nu qui ne sont qu'à soi... Ce n'est que quand la femme est nue que peut s'affirmer sa véritable personnalité...

Elle n'arrêta pas de parler et lui de prendre fébrilement cliché sur cliché... Il fallait le voir opérer, Dédé! Il était transfiguré, habité par un état second qui était celui de sa vocation : faire de belles, d'étonnantes photographies! Selon la méthode utilisée aujourd'hui par les grands reporters-photographes, il n'hésitait pas à prendre quatre, cinq, six photos de la même pose pour pouvoir choisir ensuite la meilleure. Etaient-ce même des « poses », mot qui convenait mieux aux artistes photographes d'il y a quelques années? Ce n'était qu'une succession ultra-rapide d'instantanés presque pris à l'insu de celle qui croyait diriger les opérations. Elle pouvait bien continuer à bavarder autant qu'elle le voulait, Sylvie! Ce qui resterait finalement sur la pellicule, ce ne seraient pas ses paroles mais uniquement ce qu'avait saisi, à une vitesse fulgurante, l'œil de l'opérateur.

Quand toute la première série de photos « maquillées » fut terminée, elle demanda :

— Crois-tu en avoir assez fait?

— Trop même, mais ça nous permettra de mieux choisir. Maintenant remets ton déshabillé, va te démaquiller et retire cette perruque que je déteste pour que je puisse enfin faire du beau travail.

— Tu estimes donc que tout ce que tu viens de faire sera raté?

— Sûrement pas, mais je te l'ai dit la première fois où je t'ai demandé de me laisser te photographier : tes traits « viendront » beaucoup mieux sans le moindre maquillage... Tu verras!

— Pour ces autres photos que tu vas faire, aimerais-tu que je reste nue?

— Inutile, puisque je ne m'attarderai ni sur ton corps ni sur tes formes mais seulement sur ton visage. C'est lui qui m'intéresse : il est expressif et il reflète ton âme...

— Tu es dans l'erreur la plus absolue, André! Si tu te figures qu'un visage de femme reflète ce qu'elle pense!

— Le tien est pourtant ainsi fait. En veux-tu une preuve? J'ai très bien compris, ne fût-ce qu'en voyant ton regard et tes expressions de physionomie pendant que je te photographiais, pourquoi tu cherchais à te faire prendre sous les angles les plus révélateurs...

— Pourquoi?

Comme il hésitait, elle reprit avec défi :

— Eh bien, dis-le!

— Ce que je vais te dire, Sylvie, va sans doute te paraître épouvantable, mais c'est toi qui l'auras voulu... Tu as désiré que je te prenne nue parce que tu as l'intention de te servir de ces photographies...

Elle eut un vague sourire en répondant :

— Non seulement tu es un artiste, mais tu es loin d'être bête! Oui, c'est vrai : ces photos, si elles sont réussies, je les répandrai...

— Où?

— Dans des journaux spécialisés... On n'y voit pas que des corps parfaits! Au contraire : ce sont des particularités physiques que l'on recherche... Mes seins, par exemple, sont très excitants! Oui, j'en ai vu de semblables sur la couverture d'un livre dans un sex-shop... Avec tes relations dans la presse, tu m'aideras, dis, à placer mes photos?

— Jamais! Mais tu deviens nymphomane! Si j'ai fait ces photos de toi toute nue, c'est uniquement pour que tu me laisses te prendre ensuite telle que tu es vraiment.

— Et si je refusais?

— Dans ce cas je détruis tous les négatifs que je viens de faire.

— C'est un marché?

— Prends-le comme tu veux.

— Bon. Alors je vais retirer ma perruque et me démaquiller dans la salle de bains. Pendant ce temps-là sers-toi un whisky, bien tassé... J'ai l'impression que tu en as le plus grand besoin? Tu es tout pâle, André...

— C'est normal : ce que tu viens de dire m'a bouleversé : répandre des photos de toi nue dans les journaux... Pornographiques peut-être?

— Tu sais très bien qu'à notre époque la pornographie est devenue l'un des facteurs de la réussite!

— Aurais-tu également l'intention d'envoyer ces photos intimes à d'éventuels admirateurs?

— J'y pense aussi...

— Ah çà! Mais c'est toi, Sylvie, qui as perdu la tête! Et moi qui ai marché comme un tonton! Sais-tu que tu m'as imposé une tâche immonde, à moi qui t'ai toujours respectée et qui continue à le faire...

Elle se fit plus insinuante pour demander de sa voix la plus douce :

— Dis-moi, André, ça ne t'a rien fait de me voir ainsi toute nue devant toi?

Il demeura silencieux. Elle insista :

— Il me semble pourtant que n'importe quel garçon normal — et je pense que tu es dans ce cas — se trouvant à ta place, seul avec moi dans cet appartement, aurait pu avoir des idées... Tu n'en as donc pas eu, toi?

— Ça ne te regarde pas.

— Bizarre! C'est vrai que tu as dû photographier tellement de femmes nues!

— Contrairement à ce que tu crois, jamais! Ce n'est pas mon travail et les mannequins ne se mettent jamais complètement nus devant moi... Aussi surprenant que cela puisse te paraître, ces filles-là ont beaucoup plus de pudeur qu'on ne le croit. Elles savent ne pas franchir certaines limites.

— Autrement dit, elles ne sont pas comme moi?

— Toi? Je ne sais pas ce qui t'arrive depuis quelque temps, mais tu as beaucoup changé...

— C'est possible... Bois ton whisky pour te remettre... Et rassure-toi : quand je ressortirai tout à l'heure de la salle de bains pour ta série de « photos convenables », je ne serai même pas en déshabillé, mais en pull et en pantalon pour ne plus offusquer ta pudeur!

Elle revint dix minutes plus tard, telle qu'il l'avait connue le premier jour et telle qu'elle lui plaisait.

Pour lui ce fut comme une délivrance : la perruque lui avait toujours fait l'effet d'être un carcan enserrant la tête et le maquillage un masque cachant la personnalité. Sans dire un mot, il régla les éclairages de ses projecteurs et recommença à prendre cliché sur cliché. Pour l'artiste qu'il était, l'heure de vérité photographique était enfin venue.

Cette deuxième séance dura tout aussi longtemps que la première, mais l'objectif n'encadra que le visage et le haut du buste. De temps en temps il faisait à Sylvie un signe qui voulait dire : « Tourne la tête à droite... Bien... A gauche maintenant... Lève le menton... Baisse un peu les yeux : regarde tel objet... Perds surtout ce regard que tu avais pendant que tu étais nue et qui, contrairement à ce que tu as cru, te rendait laide au lieu de te faire attirante... »

— C'est terminé, dit-il. Je te remercie.

— Monsieur est satisfait?

— Cette fois, oui.

— Un autre whisky?

— Non. Je vais rentrer chez moi.

— Déjà? Tu ne veux pas que nous dînions ensemble?

— Pas ce soir.

— Peut-être monsieur est-il invité à son tour?

— Non. Je préfère commencer à développer tout de suite tes photos...

— Parce que tu te demandes avec anxiété si elles seront réussies et surtout si je n'y suis pas hideuse?

— Je n'ai aucune inquiétude à ce sujet.

— Lesquelles vas-tu développer d'abord?

— Celles que j'appelle « les miennes » : la deuxième série...

— Et la première, quand je suis nue?

— Je ne les développerai que si les miennes me plaisent...

— N'oublie pas que tu m'as promis de me les donner toutes.

— Tu les auras et tu pourras constater que c'est moi qui ai eu raison.

— Je suis certaine que tu as fait exprès de mal me photographier quand j'étais nue.

— Pourquoi aurais-je agi ainsi?

— Parce que ça t'ennuie que n'importe qui puisse me voir nue... Je te connais, André... Maintenant tu es jaloux.

— Moi?

— Toi! Parce que tu es amoureux de moi! Sais-tu que c'est très agréable pour une fille comme moi d'être aimée ainsi? Le seul ennui, c'est que j'ignore si je pourrai un jour t'aimer...

Elle n'ajouta plus rien pendant qu'il démontait ses projecteurs et ramassait son matériel. Elle préféra boire lentement un whisky. Quand il eut terminé, il dit :

— Au revoir...

— Au revoir, André... Quand m'apporteras-tu les photos?

— Pas avant trois ou quatre jours. Demain et après-demain je suis pris toute la journée par le défilé d'une nouvelle collection... Et il faut le temps de tirer les épreuves... Quand ce sera fait, j'irai t'attendre à la sortie de ton travail.

— Pas devant la porte! Tu sais que j'ai horreur de cela : ça me donne mauvais genre...

— C'est toi qui dis cela après avoir exigé d'être photographiée toute nue?

— Chez soi on a le droit de faire ce qu'on veut, même l'amour si cela vous chante...

Il la regarda sans répondre. Il dit simplement au moment de sortir :

— Je t'attendrai à l'entrée de la bouche de métro.

— C'est ça : près du métro...

Après son départ, elle resta un long moment perplexe. Un curieux garçon, cet André... Elle ne parvenait pas à savoir si, malgré son attitude réservée pendant tout le temps où il l'avait photographiée nue, il l'avait désirée physiquement. Etait-il un homme ou un impuissant? Car contrairement à beaucoup de ses confrères, il ne donnait pas du tout l'impression d'être un pédéraste... Et s'il ne l'était pas, comment se faisait-il qu'il n'eût pas eu le moindre geste audacieux à son égard, alors qu'elle était là s'étalant, s'offrant à sa convoitise? Après son aventure avec l'industriel, elle ne pouvait plus admettre de ne pas être désirable... Pourvu que les photos de sa nudité fussent réussies! Les autres, « les convenables », elle s'en moquait! Il avait raison, Dédé : elle avait beaucoup changé...

Le lendemain lundi, Marylin la capiteuse revint pour un essayage, escortée de Domingo... Puisque le destin voulait bien se montrer favorable, Sylvie comprit tout de suite qu'elle ne devait pas laisser passer cette chance qui ne se renouvellerait peut-être jamais. Il fallait agir vite! Le moment lui parut propice pendant que la fille était dans la cabine avec Mme Bernier dont elle avait réclamé, à grands cris, la présence immédiate auprès d'elle : l'un des modèles, cependant retouché à sa demande depuis sa précédente visite, ne lui allait pas. On l'entendait s'exclamer :

— Mais enfin, c'est insensé! Depuis la dernière fois où je suis venue chez vous, je n'ai pourtant pas engraissé! Je me surveille assez pour savoir que je n'ai pas pris un gramme... Je me pèse tous les matins dans ma salle de bains! Regardez : cette robe me fait des bourrelets de chaque côté... C'est hideux!

Domingo, lui, patientait dans la boutique en ayant l'air de s'intéresser à tout le mouvement qu'il voyait autour de lui. Mais en réalité ses yeux de velours ne regardaient rien : ils étaient ailleurs... Peut-être perdus dans la lointaine contemplation d'une fabuleuse partie de chemin de fer dans un casino ou, plus prosaïquement, de celle d'un poker déchaîné dans un obscur tripot?

Ce fut l'instant où Sylvie, portant en courant une autre robe réclamée par Marylin, se heurta volontairement à lui.

— Oh! Pardon, monsieur, excusez-moi...

Elle était toute rougissante, mais ses yeux avaient regardé l'homme bien en face. Des yeux qui avaient su exprimer mille et une choses... Il faut croire que Domingo n'était pas tellement sot puisqu'il répondit aussitôt par un sourire découvrant à nouveau son éblouissante denture. Puis il dit d'une voix légèrement zézayante qui ne manquait pas de charme :

— Ça ne fait rien, mademoiselle...

— Sylvie! se hâta de préciser la vendeuse.

— Mademoiselle Sylvie..., répéta lentement l'homme. C'est un prénom qui vous va très bien...

Puis, paraissant soudain s'intéresser à elle, il demanda plus bas :

— Vous vouliez me parler?

— C'est-à-dire...

— Que ce n'est pas facile ici en ce moment? Donc rendez-vous demain à 15 heures au *Luigis*, rue du Colisée... Vous connaissez?

— Je trouverai... A demain.

Tout en se dirigeant vers la cabine, d'où la voix vulgaire de Marylin continuait à répandre des éclats, elle pensa : « C'est drôle... Lui aussi m'a dit à *15 heures* comme l'industriel! Il faut croire que c'est une heure qui plaît à ces messieurs, à moins que ce ne soit celle qui convienne le mieux pour faire l'amour... » Car elle était déjà certaine que, dès demain, elle ferait l'amour avec Domingo! Un amant, ça ne sait pas, ça ne peut pas, ça n'a même pas le droit d'attendre... Une fois de plus, elle demanderait son après-midi à la direction pour se rendre chez son dentiste. Un traitement dentaire est toujours long, fait d'innombrables rendez-vous qui prolongent le plaisir du patient en permettant au praticien d'allonger la note. C'est bien connu.

Quand Domingo sortit dans le sillage parfumé de Marylin, qui avait à peine regardé la vendeuse, il eut à l'intention de Sylvie l'un de ces regards langoureux capables de troubler les cœurs les plus fermés et qui proclament dans le langage muet d'une langue de soleil : « *Te quiero...* » Cette fois, Sylvie rougit sans l'avoir cherché.

Ils ne s'attardèrent pas longtemps au *Luigis*... Ils y étaient restés beaucoup moins de temps encore que lorsqu'elle avait retrouvé l'industriel chez *Alexandre*. Dix minutes plus tard, ils étaient dans une chambre d'hôtel. En sortant du bar, et alors qu'il la tenait déjà fermement par le bras comme s'il voulait tout de suite lui faire comprendre que maintenant elle devrait obéir, il avait dit, toujours avec cet accent qui donnait des frissons :

— Je connais un endroit tout près d'ici qui est discret et confortable...

Elle n'avait même pas osé lui demander si c'était « chez lui » ni proposé d'aller « chez elle ». Avec un pareil homme, mieux valait se laisser conduire. C'est en silence qu'après avoir franchi le seuil d'un hôtel de la rue de Ponthieu, ils s'étaient engouffrés dans un ascenseur en compagnie d'une femme de chambre qui n'avait posé aucune question et que Sylvie n'avait même pas osé regarder. Ensuite ils s'étaient retrouvés dans une chambre — à la décoration incertaine mais assez douillette, il fallait le reconnaître — où les rideaux étaient déjà fermés et les lumières tamisées. Après que Domingo eut glissé un billet dans la main de la femme de chambre, celle-ci s'était éclipsée en refermant doucement la porte donnant sur le couloir. Après avoir poussé le verrou intérieur, l'homme se retourna vers Sylvie, la toisa de sa haute taille, la dévisagea pendant quelques secondes, puis demanda d'une voix beaucoup moins zézayante et sur un ton plus ferme :

— Alors, comme ça, tu voulais me voir?

— Oui..., répondit-elle à mi-voix comme si elle était très intimidée.

— Pourquoi?

— Tu me plais...

— Tu trouves que c'est là une raison suffisante?

— Pour moi, oui.

— Tu n'as donc pas d'ami?

— J'en ai un, mais ce n'est pas un amant...

— Tu as envie de faire l'amour?

— Oui.

— Et c'est moi que tu veux?

Elle se fit modeste pour dire exactement le contraire de ce qu'elle pensait :

— En amour ce n'est pas la femme qui choisit, mais l'homme...

Il la regarda avec curiosité avant de répondre :

— En tout cas, tu es une drôle de petite personne... Tu n'es pas jolie, mais tu as quelque chose qui n'est qu'à toi...

— Quoi?

— Ta laideur... Le comble c'est que ça doit pouvoir plaire!

— Tu es sûr de ce que tu me dis?

— Absolument!

— Si tu savais, Domingo, comme tu me fais plaisir! J'ai envie de t'embrasser...

— Alors qu'est-ce que tu attends?

Elle le fit maladroitement, presque comme une écolière. Mais lui sut prendre son temps pour lui rendre cette toute première monnaie d'amour. Lorsqu'il desserra son étreinte, qui la laissa abasourdie, il dit en souriant de toutes ses dents :

— Ça aussi, il faudra que tu l'apprennes... J'ai l'impression que, dans ce domaine, tu as encore beaucoup de choses à découvrir, mon petit...

— Je sens que tu peux être mon professeur...

— On peut toujours tenter l'expérience...

Elle fut longue, « l'expérience ». Epuisée, alors qu'ils étaient encore allongés côte à côte sur le lit, elle murmura :

— Tu es terrible, Domingo...

— Et toi tu es douée, mais tu manques de pratique! Ils ne t'ont pas appris grand-chose, mes prédécesseurs!

— Il n'y en a pas eu tellement!
— Ce devait quand même être des minables!
— Ça je le crois volontiers... Toi, tu as dû en connaître des femmes!
— Il n'y a que ça qui m'intéresse.
— Tu les aimes à ce point?
— Ne confondons pas! Ce sont elles qui m'aiment... Il y a une nette différence! Et quand une femme vous a dans la peau...
— Elle casque!
— Tu n'es pas trop sotte.
— Ta belle amie te gâte?
— Laquelle?
— Marylin...
— Oh, celle-là! Pour moi, c'est un pis-aller... L'ennui avec elle, c'est qu'elle préfère le capitalisme à l'amour...
— Ce qui veut dire?
— Qu'entre le micheton qui l'entretient et moi, ce sera toujours l'autre qui l'emportera! Il a beaucoup de fric...
— Ne penses-tu pas que ça pourrait se concilier?
— Avec une fille intelligente... Pas avec elle! Elle est bête, cette grosse blonde.
— Elle est quand même attrayante?
— Si l'on veut... Ce n'est pas le genre de femme qui donne le meilleur rendement... Elle, c'est le genre bovin qui se couche quand on lui dit de s'asseoir! Il y en a d'autres qui opèrent mieux parce qu'elles font ça en douce!
— Crois-tu que je pourrais être de celles-là?
Après une longue hésitation pendant laquelle il lui caressa les cuisses, il dit :
— C'est possible...

Puis il fit une seconde pause avant d'ajouter :

— Seulement il y aura beaucoup de travail! Toi, tu comprends, tu es un cas à part... Tu ne ressembles à personne : c'est pourquoi on te remarque...

— Pourquoi ne me dis-tu pas franchement que je suis moche?

— Aucune fille n'est moche quand elle connaît bien son boulot...

— Alors c'est à toi de me l'apprendre! Je t'écouterai, tu sais... Je suis très docile.

— On verra ça, mignonne... Maintenant on se rhabille... L'autre m'attend pour aller à un cocktail.

— Pourquoi restes-tu avec elle si tu la trouves aussi bête?

— On prend ce qu'on trouve... Elle a une belle bagnole, de jolies fourrures, des bijoux, un studio confortable, une bonne salle de bains et elle paie mes cigarettes.

— C'est tout?

— C'est déjà pas mal à notre époque, crois-moi!

— Eh bien, moi, Domingo, si j'avais la chance d'avoir un homme comme toi, je lui paierais tout et je l'habillerais...

— Pas la peine! J'ai déjà ma garde-robe...

— Je t'habillerais à mon idée...

— A ton idée? C'est vrai que tu es dans la confection.

— Pardon : dans le prêt-à-porter de luxe! Nuance! C'est ce qu'il te faut à toi, le luxe...

Pendant qu'il nouait sa cravate, il reprit :

— C'est quand même très gentil à toi de m'avoir dit tout ce que tu ferais pour moi... Tu es une brave fille, Sylvie.

— Je déteste cette expression! Qu'est-ce que c'est qu'une « brave fille » sinon une con...?

— Si tu était tellement intelligente, tu ne serais pas là!

— Pourquoi es-tu vexant? Tu m'as dit tout à l'heure que tu ne pouvais t'entendre qu'avec une fille intelligente?

— Il y a des degrés... Si elle l'est trop, ça me gêne. Si elle ne l'est pas assez, elle fera mal son travail... Ce que je recherche, c'est l'honnête moyenne.

— Tu ne veux pas qu'on essaie?

— Qu'on essaie quoi?

— De...s'associer?

— Ça! Cela demande de la réflexion... Je ne veux pas m'embarquer dans une aventure qui tournerait au désastre...

— Dis plutôt que tu es bien tranquille avec ta blonde et que tu as peur de quitter la proie pour l'ombre!

— C'est un peu ça... Qu'est-ce que tu veux, tu n'es pas entretenue, toi!

— Ça peut venir...

Alors qu'il la regardait une nouvelle fois, elle lut le doute dans ses yeux. Et elle demanda, inquiète :

— Tu penses que ce serait très difficile?

Il ne répondit pas.

— Eh bien, je te prouverai un jour le contraire! Toi-même tu l'as dit : je ne ressemble à personne... C'est de là que peut venir mon succès... Qu'est-ce qu'ils recherchent tout le temps, les hommes? Une femme qui soit différente... Pourquoi n'aimeraient-ils pas une laide?

— Evidemment..., répondit-il en hochant la tête. Si on prend le problème sous cet angle, ça peut tout changer!... Tu es prête?

— Oui.

— On se sauve... Quand se revoit-on? Demain, même heure?

— Tu pourrais?... C'est vrai que tu ne fiches rien!

— Pardon! Demain il n'y a pas de courses, c'est pour cela...

— Parce que tu passes aussi ton temps sur les hippodromes?

— Faut bien s'occuper!

— De toute façon, moi je ne pourrai pas demain : je travaille.

— Toujours dans ta boutique?

— Toujours! Ne faut-il pas que je fasse des économies si je dois t'entretenir un jour?

— Tu te f... de moi? Ce n'est pas avec ça que tu pourrais m'entretenir! Il te faudra d'abord trouver un micheton, comme l'autre, et même plusieurs! C'est une erreur, dans ce métier, de mettre tous ses œufs dans le même panier! Combien gagnes-tu dans ta boîte?

— Plus que tu ne crois... En trois ans et demi j'ai fait des économies...

— Un mot dont j'ai horreur! Ça fait pauvre...

— Moi aussi j'ai mon appartement, et sans que le loyer soit payé par un micheton!

— Voyez-vous ça! Tu ne m'as pas répondu : combien gagnes-tu?

— Avec le pourcentage sur les modèles vendus et les pourboires, pas loin de trois mille par mois...

— Et tu crois qu'avec ça je pourrais aller aux courses? Non mais, tu es siphonnée!... Il vaut mieux se quitter... C'est plus net : on restera bons copains parce qu'on ne s'est pas raconté de salades... Et si un jour je rencontre un type qui aime les filles dans ton genre — ça peut se trouver, tu sais! — je te brancherai... Tu pourras être certaine que celui-là aura du fric! Seulement il faudra m'écouter.

— Je te le promets...

— C'est bien. On se fait la dernière bise?

Pendant qu'elle était encore dans ses bras, elle demanda doucement :

— Domingo, tu n'es pas espagnol, n'est-ce pas?

— Qu'est-ce que ça peut te faire?

— Tu n'as plus eu du tout d'accent dès que nous sommes entrés dans cette chambre.

— Et alors?

— Alors dis-moi d'où tu es. Français, c'est sûr, mais d'où?

Il resta muet.

— Moi je trouve ça dommage... J'aurais tellement aimé faire l'amour avec un Espagnol! Ça te va bien, cette nationalité... Tant pis! Mais alors pourquoi prends-tu l'accent?

— Ça plaît à la Marylin...

— Elle aime aussi les Espagnols?

— Vous les aimez toutes quand ils sont baraqués comme moi.

— Et elle, d'où est-elle?

— Marylin? de Clermont-Ferrand... Elle est teinte! Bye!

Elle le retint encore :

— Domingo... ou Ernest! Après tout, je m'en fiche!... Quand se revoit-on?

— Je t'avais proposé demain, mais puisque « mademoiselle » n'est pas libre!

— Samedi soir, vers 20 h 30? Tiens : voilà mon adresse...

— Je préfère l'hôtel... Samedi, si tu veux, mais ici à

l'heure dite dans la même chambre : c'est le 7... Un bon chiffre.

— Tu te méfies donc de moi?

— Avec les femmes on ne sait jamais tant qu'elles ne sont pas devenues des filles... Après, ça peut s'arranger! Je file...

Il la laissa, seule, dans la chambre 7.

Quand elle se retrouva chez elle vingt minutes plus tard, ce ne fut pas un, mais deux whiskies qu'elle ingurgita coup sur coup. Elle avait le plus grand besoin de se remonter. Il l'avait éreintée, le Domingo! Il lui avait appris tant de choses! Il connaissait si bien toutes les subtilités de l'amour... Mais ce qui était tout de même assez décevant, c'était que — la prodigieuse excitation de l'initiation mise à part — elle n'avait pas connu plus de jouissance physique qu'avec le quinquagénaire! Et pourtant... il était beau, jeune, habile, Domingo... Il avait tout ce qu'il fallait pour plaire dans un lit... Elle-même avait su se montrer obéissante, esclave même... Alors elle se demandait avec angoisse après cette deuxième expérience si elle n'était pas réellement frigide. A moins que ce ne fût la faute du lieu et du cadre : toutes ces glaces, ces lumières trop discrètes, cette bonniche qui vous accueillait au rez-de-chaussée, cet ascenseur, ce n° 7...

Elle verrait bien samedi, car elle serait là-bas à l'heure. Qui sait? La nouvelle tentative, qui serait sa troisième expérience physique, serait peut-être la bonne? Jamais deux sans trois...

Lorsqu'elle arriva, le samedi soir, à l'hôtel, la femme de chambre lui demanda :

— C'est pour le 7?

— Pour le 7...

— On vous attend... Montez.

Et elle ouvrit la porte de l'ascenseur.

A l'étage, Sylvie, retrouva facilement le 7, mais hésita pendant quelques instants : devait-elle frapper ou entrer directement? Après tout, dans cette chambre anonyme où tant de couples étaient déjà passés, elle était aussi bien chez elle que celui qui l'y attendait! Elle en était là dans ses réflexions quand la porte s'ouvrit, laissant apparaître un Domingo tiré à quatre épingles, avec plus de raffinement encore que la précédente fois.

— Bien que tu n'aies fait aucun bruit, dit-il sur un ton suave, j'ai flairé ta présence derrière cette porte... Pourquoi attendais-tu ainsi au lieu d'entrer?

— Ignorais-tu que le plaisir de l'attente, si courte soit-elle, en vaut beaucoup d'autres? J'avoue que, pendant ces quelques secondes, ça ne m'a pas déplu de t'imaginer — toi l'homme aux mille et un succès — m'attendant dans une chambre de maison de rendez-vous...

— Tu as bien fait d'être à l'heure... Cinq minutes de plus et je partais!

— C'est ainsi que tu es amoureux de moi, Domingo? Tu me déçois!

— Je ne suis pas amoureux de toi et je ne te l'ai jamais dit! C'est toi qui as voulu coucher avec moi...

— C'est vrai! Et je ne le regrette pas! La meilleure preuve en est que je suis là pour recommencer... Mais ça ne veut pas dire que je sois plus amoureuse de toi que tu ne l'es de moi! Je tente une expérience, c'est tout... Tu ne m'embrasses pas?

Comme il donnait l'impression de ne pas être tellement pressé de le faire, elle continua vivement :

— A moins que tu ne préfères que nous nous déshabillions tout de suite?

— Ça vaudra mieux en effet...

Quand ils furent nus sur le lit, il dit :

— Je ne suis pas encore parvenu à m'expliquer pour quelle raison tu as voulu faire l'amour avec moi l'autre jour et encore moins pourquoi tu veux « remettre ça » aujourd'hui.

— C'est pourtant simple : mardi dernier c'était pour que tu m'apprennes tout ce qui pourrait me servir avec les autres et, ce soir, c'est pour me perfectionner... Avec ta longue expérience, tu es mieux placé que quiconque pour reconnaître que, dans le domaine du plaisir comme dans tout autre, rien ne vaut la pratique, n'est-ce pas?

— Je n'ai pas eu l'impression l'autre jour que tu éprouvais avec moi tellement de plaisir.

— Pour être tout à fait franche, disons que ce fut un plaisir mitigé... C'est pourquoi, mon chéri, je veux, comme tu l'as si bien dit, « remettre ça » aujourd'hui... Ce petit préambule terminé, ne crois-tu pas que maintenant nous pourrions nous embrasser?

Ils refirent l'amour... Mieux certainement que la première fois : Domingo, un peu vexé de n'avoir pas réussi à se rendre physiquement indispensable, mit son point d'honneur — ou tout au moins son orgueil de mâle — à se montrer excessivement brillant. De son côté, Sylvie s'appliqua de son mieux, avec une conscience comparable à celle dont elle savait faire preuve pour satisfaire les moindres désirs de la clientèle lorsqu'elle travaillait chez *Marie-Caroline*... Mais, malgré ces efforts conjugués, ni l'un ni l'autre n'éprouvèrent, semble-t-il, une complète satisfaction charnelle. Après deux heures d'exercices appliqués, en tous genres, elle demanda :

— Tu n'as pas soif?

— Un peu...

— Si tu téléphonais pour qu'on nous monte une bouteille de champagne? Ce doit être une chose possible dans cet établissement?

— Qu'y vendrait-on si ce n'est du champagne?

Dès qu'il eut passé la commande, elle précisa :

— Comme c'est moi qui en ai eu l'idée, je te l'offre, cette bouteille...

— Tu y tiens vraiment?

— J'y tiens! Ce sera pour moi, à une échelle bien modeste, une façon de t'entretenir... puisque je sais que tu aimes ça!

Après qu'ils eurent commencé à boire, elle constata :

— C'est véritablement le seul breuvage qui puisse se prendre avant ou après l'amour... Le whisky, ce n'est bon que lorsque l'on bavarde entre amis, ou quand on est seule...

— Ça t'arrive souvent d'être seule?

— Trop souvent... Ce ne doit pas être ton cas?

— A moi aussi cela arrive plus souvent que tu ne pourrais le penser... Seulement je me débrouille, à coups d'aventures, pour que ça ne dure pas trop!

— Je crois bien que je vais faire comme toi...

— C'est la bonne solution!

— As-tu réfléchi sur la proposition que je t'ai faite l'autre jour?

— Laquelle?

— De... nous associer. Nous serions moins seuls, toi et moi.

— Tu sais très bien qu'en ce moment je ne le suis pas.

— La blonde?

— Marylin... Justement : puisque tu en parles il y a une chose que je voulais te dire... Demain, elle et moi nous partons aux sports d'hiver pour quelques semaines...

— Ah? Et moi, qu'est-ce que je vais devenir?

— Toi? Mais tu continueras à travailler dans ta boutique pour accroître tes petites économies... Qu'est-ce que tu veux, Marylin a su se montrer gentille pour moi ces derniers jours... A croire qu'elle a pressenti que, si elle ne voulait pas comprendre, je pourrais très bien la plaquer pour une autre, telle que toi, qui ne demandait, elle, qu'à se mettre au diapason...

— Tu ne lui aurais pas parlé de moi, par hasard?

— Je ne cache pas que je lui ai laissé entendre qu'il y avait une candidate sur les rangs... mais, bien sûr, sans te nommer!

— Et pour une fois, préférant son petit chéri à l'argent de l'autre, elle a eu peur de te perdre?

— C'est-à-dire qu'elle s'est fait donner un gros paquet par l'autre. Ce qui nous permettra à tous les deux de vivre agréablement pendant un bon bout de temps... Quand il n'y en aura plus, nous verrons bien!

— Peut-être à ce moment-là viendras-tu me retrouver?

Et comme il ne disait rien :

— A moins qu'elle ne fasse cracher à nouveau son « micheton »?

Il ne répondit pas davantage.

— Au fond c'est elle qui a raison... Moi aussi, un jour, je ferai comme elle : ça permet de garder pour soi les hommes qui vous plaisent...

— Tu ne vas pas me dire que je t'ai plu?

— Tu m'as intéressée, Domingo... c'est déjà beaucoup!
— Toi aussi, mon petit, tu ne me déplais pas...
— Mais je ne te plais tout de même pas! C'est là toute la nuance... Et elle est de taille! C'est d'ailleurs mon problème : il faudrait que je plaise... Seulement quand? et à qui?
— Ça viendra...
— Tu es optimiste! Je sais bien que pour les autres c'est toujours plus facile... Bon. Eh bien, je crois que nous n'avons plus grand-chose à nous dire... Moi, j'ai très bien compris.
— Qu'est-ce que tu as compris?
— Que si j'avais plus d'argent ou si je réussissais, comme Marylin, à me faire entretenir sur un grand pied, tu irais volontiers aux sports d'hiver avec moi! Seulement voilà : je n'ai que des économies et pas de micheton! Je ne suis qu'une cloche... Encore un peu de champagne?
Et tout en remplissant les coupes :
— Finissons la bouteille! La séparation sera plus gaie...
Au moment où ils allaient quitter la chambre, elle dit encore :
— Je t'en veux un peu, mais pas trop, vois-tu... Grâce à toi je conserverai toujours un excellent souvenir...
— C'est vrai?
— Un souvenir impérissable! Je sais maintenant comment une femme doit s'y prendre pour s'attacher physiquement un homme... Tu as été un excellent professeur... Combien estimes-tu que je te dois pour ces deux répétitions particulières?
— Mais voyons, Sylvie!

— Il n'y a pas de « voyons »... Tu as bien un tarif?
— Tu me gênes...
— Pas tellement! Tiens!
Et elle lui lança une liasse de billets à la figure avant de s'enfuir en claquant la porte.

D'abord interloqué, il regarda les billets qui s'étaient éparpillés sur la moquette. Puis il se baissa pour les ramasser un par un — l'argent c'est trop précieux! Ensuite il les compta : il y avait trois mille francs en coupures de cent. Aussitôt il pensa : « Cela représente un mois de son travail et ça met « la leçon » à cent cinquante mille anciens francs... Ce n'est pas si mal payé! Je suis sûr qu'elle aurait été généreuse, cette mignonne... Seulement voilà : avec le physique qu'elle a, elle aurait eu beaucoup de mal à « accrocher » un type à fric... Cela aurait demandé trop de temps! Moi, je ne peux jamais attendre : demain j'ai un bon tuyau pour la troisième à Longchamp Avec Marylin, au moins pour le moment, j'ai tout ce qu'il me faut... Pauvre Sylvie! »

Il ne venait même pas à l'idée du souteneur que, sans avoir fait le moindre geste de brutalité, il avait administré à celle qui venait de s'enfuir la plus magistrale des gifles : celle qu'une fille laide reçoit lorsqu'elle réalise que, même en payant, elle ne peut pas arriver à plaire...

En arrivant chez elle, Sylvie trouva, glissé sous la porte d'entrée, un billet griffonné par Dédé :

Tes photos sont tirées. Je ne suis pas trop mécontent. Comme je pense que tu seras chez toi demain dimanche, je te les apporterai vers 15 heures.

Encore 15 heures! Le chiffre la poursuivait... Mais, au moins, avec Dédé, ce serait pour autre chose. Ce petit message était bien anondin, mais cette nuit-là, après ce qui s'était passé avec Domingo, c'était une sorte de baume sur sa blessure morale.

Le dimanche, à 15 heures, elle contempla les photographies apportées par Dédé. L'artiste, doublé d'un amoureux, n'avait pas lésiné. Il n'avait pas hésité à tirer une cinquantaine d'épreuves réparties équitablement entre les deux séries : celle où Sylvie était perruquée et maquillée, celle où elle était naturelle. Et la différence entre ses deux aspects était fantastique! Il n'y avait aucune comparaison possible... Attifée selon « ses idées » des dernières semaines, Sylvie était hideuse! Pis encore : grotesque... Sous l'effet du maquillage, tous les défauts de son visage se trouvaient exagérés, amplifiés, dénaturés à force de laideur. En revanche, naturel et dépouillé de tous artifices, le visage devenait attirant. Spécialement le profil!

Médusée, Sylvie demeura silencieuse pendant de longues minutes, manipulant les photos, les plaçant les unes à côté des autres pour les comparer, baissant la tête pour les regarder de tout près, les exposant contre le mur sur un guéridon et reculant pour voir l'effet qu'elles produisaient à distance... Il n'y avait plus aucun doute à avoir : Dédé était un très grand artiste qui avait su, à coups d'ombre et de lumière, estomper ce qui n'était pas beau chez elle et mettre en valeur les moindres détails qui pouvaient plaire au regard. Un admirable travail grâce auquel, si l'on ne connaissait pas le modèle, on ne pouvait qu'avoir envie de découvrir immédiatement la réalité de la femme et même devenir amoureux du rêve photographié.

Se tenant derrière elle, la laissant faire à sa guise et

observant ses moindres réactions, Dédé attendait, modeste et silencieux, le verdict. Celui-ci arriva, inattendu pour lui, sous la forme d'un double baiser dont Sylvie gratifia ses joues empourprées...

— C'est toi qui avais raison! dit-elle. Maintenant, comme tout le monde, je ne t'appellerai plus André, mais Dédé... Je pense que tu le mérites... A l'avenir tu seras « mon » Dédé à moi.

— Qu'est-ce que tu veux dire? balbutia le garçon.

— Que notre amitié, qui était déjà grande, je le sais, vient de se renforcer... Toi, au moins, tu es ce que j'appelle dans le sens le plus vrai et le plus chaste du mot « mon ami »... J'ignore encore s'il y aura un jour autre chose entre nous, mais ne trouves-tu pas que c'est déjà beaucoup?

— Je ne cherche pas du tout à être « ton ami », selon l'expression qu'emploient tant de gens aujourd'hui. S'il se passait « quelque chose » entre nous, comme tu le laisses supposer, c'est que tu aurais accepté de devenir ma compagne.

— Mais c'est très grave ce que tu me dis là, Dédé!

— J'en ai conscience.

— C'est presque une déclaration « pour le meilleur et pour le pire »!

— Je ne la regrette pas.

— Tais-toi!

Disant cela, elle lui avait plaqué la main sur la bouche avant d'ajouter :

— Revenons aux photos... On supprime les laides?

— Celles où tu croyais que tu serais belle?

— Oui...

Tandis qu'elle commençait à déchirer la première série, il suggéra :

— Pas toutes peut-être... N'aimerais-tu pas en conserver quelques-unes de ta nudité!

— Aucune! Mon nu est vulgaire!

— Je ne trouve pas... Certaines femmes sont faites pour porter le nu et d'autres pas! En général, celles qui sont très belles nues ne le sont pas tellement lorsqu'elles s'habillent... Mais comme, dans la vie, on est plus souvent habillé que nu, ce sont les autres qui ont l'avantage. Cela laisse, bien sûr, des surprises pour la suite! Celles qui montrent tout trop vite commettent une erreur.

— Avoue-le maintenant : grâce à tes photos, ne sommes-nous pas devenus de vrais amis? Sincèrement, tu pourrais apprécier ma nudité?

— Je le crois, mais pour moi tout seul...

— Egoïste!

— N'est-ce pas la meilleure façon d'aimer? Puisque tu ne veux pas de la première série, voici la pellicule : je te la rends. Tu n'as qu'à la détruire, elle aussi. Ainsi personne au monde ne pourra l'utiliser.

— Et l'autre série?

— Je conserve précieusement la pellicule pour pouvoir tirer de nouvelles épreuves si tu en avais besoin.

— Parce que tu penses toujours que je vais répandre ces photos?

— J'en suis convaincu! Moi aussi, je commence à te connaître, Sylvie... Quand tu as une idée en tête, tu ne la lâches pas!

— Et ça ne t'ennuie pas, mon idée?

— Non. Ces photos de la vraie Sylvie ne peuvent que te rendre service.

— En me montrant plus belle que je ne le suis? Dis-le donc pendant que tu y es!

— Je n'ai fait aucune retouche. Apprends qu'un objectif n'améliore jamais un visage... Il ne peut que le mettre en valeur. C'est ce que j'ai fait.

— Sais-tu qu'à certains moments tu sais être le plus délicat des amis? Maintenant, tu vas te montrer encore plus gentil en me laissant seule avec mes photos... C'est bien la première fois où je peux contempler mon image sans me faire horreur! Merci pour cette joie!

Que ferait-elle de ses photographies? Tout dépendrait de la suite des événements... De deux choses l'une : ou un nouvel homme, dont elle pourrait faire la conquête, se présenterait chez *Marie-Caroline*, ou il n'en viendrait pas. Et, dans ce cas, il faudrait bien qu'elle modifiât sa tactique en cherchant ailleurs ce personnage rare... Alors là, peut-être les photos seraient-elles utiles. Elle avait bien en tête, depuis qu'elle avait laissé Dédé opérer, une idée qui, à force de réflexion, n'avait fait que se préciser. Mais elle ne la mettrait en pratique qu'à la toute dernière extrémité, quand elle ne trouverait pas d'autre moyen d'attirer l'attention, et donc de plaire.

Pour le moment, la grande révélation que lui avaient apportée ces photos était qu'il ne fallait absolument plus se coiffer d'une perruque ni se maquiller de façon démentielle. Elle devait s'efforcer, contrairement à ce qu'elle avait pensé pendant ces derniers mois, de ressembler le plus possible dans la vie aux chefs-d'œuvre réalisés par Dédé. Mais plus elle regardait les épreuves et s'étudiait dans un miroir, plus elle se rendait compte que la tâche n'était pas aisée... Un as, ce Dédé!

Quand elle reparut le lendemain lundi chez *Marie-Caroline*, telle qu'on l'y avait vue pendant les premières années, les réflexions ne manquèrent pas :

— Tiens! Tu es redevenue normale?

— Tu as enfin compris que tous ces chichis sur ta tête et ce bariolage sur ton visage, ça ne t'allait pas! Tu as été longue!

Mme Bernier, la directrice, ne fit aucune remarque mais le patron, Nat Venfel — qui s'était gardé de tout commentaire lorsqu'il l'avait vue arriver, quelques mois plus tôt, perruquée et maquillée — lui confia en souriant :

— Je vous préfère de beaucoup ainsi...

Réflexion qui lui fit plaisir. C'était celle d'un homme ne manquant pas de goût.

L'existence chez *Marie-Caroline* continua, routinière, mais financièrement de plus en plus bénéfique pour Sylvie : ses économies augmentèrent. De temps en temps, elle sortait avec Dédé. Ils allaient des « bistrots » en vogue aux discothèques nouvelles. Pour lui, l'accompagner était un plaisir évident et, quand certains de ses camarades lui murmuraient : « Dis donc, ça n'a pas l'air de trop mal marcher pour toi avec celle-là? », Dédé prenait un air de mystère laissant tout supposer alors que, dans la réalité, il ne se passait absolument rien entre eux. Tout en l'ayant définitivement adopté sur le plan de l'amitié, elle ne le désirait toujours pas. Plaire à Dédé était devenu trop facile pour elle : ce n'était même plus une victoire, mais une habitude. A chacune de leurs sorties, qui avaient généralement lieu le samedi soir, elle recherchait avidement parmi des inconnus de rencontre celui qui pourrait lui convenir. Mais cette proie ne se présentait jamais! On aurait dit que le fil des « conquêtes » — qui avait commencé à se dérouler pour elle avec l'industriel et l'amant de Marylin — s'était brusquement rompu. Personne ne la regardait! Et au magasin, il en était de même : depuis quelque temps très peu d'hommes y entraient pour accompagner des clientes et les rares qui venaient ne la remarquaient pas, en dépit de tous ses efforts d'amabilité. C'était à désespérer! Cela fleurait le désastre!

Elle en arrivait à se demander si elle n'avait pas commis la plus stupide des erreurs en cessant de porter perruque et de se maquiller. Son « naturel », qui enchantait Dédé, ne semblait plaire à personne! Et lorsqu'elle se retrouvait le soir dans son appartement, où elle se sentait de plus en plus seule, elle recommençait à ne plus oser se regarder dans une glace. Elle n'éprouvait même pas l'envie de sortir du tiroir de la commode, où elle les avait enfermées, les merveilleuses photographies...

Un soir pourtant, où sa détresse morale était immense, elle finit par ouvrir ce tiroir. Elle ne regarda pas les photos. Elle se contenta de les glisser rapidement dans un porte-documents acheté à cet effet dans un Monoprix. Elle savait que le lendemain, dès qu'elle quitterait son travail à 18 heures, elle se rendrait, en taxi pour arriver plus vite, à une adresse qu'elle avait relevée, parmi beaucoup d'autres, dans un hebdomadaire féminin à gros tirage... L'adresse d'une certaine *Mme de Ternot* qui, affirmait le texte de l'annonce, était « *la plus qualifiée pour faire des présentations en tous genres... Cela grâce à une longue expérience...* ».

Cette annonce, de préférence à toutes celles qui remplissaient une page entière du journal, avait séduit Sylvie pour l'unique raison que le mot « mariage » — qu'elle redoutait encore et dont elle ne voulait pas entendre parler — n'y était pas mentionné.

« *Présentations en tous genres* » ce n'était pas « *Présentations en vue de mariage* »... Il y avait une grande différence! Et c'était exactement ce qu'il lui fallait : qu'une intermédiaire, habile et « expérimentée », la mît en rapport avec des hommes « de tous genres » qui, comme elle, recherchaient d'abord l'aventure... Au bas de l'annonce, il était bien spécifié de « *ne pas omettre d'apporter des photographies récentes* ». Grâce à l'entêtement de Dédé, n'avait-elle pas tout ce qu'il fallait?

Tel le Saint Empire romain germanique, dont M. de Talleyrand disait qu'il n'était « *ni Saint, ni Empire, ni Romain, ni Germanique* », Mme de Ternot n'était ni une « dame », ni une noble, ni une Ternot, mais cela n'avait aucune espèce d'importance dans l'esprit de Sylvie lorsqu'elle se trouva en sa présence dans un petit salon dont le moins qu'on pût dire était qu'il ne révélait ni l'opulence ni surtout le bon goût. Au demeurant, l'entremetteuse était affable et d'humeur souriante. C'était une personne qui comprenait très vite. Dès la première seconde où elle avait vu Sylvie, elle l'avait immédiatement classée, grâce à son cerveau bien organisé, dans la catégorie de celles chez qui le physique est un « sérieux handicap ». Donc tout de suite — sachant par expérience que ce genre de cliente a un pressant besoin du réconfort qui met en confiance — elle se montra gentille :

— Je suis sûre, mademoiselle, dit-elle en guise de préambule, que vous aimeriez rencontrer un monsieur bien sous tous les rapports?

— C'est un peu cela...

— Je crois pouvoir trouver rapidement ce qu'il vous faut... Un homme pas trop jeune, ni trop vieux bien sûr... Disons : entre deux âges, mais aimant et sachant vous le prouver... Puis-je vous poser quelques questions?

— Je vous écoute.

— Quelle est votre profession?

— Vendeuse...

Mme de Ternot eut une légère moue avant de demander :

— Dans une bonne maison?

— Une excellente maison de couture, avantageusement connue à Paris et où je gagne très bien ma vie.

— Alors tant mieux! Vous savez : une situation stable, ça facilite beaucoup les choses... Sans doute vivez-vous seule?

— Complètement seule.

— Parfait.

Tout en prenant des notes, Mme de Ternot poursuivit :

— Chez vous ou à l'hôtel?

— Ai-je l'allure de quelqu'un qui vit à l'hôtel?

— Beaucoup de dames distinguées vivent à l'hôtel, précisément par crainte de la solitude... Je ne vous demande pas votre âge mais seulement si vous êtes majeure.

— Il y a déjà cinq ans.

— Alors ne le dites pas! Je vous inscris sur cette fiche comme ayant vingt-deux ans... C'est un excellent chiffre qui plaît aux hommes d'un âge certain : tout en recherchant la compagnie de très jeunes femmes, ils redoutent de s'engager avec une mineure...

— Il ne s'agit pas pour moi d'engagement, madame, mais simplement de rencontre.

— C'est exactement ce que je voulais dire : dans une rencontre, si elle a une suite, se dissimule toujours un embryon d'engagement... Donc vous vivez chez vous?

— J'ai un assez joli deux pièces cuisine.

— C'est l'appartement le plus recherché... Dans ce cas, peut-être préféreriez-vous recevoir la personne chez vous?

— Cela dépendra... Pour en arriver là, il faudrait d'abord qu'elle me plût!

— Cela va de soi! De toute façon, la première présentation a toujours lieu chez moi, ici, dans ce salon... C'est là une règle que je me suis imposée pour être sûre que les choses se passent bien... Ensuite... Eh bien, mon Dieu, c'est aux intéressés de s'arranger entre eux s'ils veulent poursuivre l'entretien ailleurs... Avez-vous le téléphone?

— Hélas, pas encore!

— C'est en effet une lacune à laquelle je ne saurais trop vous conseiller, si cela est en votre pouvoir, de remédier au plus vite... C'est tellement pratique, le téléphone, si l'on veut faire des rencontres agréables! Ne serait-ce que pour fixer l'heure et le lieu du rendez-vous... Tout le monde est tellement pressé de nos jours! Les hommes, et particulièrement les messieurs « bien » qui constituent l'essentiel de ma clientèle masculine, ont tellement peu de moments de liberté! C'est pourquoi un simple petit appel téléphonique arrange tout!

— Voilà six mois déjà que j'ai fait ma demande aux P.T.T. J'attends ma ligne.

— Mais, comme vous ne l'avez pas encore, je serai contrainte, dès que je verrai quelqu'un qui me paraîtra susceptible de vous convenir, de vous envoyer un pneumatique. Pouvez-vous me donner votre adresse?

Sylvie sortit un bristol de son sac :

— La voici sur cette carte de visite, ainsi que mon nom.

— Vous vous prénommez Sylvie? C'est charmant... Et ça vous va très bien! C'est vrai : dans Sylvie il y a un petit côté sylvestre... Cela sent la fraîcheur, la pureté, le repos, le calme...

— Je ne tiens pas à ce que vous me décriviez à d'éventuels postulants comme étant une fille trop placide. Je crois que ce serait une erreur!

— Cela aussi, je le sais, chère mademoiselle... Rien n'est plus tumultueux que l'eau qui dort lorsqu'elle se réveille! C'est là l'une des facettes de la vraie femme que les hommes d'expérience, du genre de celui que je vais m'efforcer de vous faire rencontrer, savent apprécier hautement... A propos, cet homme, pourriez-vous me le décrire en quelques mots tel que vous l'espérez? Cela faciliterait ma tâche...

Sans hésiter une seconde, Sylvie répondit :

— Je veux qu'il soit grand, c'est-à-dire qu'il ait au moins une demi-tête de plus que moi, qu'il soit bien proportionné avec l'allure sportive, sans être pour cela un sportif... Je déteste les sportifs! C'est l'allure seule qu'il me faut... Je veux aussi qu'il ait une situation.

— Riche?

— Ne demandons pas le Pérou! Des hommes vraiment riches, il y en a de moins en moins et ceux-là sont presque toujours casés depuis longtemps, à moins que ce ne soient des pédérastes. Or, ils ne m'intéressent pas et je ne leur plairais certainement pas! Les pédérastes adorent cancaner avec les vieilles femmes dont ils deviennent les confidents et si, de temps en temps, il leur arrive de s'exhiber seuls avec une femme, ils la choisissent presque toujours très jolie : ce qui ne saurait être mon cas!

— Mon enfant, vous êtes beaucoup trop modeste! Personnellement, je vous trouve charmante...

— Mais pas jolie du tout! Revenons, si vous le voulez bien, à cet homme que vous me demandez de décrire... Je répète donc : situation aisée. Ça me suffit. Je ne lui demande pas non plus d'être très intelligent... C'est souvent assez ennuyeux pour une femme, un homme trop intelligent : il cherche à l'écraser plutôt qu'à l'admirer... Car j'aimerais qu'un homme m'admirât moralement et — sans doute vais-je vous paraître follement ambitieuse — physiquement... Oui, mon plus grand désir est de plaire!

— Et vous avez mille fois raison! Vous ne seriez pas hostile à un étranger?

— Nullement, à condition qu'il parle français ou anglais. En amour il faut quand même se comprendre de temps en temps!

— Un homme de couleur?

— Pourquoi pas? S'il est très beau et si je lui plais!

— Si je vous pose cette question, c'est qu'il m'arrive fréquemment de recevoir la visite d'hommes de couleur dont le plus grand rêve est de rencontrer une femme blanche... Et généralement, ils la souhaitent blanche en tout, c'est-à-dire pure comme vous...

— Qui vous dit que je sois aussi pure que cela?

— Mon instinct...

— C'est vraiment l'impression que je donne?

— C'est sous cet angle, très attrayant pour un homme, que j'ai l'intention de parler de vous.

— Cela risquerait, si une rencontre intéressante se produisait, de déclencher quelques surprises!

— Tant mieux! Votre admirateur n'en sera que plus épris... Je crois, chère mademoiselle Sylvie, que nous nous sommes dit à peu près l'essentiel... Oh! Mon Dieu, que je suis sotte! J'allais oublier le plus important : les photographies.

— Les voici, dit Sylvie en les extrayant du porte-documents.

Après les avoir regardées avec une grande attention, Mme de Ternot s'exclama :

— Mais vous y êtes absolument idéale! Qui a fait ces photos?

— L'un de mes amis...

— Il doit beaucoup vous aimer!

— A quoi voyez-vous cela?

— A la réussite! Car c'en est une, exceptionnelle! Il est très rare que l'on m'apporte d'aussi jolies photos... C'est pourtant tellement important! Sans photos, je ne peux pas bien travailler... Dans mon métier, c'est le contact qui met en marche tout le mécanisme! Pour ma clientèle, une photo doit se révéler à la fois excitante et vraie. Elle doit aussi refléter la sensualité... Votre ami l'a admirablement compris... Avec de tels atouts en main, nous n'aurons aucun mal, je crois, à réussir... Il ne me reste qu'à consulter mon fichier pour téléphoner à quelques messieurs qui attendent avec impatience que je les convoque. Dès qu'ils seront là, je leur montrerai ces photos.

— Vous n'avez tout de même pas l'intention de me présenter une demi-douzaine d'hommes le jour où vous me ferez venir?

— Mes présentations ne sont toujours faites qu'une par une... C'est un autre principe absolu de ma Maison. Sinon, où irions-nous? Ça ne ferait pas du tout sérieux, alors que j'ai la prétention d'être une femme digne.

— Vous demandez aussi aux messieurs de vous apporter des photographies?

— Evidemment! Tous ceux auxquels je pense déjà pour vous et qui attendent dans mon fichier, ont — jointe au dossier — leur photo...

— Ne croyez-vous pas que nous gagnerions déjà du temps si vous m'en montriez quelques-unes aujourd'hui?

— Ce serait au contraire une perte de temps. Il me faut d'abord faire un tri que je vous soumettrai ensuite, mais après avoir vérifié au préalable, en les appelant par téléphone, que ces messieurs sont toujours disposés à faire, sous mes auspices, une agréable rencontre... Entre-temps, certains peuvent très bien avoir changé d'avis ou même avoir découvert, à mon insu, l'âme sœur... Tout cela est très délicat...

— Je vois.

— Mais soyez tranquille! Avant trois ou quatre jours au plus, je vous donnerai signe de vie.

— J'y compte bien!

— Il ne reste plus qu'une formalité... La petite « avance » pour frais de recherche et de documentation...

— Combien vous dois-je?

— Aujourd'hui? Trente francs.

Après avoir payé, Sylvie demanda :

— Et après?

— Rien du tout jusqu'à ce que je réussisse à trouver quelqu'un qui vous convienne et à qui vous plairez... A ce moment-là, chacun de vous me versera la même somme : cinquante francs... Et nous n'en parlerons plus! Avouez que c'est raisonnable?

— Je reconnais même, chère madame, que c'est donné si véritablement vous apportez le bonheur...

Pendant qu'elle rentrait chez elle, Sylvie n'était pas tellement mécontente de la visite qu'elle venait de faire. Peut-être avait-elle exagéré en prononçant, au moment de sortir de chez Mme de Ternot, le mot « bonheur ». Ce n'était pas exactement le bonheur qu'elle recherchait, sachant très bien qu'il n'est pas de ce monde. Non. Ce qu'il lui fallait avant tout, c'était une nouvelle rencontre, organisée celle-là par une spécialiste. Elle voulait savoir à tout prix si, oui ou non, elle pouvait connaître la satisfaction physique. Si cela ne donnait rien, elle aurait toujours la possiblité de renouveler l'expérience avec un quatrième, un cinquième, un sixième, un nombre indéfini d'hommes jusqu'à ce qu'elle réussît enfin! Celle qu'elle venait de quitter ne devait pas être en peine pour lui procurer, en quantité suffisante et régulière, l'élément mâle dont elle avait besoin! Et cela ne lui coûterait chaque fois que cinquante francs! Domingo avait été beaucoup plus cher...

Mme de Ternot tint parole. Quatre jours plus tard, en rentrant de son travail, Sylvie trouva dans sa boîte un pneumatique. L'entremetteuse y demandait qu'elle lui téléphonât dès le lendemain matin avant midi : elle avait « quelque chose d'intéressant » à lui présenter. Le lendemain, réussissant à s'échapper pendant quelques minutes de chez *Marie-Caroline*, Sylvie l'appela de la cabine téléphonique du petit café cher à Dédé.

— Ah! C'est vous, mademoiselle Sylvie?

— Oui, madame.

— Pourriez-vous passer me voir ce soir vers 19 heures? J'ai des « photographies » de qualité à vous soumettre... Ce sont celles de clients sérieux auxquels j'ai montré vos propres photos et qui tous sans exception, je dois le dire, se sont montrés aussitôt vivement impressionnés... Savez-vous ce qu'ils m'ont dit, les uns et les autres, sans avoir cependant pu se donner le mot puisque je les ai reçus séparément à des heures différentes?... *Voilà au moins une jeune femme qui a un visage expressif!* Je trouve que c'est là un très beau compliment parce qu'il est rare... Alors, je peux compter sur vous demain soir?

— Je serai là.

— Comme vous avez plu à tous en photo, l'avenir ne dépend plus que de vous... Vous verrez : je vous ai préparé un joli choix...

A 19 heures, sans une seconde de retard, Sylvie était assise dans le salon de Mme de Ternot qui ne perdit pas non plus de temps pour lui mettre sous les yeux un lot de photographies d'hommes très différents, en agrémentant chaque présentation d'un petit commentaire. Pour du « choix », il y en avait!

— Celui-ci, commença-t-elle avec la première photo, n'est peut-être pas exactement le type d'homme que vous recherchez, mais je vous garantis qu'il est très sérieux.

— Comment pouvez-vous le savoir?

— Par deux ou trois de mes clientes que je lui ai déjà présentées avant vous.

— Il remet donc ça régulièrement?

— C'est un client très fidèle... Je pourrais même dire un habitué de ma Maison : il revient me voir à peu près tous les mois, plutôt en début de mois.

— Quand il a touché sa paye?

— Oh! Il a de l'argent... Aucune de mes clientes ne s'est plainte de ce côté-là... L'une d'elles m'a même précisé qu'il s'était montré plutôt généreux.

— Et... pour le reste, elle vous a donné des détails?

— Pour l'ensemble de ces dames, il semble que ce monsieur ait été ce qu'on appelle « une bonne affaire ».

— Eh bien, moi, chère madame, je le trouve affreux, ce bonhomme à lorgnon!

— C'est un expert-comptable.

— Ça ne me surprend pas! Si nous passions à un autre?

Tel un illusionniste faisant surgir des merveilles, Mme de Ternot montra un deuxième visage. Cette fois, « le « candidat » ne portait pas de lunettes, mais un collier de barbe savamment taillé pour se donner une personnalité physique qu'il n'aurait sans doute pas eue sans cela.

— Je déteste les barbus! affirma Sylvie. Surtout quand ils sont aussi jeunes que celui-ci. J'admets à la rigueur la barbe pour les hommes âgés. Mais les vieillards, ce n'est pas pour moi!

— Pourquoi vous énerver ainsi? dit avec calme Mme de Ternot. C'est inutile puisque j'ai tout un choix... Vous devez bien vous douter que j'ai pris soin de vous présenter d'abord les candidats les moins attrayants! Vous qui êtes dans la couture, vous ne pouvez pas ignorer qu'il faut toujours graduer la surprise dans une présentation de modèles? Et celui-là, qu'en pensez-vous?

L'homme de la troisième photographie était nettement mieux, accusant tout au plus la quarantaine. Il avait le visage ouvert et donnait — du moins en photo — l'impression d'être soigné de sa personne.

— Pas mal, dit simplement Sylvie.

— Alors gardons-le en réserve... Et celui-ci?

Le quatrième homme pouvait avoir trente-cinq ans. Il était très brun et avait de beaux yeux.

— Pas mal non plus, dit à nouveau Sylvie.

— C'est un Espagnol.

— Espagnol? Ça m'intéresse...

— Alors en réserve, lui aussi!

Ils défilèrent les uns après les autres, tous ces messieurs qui s'étaient montrés « séduits » — selon Mme de Ternot — par le charme photogénique de Sylvie. Il y eut un peu de tout : des bruns, des blonds, des grisonnants, des « tempes argentées », d'assez jeunes mais pas de très jeunes, des plus vieux mais pas de très âgés. La moyenne d'âge oscillait entre trente-cinq et cinquante ans : l'idéal pour une fille qui avait passé la Sainte-Catherine et qui recherchait « l'homme bien » à tout prix...

Après avoir examiné la précieuse collection plusieurs fois de suite et montré mille et une hésitations, le choix de Sylvie se fixa finalement sur trois candidats dans l'ordre de préférence suivant : d'abord « l'Espagnol », ensuite le quadragénaire « à l'allure soignée » et, en troisième, un Martiniquais du plus beau noir... L'Espagnol, c'était pour effacer le souvenir de Domingo qui, lui, n'était qu'un faux; le quadragénaire soigné pour chasser définitivement l'image du P.D.-G., le premier homme auquel elle s'était donnée; le Noir enfin pour franchir les mers dans des voyages en chambre... Dans sa tête, mais elle se garda bien de faire part de ses pensées secrètes à Mme de Ternot, si tout « marchait » bien avec le premier — il fallait entendre par là que le partenaire lui apporterait enfin ce qu'elle n'avait pas trouvé au cours de ses désastreuses tentatives — elle prolongerait l'aventure jusqu'à plus soif... Si, au contraire, elle n'était pas satisfaite, elle essaierait le deuxième candidat, puis le troisième au besoin... Et ainsi de suite puisqu'il y avait « du choix ». En fin de compte, ce seraient peut-être les derniers — tels l'homme aux lunettes et le barbu qu'elle avait éliminés d'office — qui lui apporteraient la suprême révélation.

Le premier rendez-vous fut donc décidé pour le lendemain soir, à 18 h 30, dans le même salon.

— Cette heure conviendra très bien, dit l'entremetteuse, car il travaille comme vous.

— Qu'est-ce qu'il fait?

— Attendez que je consulte sa fiche... Voyons... Ah! Il a un bon métier : c'est un garçon de café.

— Vous pensez que c'est un bon métier?

— Excellent! Les pourboires...

— Il est vraiment espagnol?

— Tout ce qu'il y a de plus authentique! Même andalou... Il est né à Séville et a trente-six ans : le rêve quoi!

— Quel est son nom?

— Miguel... Miguel et Sylvie... Je trouve que ça s'harmonise assez bien. Et vous?

— Et son nom de famille?

— Ça, je ne peux pas plus vous le révéler que je ne lui ai précisé le vôtre. C'est une chose qui ne se fait jamais dans une Maison discrète... C'est préférable aussi pour le cas où, s'étant rencontrés, les candidats ne se plairaient pas! En revanche, s'ils s'entendent, ils pourront, le moment venu, se révéler mutuellement leur identité.

— Comment se passera « l'entrevue »?

— Le plus simplement du monde... Dès que je vous

aurai mis, l'un et l'autre, en présence, je me retirerai pendant tout le temps nécessaire à un premier entretien. S'il est concluant, vous pourrez très bien partir ensemble après être passés, à tour de rôle, dans mon bureau, qui est à côté, pour la petite formalité finale...

— Alors à demain.

— A demain, mademoiselle Sylvie. Je crois que ce soir vous pouvez dormir tranquille : tout ira bien...

— Vous me rendez mes photographies?

— Les voici... J'aimerais quand même en conserver quelques-unes pour les mettre dans votre dossier au cas où vous auriez encore besoin de mes services. On ne sait jamais...

— Vous avez raison. Prenez celles que vous voudrez.

— Je choisis ces deux-là : une de trois quarts et une de profil...

— Vous n'en voulez pas également une de face?

— Non. Pour être franche, je préfère votre profil...

— Moi aussi!

— Vous n'avez pas idée à quel point il vous avantage! D'ailleurs les hommes attachent beaucoup d'importance au profil! C'est logique : quand une femme se laisse prendre, il est rare qu'elle n'incline pas la tête d'un côté ou de l'autre, sur l'oreiller... Et vos deux « côtés » sont bons.

Revenue chez elle, Sylvie passa une partie de la soirée à se regarder dans la glace de sa salle de bains. Mais elle le fit d'une façon tout à fait spéciale... Après avoir aligné côte à côte sur la tablette en faux marbre de la toilette cinq photos différentes : profil gauche, profil droit, trois quarts gauche, trois quarts droit, et face, malgré l'opinion de Mme de Ternot, elle commença une surprenante gymnastique de la tête pour essayer de prendre exactement, les unes à la suite des autres, les poses « chipées » par l'objectif magique de Dédé. Dans son esprit il s'agissait de parvenir à copier chacune de ces images qui avait fait naître la curiosité masculine à son égard. N'était-il pas indispensable d'adapter la réalité à l'image avant « l'entrevue » du lendemain? Ne serait-ce pas épouvantable si Miguel, le bel Andalou, se montrait déçu en découvrant l'original? Pour elle ce serait le pire des affronts! La seule personne qui avait le droit d'être déçue demain, ce serait elle, Sylvie l'irrésistible... Parce que ça ne porterait pas à conséquence... Elle répudierait aussitôt l'Espagnol en faveur du candidat suivant, le quadragénaire soigné. N'avait-elle pas un moyen infaillible de le faire comprendre à Mme de Ternot en refusant de payer les cinquante francs qui tenaient lieu de certificat de satisfaction? Quant à l'Espagnol éjecté, il pourrait bien aller à tous les diables et se consoler avec une autre « cliente » de l'officine!

Vers minuit, elle se coucha assez contente : elle était sûre de pouvoir maintenant s'identifier dans la vie avec les meilleures images d'elle-même... Mais pour cela, elle devait s'efforcer, à l'avenir, de ne jamais se montrer à un admirateur éventuel que sous certains angles : ceux-là mêmes que Dédé avait su fixer sur la pellicule. A force de s'étudier devant la glace, elle en était arrivée à une constatation assez surprenante : son visage, même vu de face, pouvait être sinon attrayant, du moins acceptable, à condition qu'elle sût cacher, grâce à la coiffure, ces abominables oreilles qui déparaient tout! Pour le nez, elle avait compris qu'on pouvait le diminuer en l'ombrant avec un fond de teint plus foncé que celui employé sur les joues. Il fallait surtout faire ressortir la seule chose qu'elle avait de bien dans le visage : la bouche... La rendre plus pulpeuse en mettant sur la lèvre inférieure un rouge plus clair et nacré. Un léger trait de crayon remonterait la courbe de ses yeux tombant vers les tempes. Les sourcils, épilés en arc, ouvriraient l'œil trop petit.

Elle avait compris, en étudiant les photos de Dédé, qu'elle pouvait obtenir par de savants truquages ce que ce dernier avait réussi avec son appareil photographique grâce aux jeux d'ombre et de lumière.

Peut-être aurait-elle intérêt à porter, dès demain soir, ce grand feutre beige, rabattu sur le front, dont elle venait de se coiffer un nombre incalculable de fois après l'avoir manipulé, trituré et placé dans toutes les positions susceptibles de dissimuler un peu son visage. Ayant fini par trouver ce que seule une femme peut inventer pour se mettre en valeur, elle pouvait dormir tranquille : demain elle serait parée.

A l'heure fatidique, elle se sentit puissamment aidée par le feutre! Mme de Ternot elle-même en fut stupéfaite : l'illusion de « charme très spécial » était réussie. La directrice de l'agence, qui avait cependant vu défiler toutes sortes de créatures au cours de sa longue carrière, ne put qu'en conclure intérieurement que parfois une sorte de génie de la dissimulation et du trompe-l'œil peut habiter une femme exceptionnellement laide. En revanche, comme la nature n'est faite que d'une perpétuelle loi d'équilibre, elle avait la certitude que le candidat, lui, n'était pas du tout vilain garçon. Si le destin — ce régulateur des agences matrimoniales — voulait qu'ils se plussent, ce serait l'une de ses plus belles réussites! Une autre loi jouerait : celle des contrastes. L'exceptionnelle laideur féminine serait compensée par la solide beauté mâle.

Les souhaits de la digne « dame » se réalisèrent : la laideur attira la beauté, et réciproquement. Le premier tête-à-tête de « présentation » fut court. Un quart d'heure après s'être rencontrés, la vendeuse et le garçon de café ressortaient, presque la main dans la main, de chez l'entremetteuse après s'être acquittés respectivement auprès d'elle de la petite dette de reconnaissance...

Ce qui se passa ensuite fut très simple : Sylvie n'attendit même pas vingt-quatre heures pour entraîner sa nouvelle conquête chez elle et il arriva ce qui doit logiquement arriver quand on est d'accord. Non pas que l'Espagnol eût été particulièrement ébloui par les attraits physiques de sa partenaire, mais il avait cru deviner qu'une pareille créature — qui ne devait pas avoir été tellement gâtée par l'aventure — était capable de se montrer des plus expertes au « moment psychologique » quand une bonne occasion se présentait pour elle... Et il ne s'était pas tellement trompé! Elle sut être prodigieuse dans le lit, la Sylvie... Une fille déchaînée qui fit profiter un authentique Espagnol des savantes pratiques apprises avec un faux. Indirectement, par son intermédiaire, Domingo le maquereau vint au secours de Miguel le Sévillan...

Quand il la quitta au petit jour après une nuit blanche dont il se souviendrait longtemps, le garçon de café était plus que satisfait. A tel point qu'il n'hésita pas à demander au moment de la séparation :

— On se retrouve ce soir ici, vers 20 heures?

— Tu pourras te rendre libre?

— Oui, puisque je travaille comme toi dans la journée.

— Tu penses que tu seras en forme?

— Ce soir, sûrement!
— Mais dans la journée pour ton travail?
— Ça, je m'en moque! Je n'y retournerai que demain. Je dirai que j'ai été souffrant... Maintenant je vais aller dormir... Tu m'as eu! Je suis éreinté... Et toi?
— Moi? Ça va...
— Tu es fantastique! Tu donnes l'impression d'être toute fraîche et reposée comme si tu venais de te réveiller...
— Je crois, en effet, que je viens de me réveiller, une fois de plus!
— Qu'est-ce que tu veux dire?
— Rien! Tu ne pourrais pas comprendre... A ce soir, chéri...
— Mais toi aussi tu vas dormir?
— Après un bon bain, je me rendrai à mon travail comme d'habitude.
— Tu ne seras pas sur les genoux?
— Je serai en pleine forme!
— Tu es encore plus formidable que je ne pensais!
— Alors je te plais?
— Pour l'amour tu es un crack!
— Et... pour le reste?
— Quel reste?
— Je ne sais pas... Disons pour sortir avec moi, pour m'emmener au cinéma ou au restaurant, pour aller danser, voyager même?...
— Oh! Tu sais... Pour moi, avec une femme il faut que ça colle dans le lit... Le reste, c'est de la petite bière! Tu me comprends?
— Très bien. Va-t'en sinon tu manquerais de sommeil!
— Je te promets d'être là à 8 heures.

— Tu n'y seras pas!

— Pourquoi?

— Parce que je ne serai pas là à t'attendre! J'ai des choses plus intéressantes à faire...

— Tu ne veux plus me voir?

— Je ne dis pas cela... Seulement j'ai besoin de réfléchir... Après une nuit pareille il faut que je mette de l'ordre dans mes idées!

— Veux-tu mon adresse? Je n'ai même pas eu le temps de te la donner.

— Nous avons été tellement occupés! Garde-la, ton adresse. S'il me prend l'envie de te revoir, je te le ferai savoir par celle qui nous a fait faire connaissance. A bientôt!

Elle avait refermé la porte. Miguel resta éberlué sur le palier. Pendant un moment il se demanda s'il ne devrait pas sonner et même frapper à coups redoublés contre la porte pour faire acte d'autorité et montrer qu'un Espagnol ne se fait pas jeter ainsi dehors par une femme, surtout par une Française! Mais finalement, il haussa les épaules. Ce geste instinctif et facile devait vouloir dire : « Après tout, il n'y a pas qu'elle sur terre! Et le comble, c'est qu'elle se croit irrésistible avec la gueule qu'elle a! Evidemment, elle fait bien l'amour... même très bien! Mais pour ce qui est de la montrer à mes compatriotes le dimanche après-midi quand nous nous retrouvons tous sur notre *rambla* parisienne qui est l'avenue de Wagram, il n'en sera jamais question! On se moquerait de moi... Je deviendrais la risée de toute la colonie espagnole! Une fille comme elle, il faut la baiser... mais en cachette! »

Et il commença à descendre l'escalier, très lentement. Il avait les jambes coupées...

Enfermée chez elle, Sylvie était au comble de l'exaspération. Elle avait envie de tout casser pour se défouler et surtout pour se libérer de la rage qui l'avait brusquement empoignée : rage où le dépit se mêlait à une rancœur qui pouvait presque se justifier... Pendant une nuit entière elle avait tout fait — absolument tout! — pour s'attacher l'homme par le plaisir. Les enseignements de Domingo, ajoutés à sa propre sensualité libérée — lui faisant pressentir tout ce que l'acte de chair pouvait apporter de jouissance — avaient fait d'elle une perfectionniste dans l'art des caresses. L'homme y avait répondu en se livrant totalement à elle, et cela un nombre impressionnant de fois! Pendant des heures il avait été un prisonnier docile, savourant sa défaite... Mais elle, malgré tous les efforts de l'homme pour lui rendre la pareille, n'avait pas connu un seul instant de délire! Et pourtant, le garçon était beau, splendide même, possédant tous ces attraits qui font normalement le bonheur sexuel d'une femme. Pendant ces étreintes violentes et passionnées, où le temps n'aurait pas dû compter pour elle, Sylvie s'était laissé prendre et reprendre en fille volontairement obéissante, mais jamais, à aucun moment, elle ne s'était sentie vraiment possédée! Pour l'homme, la nuit n'avait été qu'un plaisir ininterrompu; pour elle, un désastre continu! Et, alors qu'il allait partir et qu'elle réalisait que décidément sa frigidité n'avait pu être vaincue, voilà que Miguel lui avait avoué qu'en dehors du lit la personnalité d'une partenaire ne l'intéressait pas! Peut-être était-ce là le pire des affronts qu'elle venait de subir. Il ne l'avait considérée que comme une Marie-couche-toi-là, tout juste bonne à lui procurer son plaisir à lui... Car il ne réclamait rien d'autre. Le plaisir de la femme, il s'en moquait... Et sa satisfaction de mâle avait été telle qu'il avait aussitôt demandé à recommencer le soir même! Ah, non! Ça, jamais! Elle ne le reverrait plus.

Pendant toute la journée, chez *Marie-Caroline*, celle qui avait toujours su être la gentille Sylvie se montra d'une humeur exécrable.

— Mais qu'est-ce qui t'arrive? lui demanda une collègue.

— Rien!

Cette réponse, elle la fit vingt fois à tout le monde dans la boutique parce que c'était l'expression de la vérité : une fois de plus, il ne lui était *rien* arrivé.

— Vous n'êtes pas souffrante? avait questionné Mme Bernier.

— Non, madame.

— Je vous trouve bien nerveuse... Surveillez-vous! Plusieurs de vos clientes, qui vous aiment pourtant beaucoup, m'ont fait la même remarque... Il faut vous contrôler, Sylvie!

Elle eut alors cette réponse qu'elle n'aurait jamais osé faire auparavant :

— Les clientes? J'en ai assez aujourd'hui!... Je voudrais bien les voir si elles étaient à ma place!

— Qu'est-ce qui vous arrive, mon petit?

— Il m'arrive... que j'ai des ennuis!

— De famille?

— Personnels...

— Ce n'est pas une raison pour perdre votre charmant sourire dans le travail... La Maison n'a pas à supporter vos humeurs! Je ne voudrais pas avoir à vous le redire.

A la fin de la journée, en partant, pour la première

fois depuis qu'elle travaillait là, Sylvie la douce ne dit bonsoir à personne.

— Elle doit être fatiguée, dit avec sa sereine philosophie Nat Venfel le patron. Elle a beaucoup travaillé ces dernières semaines... Sans doute doit-elle avoir besoin d'un peu de repos? Je verrai cela demain avec elle...

— Sylvie est solide comme une jument, répondit la directrice. Elle ignore la fatigue. Il y a sûrement autre chose, mais quoi?

— Une amourette déçue peut-être?

Mme Bernier éclata de rire :

— Une amourette pour Sylvie? Mais vous n'y songez pas! Qui pourrait s'intéresser à elle?

— On ne sait jamais... Il y a encore des hommes qui préfèrent, chez une femme, les qualités morales aux autres. Patientons... C'est une telle vendeuse! Je suis d'ailleurs convaincu que demain, quand elle nous reviendra, elle aura retrouvé son sourire. Il suffit d'une bonne nuit.

Pour Sylvie la nuit solitaire fut atroce.

Torturée par la hantise grandissante de sa frigidité et par l'angoisse, hélas fondée, de ne pouvoir jamais plaire, elle ne trouva que quelques heures de sommeil. De temps en temps, au milieu du fatras de ses échecs successifs qu'elle ne cessait de passer en revue, émergeait le visage de Dédé, le seul à qui elle plaisait... Mais ce visage lui-même finissait par devenir pour elle un cauchemar : c'était celui d'un homme trop laid! En comparaison de lui, tous ceux des « candidats » que lui avait montrés Mme de Ternot — même celui de l'homme à lunettes et du barbu — lui apparaissaient désirables.

Dès 8 heures, ne pouvant plus supporter sa solitude

et avant de retourner à son travail, elle se précipita dans une cabine téléphonique pour appeler la seule personne qui, dans son esprit enfiévré, pourrait lui trouver le remède immédiat : la directrice de l'agence. C'était plus qu'un appel : une supplique désespérée...

— Allô! Madame de Ternot? Je vous réveille? Pardonnez-moi... Mais il faut absolument que vous me présentiez ce soir l'industriel dont vous m'avez montré la photographie... Vous savez bien : celui qui est très soigné de sa personne...

— Je vois... C'est donc si pressé que cela?

— Oui. Pourriez-vous fixer le rendez-vous vers 19 heures comme la fois précédente?

— Je vais essayer de le joindre, mais je ne vous garantis rien! A tout hasard, venez toujours à 19 heures.

— J'y serai!

— Ça n'a donc pas marché avec Miguel? C'est pourtant un garçon charmant.

— Si l'on veut...

— Quand je vous ai vus partir tous les deux, avant-hier soir, j'étais persuadée que ce serait une grande réussite.

— Cela n'a été qu'une demi-réussite...

— Alors n'en parlons plus et venez ce soir... Si mon client est là, sachez maintenant qu'il se prénomme Robert... ça vous plaît?

— Robert ou un autre, ça m'est égal!

— Ne dites pas cela! Robert et Sylvie, ça ne sonne pas mal!

— Vous m'avez déjà dit la même chose pour le précédent... Alors je ne crois plus trop à vos impressions personnelles! La seule qui compte pour moi, c'est la mienne! A tout à l'heure.

Après « les présentations » d'usage, conduites avec succès par Mme de Ternot, Sylvie pensa qu'elle devait s'y prendre autrement avec le quadragénaire distingué : les hommes de cet âge ne détestent généralement pas, avant de s'adonner à l'acte d'amour, faire la cour à une femme, surtout si elle est beaucoup plus jeune qu'eux. Ces préliminaires constituent à leurs yeux des exercices d'approche indispensables pour préparer le terrain avant l'offensive finale. Dès les premières minutes de conversation, Sylvie comprit que « Monsieur Robert » — comme l'avait appelé devant elle Mme de Ternot — agirait selon ces principes. Et elle lui fit comprendre très vite qu'elle ne détestait nullement qu'on lui adressât des compliments. Dans ces conditions, il eût été malséant de sortir immédiatement en compagnie du soupirant comme elle l'avait fait avec le fougueux Miguel. Le premier rendez-vous, succédant à la présentation, fut donc fixé pour le lendemain soir, 20 heures, au bar *Alexandre*. Intentionnellement, Sylvie avait choisi cet établissement qui lui semblait être le plus indiqué pour « les rencontres » avec des hommes ayant atteint la quarantaine : le souvenir du premier P.-D.G. de son existence intime serait long à s'effacer de sa mémoire.

Avec le second, M. Robert, elle eut également droit à un dîner, mais pas chez *Le Doyen!* Les possibilités financières de son quatrième soupirant devaient être sensiblement plus modestes : il l'invita dans une brasserie de la place des Ternes. Puis ils se retrouvèrent, selon l'habitude prise, chez elle... C'était Sylvie qui, à l'issue du repas, avait précipité les choses; elle s'était rendu compte que la conversation de M. Robert, P.-D.G. d'une très moyenne entreprise de plomberie, n'offrait pas le moindre intérêt. En dehors des joints de lavabos, de ses tuyaux et de ses siphons de vidange, l'homme n'avait pas grand-chose à dire. Mieux valait donc passer le plus rapidement possible à la pratique amoureuse pour voir s'il était capable de s'y montrer plus brillant.

Hélas! Ce fut la déroute la plus complète... En dépit de ses déclarations enflammées où il n'avait pas cessé de proclamer, dans l'aigu et dans le grave, à sa partenaire qu'il l'adorait et qu'elle était la femme de sa vie, M. Robert se montra lamentable! Dè les premières minutes, Sylvie comprit que non seulement le bonhomme n'avait aucune idée de ce qu'il fallait faire pour rendre une femme physiquement heureuse, mais aussi — ce qui était beaucoup plus grave — qu'il était complètement démuni de ces réserves viriles qui permettent à un amant de prouver sa flamme. La pauvre Sylvie se sentit loin, très loin du mari de Mme Charvin, d'un Domingo et surtout d'un Miguel! Avec eux au moins, même si elle n'y avait pas trouvé son compte personnel, il s'était passé quelque chose tandis qu'avec ce lourdaud il ne pourrait jamais rien arriver, ni d'un côté ni de l'autre!

— C'est bizarre, répétait M. Robert, je ne sais pas ce qui m'arrive... D'habitude pour moi, ça va tout seul...

Et il la regardait en coin, d'un œil mauvais, pour bien lui faire comprendre qu'elle seule était responsable d'un pareil échec, et cela uniquement parce qu'elle n'était pas assez jolie.

Excédée après deux heures d'exercices aussi inutiles que stériles, Sylvie sauta du lit en disant :

— En voilà assez! Ça suffit tout ce cirque... Habillez-vous, cela vaudra mieux.

Assez penaud, le « visiteur du soir » obéit. Cinq minutes plus tard, il était parti après avoir demandé, sur le pas de la porte, en guise d'au revoir :

— Vous ne m'en voulez pas?

Une fois de plus, Sylvie, ulcérée, claqua la porte.

Si elle lui en voulait? Mais c'était un affreux butor, cet individu, et doublé d'un mufle! Dommage qu'il fût si tard, sinon elle n'aurait pas hésité à saisir le téléphone pour porter plainte auprès de celle qui avait osé lui présenter un pareil déchet! Cela tenait du scandale et même de l'escroquerie puisque ça lui avait coûté encore cinquante francs! Mme de Ternot ne perdrait rien pour attendre : dès demain matin Sylvie lui réclamerait, sinon le remboursement, du moins que la somme déjà encaissée tînt lieu de provision pour couvrir « les frais » de la prochaine « présentation »... Celle-ci, d'ailleurs, ne saurait tarder : il fallait une réparation immédiate, sinon il y aurait de quoi faire des complexes pour le restant de ses jours! Comment aurait-elle pu — elle, la pauvre Sylvie, qui n'était pas encore parvenue à connaître la jouissance charnelle — parvenir à un résultat quand le partenaire s'était montré le plus parfait des impuissants? L'affrontement avec ce bonhomme s'était terminé d'une façon tellement ridicule que le suivant devrait être excessivement brillant... Il n'y avait plus à hésiter : tout en n'ayant aucune attirance particulière pour les hommes de couleur, elle comprenait très bien quel seul le troisième des candidats retenus pourrait relever le drapeau : à nous la Martinique! Pourquoi ne pas essayer dès demain soir? Ne disait-on pas que les Noirs faisaient merveilleusement l'amour? Et qui sait? Peut-être connaîtrait-elle enfin avec lui le grand frisson?

Il se prénommait Mamadou, prénom très doux qui ne pouvait qu'enchanter la candidate. « Sylvie et Mamadou », cela offrait au moins le mérite d'être original, comme n'avait pas manqué de le faire remarquer Mme de Ternot.

Celle-ci n'avait pas discuté quand Sylvie lui avait exprimé ses vertes doléances au téléphone, le lendemain de l'aventure d'amour la plus ratée qu'elle eût jamais connue depuis qu'elle s'était lancée dans une certaine forme de galanterie. L'entremetteuse avait tout de suite admis de renoncer à tout paiement pour la présentation réparatrice qui aurait lieu le soir même. Elle avait même ajouté, en fin de communication :

— S'il le faut, j'irai chercher en taxi Mamadou chez lui pour vous le ramener mort ou vif!

— Je préférerais vif...

— Il le sera! Comptez sur lui!

C'était, en effet, une splendide machine humaine, ce Mamadou, ancien sous-officier de l'Infanterie de Marine et actuellement employé municipal de la Ville de Paris. En réalité, il était chef de l'équipe des balayeurs d'un arrondissement de la capitale. Il n'y a pas de sots métiers et il faut bien des Noirs pour le faire puisque les Blancs se sentent humiliés lorsqu'ils tiennent un balai... Métier, au demeurant, qui permettait à Mamadou de ne pas gagner trop mal sa vie ni avec trop de fatigue, au tarif de dix francs par heure. Ses forces, il les réservait pour satisfaire ces femmes à la peau rose et laiteuse dont il était excessivement friand. Et comme ces dames sortaient le plus souvent enthousiasmées de l'aventure, rares étaient celles qui n'offraient pas spontanément à leur excellent partenaire un petit cadeau en récompense de ses bons offices. Ce qui facilitait ses fins de mois. Il était très doux, Mamadou...

L'entrevue fut encore plus rapide que la première, avec Miguel l'Andalou. Pas de conversations inutiles ni de préliminaires galants comme avec un M. Robert. La machine noire, dont chaque rouage donnait l'impression d'être bien huilé, ne demandait qu'à tourner. Une fois de plus, avec son instinct de femelle aux aguets qui se développait d'expérience en expérience, Sylvie le comprit en allant droit au but : elle l'emmena chez elle. Ce qui fit penser à Mme de Ternot qui, pour la troisième fois en quatre jours, la voyait ressortir de chez elle en bonne compagnie :

« Ce n'est pas une femme, cette Sylvie, mais une dévoreuse d'hommes... »

Les choses se passèrent admirablement pour Mamadou, mais beaucoup moins bien pour Sylvie. Pendant des heures, la machine noire fonctionna avec la précision et la régularité d'un mécanisme d'horlogerie alors que « la matière » — le corps de la femme — s'obstina à demeurer de glace. Et pourtant, Zeus le sait, ce ne fut pas la faute de Mamadou qui utilisa toutes les ressources de son savoir pour réchauffer l'atmosphère... Ce fut navrant! Il est vrai — et peut-être avait-elle le tort de l'oublier lorsqu'elle se lançait dans de telles aventures — que Sylvie n'était pas née sous le signe de Vénus. Sans doute était-ce là sa seule véritable excuse. Elle ne pouvait en trouver d'autres avec un partenaire d'une telle envergure. Aussi vers minuit, la malheureuse éclata-t-elle en sanglots. Ce qui eut pour effet de stopper brutalement l'ardeur amoureuse du bouillant Mamadou... Un Mamadou stupéfait qui demanda de sa voix tellement douce où les *r* savaient s'estomper pour atténuer la rudesse des mots :

— Qué qu'y t'*a...ive?*

Comme elle continuait à pleurer, il dit avec une douceur encore plus grande, tout en lui caressant les cheveux de ses longues mains fines et racées :

— *I* ne faut pas *pleu.er* comme ça, Sylvie! Je te *comp.ends t.ès* bien... Ce n'est que la *p.emiè.e* fois que nous faisons *l'amou...* Tout peut *s'a..anger* ensuite. Il suffit de *fai.e p.euve* de patience.

Et, ne trouvant rien d'autre, il commença à sécher les larmes sur son visage avec un pan de drap de lit. Geste spontané et presque enfantin qui la fit sourire :

— Toi au moins, tu es gentil, Mamadou... Mais tu sais, si j'acquiers la certitude que je ne pourrai jamais parvenir à être tout à fait femme, au seul sens véritable du mot, je suis sûre que je me tuerai!

— Tu es folle! On ne dit pas des choses *pa.eilles...* Et le mot « jamais » n'est pas *f.ançais*! On nous l'a *app.is* à l'école dans mon pays quand j'étais petit.

— Tu devais être le plus mignon de tous les bébés noirs?

— Ma *mè.e* m'a *toujou.s* dit que j'étais le plus joli.

— Et elle avait raison! Dis-moi, Mamadou, est-ce que je te plais?

— Tu as bien vu que tu me plaisais, sinon je *n'au.ais .ien* pu *fai.e.*

— Ça ne doit pas beaucoup te gêner de dire cela à toutes les femmes, constitué comme tu l'es!

— En *géné.al* les femmes blanches m'aiment bien *pa.ce* qu'elles *comp.ennent* que j'aime *leu. fai.e plaisi... Pou.* moi une femme qui ne jouit pas n'est pas une femme *heu.euse...*

— Alors qu'est-ce que tu dois penser de moi!

— Je *c.ois* en effet que tu n'as pas *enco.e t.ouvé* le

bonheu... Pa.ce que, quand tu es nue dans les *b.as* d'un homme, tu *t'éne.ves*. Tu es *t.op* sensible.

— Tu penses sincèrement à ce que tu dis?

— Oui.

— Tu es un garçon étonnant, Mamadou!

— Et je suis *ce.tain* de *pouvoi.* t'aider dès ce *soi.*

— Comment cela?

— Il n'est pas tellement *ta.d*. C'est même la *meilleu.e heu.e pou.* aller danser... Je vais t'emmener dans un club où il y a un *t.ès* bon *o.chest.e noi.* : le chef est l'un de mes bons amis... Et tu *ve..as* qu'en dansant avec moi, tout *cont.e* moi, ton *co.ps commence.a* à *senti.* des choses que seule la musique *noi.e* peut lui apporter... Il n'y a *.ien* de tel, pour celles qui sont un peu *f.igides* comme toi, que le tam-tam! Et quand tu *se.as* en *t.anses* comme il faut *l'êt.e* dans la danse pour *connaît.e* la volupté, je te *.amène.ai* ici pour que tu *.efasses* bien *l'amou... Ap.ès*, tu *n'au.as* plus de *p.oblèmes*.

— Cela veut-il dire qu'à l'avenir je ne pourrai connaître l'amour total qu'avec toi ou avec l'un de tes frères de couleur?

— Pas *fo.cément*, Sylvie! Une fois que l'habitude *d'amou.* est *p.ise, elle .este*! C'est un peu comme la natation : quand on sait nager, on ne l'oublie plus.

— Sais-tu que tu me réconfortes?

— J'en suis *t.ès* heureux. Nous allons danser?

— Le plus vite possible!

Mamadou n'avait pas exagéré : l'orchestre, composé exclusivement de musiciens noirs, était fantastique. Et quand il y a un tel orchestre supplantant le pouvoir de n'importe quelle stéréophonie, l'ambiance devient démentielle.

Collée contre le corps de son géant d'ébène, Sylvie éprouvait pour la première fois de sa vie l'étrange impression de ne plus s'appartenir entièrement, mais de faire partie d'un tout vivant qui était le couple. Absorbée comme elle l'était par le rythme, elle ne s'était même pas aperçue qu'elle était la seule femme blanche, dans l'établissement, à danser avec un homme de couleur. Les quelques autres Noirs qui étaient là avaient pour partenaires des femmes de leur race. Tous les autres couples étaient blancs. Pourtant, bien qu'elle dansât — dans la demi-obscurité voulue — bouche à bouche avec Mamadou, elle n'éprouvait pas cet engourdissement voluptueux qui s'empare du corps de la femme prête à s'ouvrir pour recevoir l'homme et qui fait d'elle une amoureuse soumise.

Profitant d'une pause de l'orchestre, qui fut remplacé par des disques, ils revinrent s'asseoir à leur table placée non loin du bar. La table voisine était occupée par deux jeunes hommes blancs. L'un d'eux, après avoir dévisagé Sylvie avec un mépris certain, dit intentionnellement à voix haute à son compagnon :

— Je me demande comment une fille de chez nous ose s'afficher ainsi sur une piste de danse avec un nègre! Des gonzesses comme cela, ça me dégoûte! Et toi?

— Oh! Tu sais... Avec la gueule qu'elle a, ça ne me surprend pas! Qui veux-tu qu'elle trouve parmi nous?

Le sang de Sylvie ne fit qu'un tour. Celui de Mamadou également. Après lui avoir mis le bras autour du cou pour lui montrer qu'il la protégeait, le Martiniquais se retourna vers les deux malotrus en disant :

— J'ai le *reg.et* de vous *di.e*, Messieurs, que vous n'avez aucune éducation...

— Dis donc, mal blanchi, ce n'est pas à toi de nous

donner des leçons de politesse! Ici nous sommes chez nous et pas dans la brousse!

— Je suis tout aussi *f.ançais* que vous, répondit Mamadou toujours calme.

— Tu parles! On ne le dirait pas avec la bouillie que tu as dans la bouche!

C'en était trop. De toute évidence — peut-être parce qu'ils avaient vu le Noir danser avec une Blanche en l'embrassant — les deux voyous cherchaient la bagarre. Elle éclata, fulgurante. Le géant martiniquais s'était levé pour leur administrer la correction méritée. Et presque aussitôt tous les autres hommes de couleur qui étaient là vinrent à son aide pendant que les Blancs accouraient dans le camp opposé. Très vite, sans que personne sût exactement pourquoi on en était venu aux coups de poing, la mêlée devint générale. Affolée, recroquevillée sur sa chaise, Sylvie n'avait pas bougé.

A ce moment, un homme, très grand lui aussi mais blanc — qui jusqu'alors était resté tranquillement assis au bar — bondit de son tabouret et vint vers elle.

— Venez! dit-il. Ce n'est pas un endroit pour vous... Ça va se gâter!

Avant même qu'elle ait eu le temps de réaliser ce qui s'était passé, elle se retrouva, emportée par la poigne vigoureuse de l'inconnu, hors de l'établissement. Dans la rue, malgré ses cris et ses protestations, il continua à l'entraîner jusqu'à une Alfa Romeo dont il ouvrit rapidement la portière et dans laquelle il l'obligea à monter.

— Taisez-vous! ordonna-t-il. Vous tenez absolument à attendre l'arrivée de la police et à vous retrouver dans le car?

La police? Sylvie était prête à beaucoup d'aventures, mais pas à celle-là! Elle ne bougea pas. Rapidement l'homme, qui avait fait le tour de la voiture pour s'installer au volant, embraya. Et le bolide démarra.

— Où m'emmenez-vous? cria-t-elle.

— Chez moi!

— Chez vous?

Saisie, ce fut tout ce qu'elle trouva à répondre. C'était bien la première fois, depuis qu'elle courait l'aventure, qu'un homme n'hésitait pas à l'emmener chez lui! Avec tous les autres, sans exception, elle n'était allée qu'à l'hôtel ou chez elle... Cet inconnu serait-il plus courageux que les autres, ou seulement libre de ses actes? Un homme qui n'aurait ni épouse ni maîtresse? Cela paraissait à peine vraisemblable... Pendant qu'il conduisait très vite sans paraître prêter attention à elle, Sylvie le regarda à la dérobée. Et elle eut un choc : il était beau cet homme, merveilleusement beau...

L'immeuble, situé dans le XVIe, était de bon goût : ni trop moderne ni trop ancien. Une solide construction en pierre de taille datant de 1924. Sylvie, qui n'avait pas échangé un seul mot avec l'homme pendant tout le trajet, eut la possibilité, une fois dans l'ascenseur, d'observer en pleine lumière celui que son imagination romanesque considérait déjà comme « son » ravisseur. Car la seule pensée d'avoir été « enlevée » l'enchantait...

Grand, blond, les yeux bleus, vêtu avec cette recherche qui n'existe que dans la simplicité, portant une cravate et une chemise impeccables, donnant l'impression d'avoir la trentaine, la regardant en souriant, silencieux lui aussi, le personnage était fascinant. Cette fois, sincèrement, la petite vendeuse se demandait si son véritable conte de fées ne venait pas de commencer. Et, quand elle pénétra dans l'appartement, situé au dernier étage et agrémenté d'une immense terrasse dominant l'hippodrome d'Auteuil et les frondaisons du Bois de Boulogne, elle éprouva la délicieuse sensation de ne plus être sur terre, mais de planer dans le septième ciel...

Tout de suite elle réalisa qu'elle ne se trouvait pas dans l'une de ces « garçonnières » qu'elle continuait à redouter mais dans un authentique appartement, avec vestibule, living-room, fumoir et certainement deux ou trois chambres à coucher. L'homme n'avait pas menti lorsqu'il lui avait dit qu'il l'emmenait « chez lui » : on sentait qu'il habitait vraiment là. Les lieux étaient comme imprégnés de sa présence.

— Je vous en prie, asseyez-vous... dit-il.

Toute l'autorité dont il avait fait preuve dans le cabaret semblait avoir disparu. Il y avait une réelle gentillesse dans cet « asseyez-vous ».

Elle obéit et le regarda, debout devant elle. Il lui parut plus grand encore que le Martiniquais. Une fois de plus, devant la force mâle, elle se sentit toute petite. Elle se trouvait devant un « homme tranquille » qui la regardait avec sérénité. Dans ce regard si clair aucune intention trouble : c'était reposant, ça faisait du bien.

— Que diriez-vous d'un petit champagne pour vous remettre de vos émotions?

— Ce ne serait pas de refus.

— Attendez-moi ici. J'ai toujours en permanence, dans le réfrigérateur, une bouteille qui attend, bien frappée. Car vous devez être comme moi : vous l'aimez très glacé, n'est-ce pas?

— Cela me paraît être la seule façon agréable de le boire.

— Si vous voulez fumer, vous avez devant vous, sur ce guéridon, tout ce qu'il faut.

Elle qui ne fumait jamais éprouva brusquement le besoin de le faire. Elle prit une longue cigarette, l'alluma, puis croisa les jambes avec une désinvolture qu'elle était loin de ressentir. Car — elle osait à peine se l'avouer — c'était bien la première fois de sa vie qu'un homme l'intimidait. Avec tous les autres jusqu'alors, c'était elle, toujours, qui avait attaqué. Mais, cette fois, elle se sentait incapable de le faire. N'était-ce pas lui, d'ailleurs, qui avait fait les premiers pas lorsqu'il l'avait entraînée de force dans la rue? Sans qu'elle s'en rendît compte, l'homme la dominait déjà. Lorsqu'il revint en apportant sur un plateau d'argent la bouteille et deux coupes, elle pensa que le fait de fumer dans cette position « décontractée » lui donnait tout au moins une contenance à défaut de l'assurance qu'elle n'avait pas.

Ils burent quelques gorgées, puis il lui demanda en s'asseyant dans un fauteuil face au canapé où elle se pelotonnait :

— Vous vous sentez mieux?

— Beaucoup mieux!

— Dites-moi... Qu'est-ce que vous faisiez dans ce cabaret?

— Vous l'avez bien vu : je dansais... Et vous?

— Je vous regardais...

— Du bar? Pourtant j'avoue ne pas vous y avoir remarqué. Je n'ai réalisé votre présence qu'au moment où...

— Je suis intervenu?

— Exactement... Puis-je vous poser à mon tour une question ?
— Toutes les questions!
— Pourquoi avez-vous fait cela?
Il avala une nouvelle gorgée avant de répondre, toujours calme :
— A moi aussi ça ne me plaisait pas trop de vous voir danser avec cet homme...
— Seriez-vous raciste?
— Pas le moins du monde! Je trouve simplement qu'il ne vous convenait pas...
— Vraiment? Et... Si c'était mon mari?
— Impossible!
— Pour quelle raison?
— Vous vous embrassiez de beaucoup trop près en dansant... Les couples mariés ne s'embrassent pas ainsi en public. Généralement ils réservent leurs effusions à l'intimité.
— Pas s'ils sont très amoureux!
— Vous n'êtes pas amoureuse de ce Noir.
— Ça se voyait aussi?
— Oui.
— Ne seriez-vous pas devin, par hasard?
— Je ne suis qu'un homme comme les autres qui sent très bien quand une femme est amoureuse ou pas...
— Et lui? Il est peut-être amoureux de moi?
— Cela me surprendrait pour la bonne raison que, venant moi-même assez souvent prendre un verre dans ce cabaret pour écouter l'orchestre qui est excellent, il m'est arrivé d'y voir ce même personnage danser avec des femmes blanches. Ce n'était jamais la même!
— Ah?

— Vous paraissez déçue?
— Non... Je pensais qu'il m'avait amenée là pour une tout autre raison...
— Laquelle?
— Vous êtes beaucoup trop curieux!
— Alors gardez vos secrets!
— Mais vous... Quand vous venez dans ce cabaret, c'est toujours pour y prendre un verre au bar, en solitaire?
— J'aime le bon jazz...
— Vous n'allez tout de même pas me dire que vous n'aimez que cela?
— J'aime aussi la femme...
— Ah! Et c'est pour cela que vous m'avez amenée chez vous?
— Peut-être...
— Je suis pourtant loin d'être un Prix de Beauté!
— Taisez-vous! Il n'y a pas une femme au monde, quel que soit son physique — et c'est heureux pour elle, c'est une sorte de grâce d'état — qui ne connaisse exactement ses possibilités de charme... Vous comme les autres! C'est d'ailleurs ce qui m'enchante!
— Vous devez quand même bien avoir votre type de femme?
— J'aime toutes les femmes...
— Toutes sans exception?
— Entendons-nous : celles qui ont une personnalité...
— Et vous trouvez que j'en ai une?
— J'en suis certain.
— Pouvez-vous me servir encore un peu de champagne?
— Avec joie!
Alors qu'elle buvait, il continuait à la regarder.

— J'aime beaucoup vos yeux, dit-elle en reposant sa coupe.

— Je ne déteste pas les vôtres : ils sont intelligents.

— C'est toujours le devin qui parle?

Et comme il ne répondait pas, elle poursuivit :

— Serait-ce indiscret de vous demander ce que vous faites dans la vie?

— Disons que j'ai un bon job.

— Mais encore?

— Ça ne vous suffit pas?

— Et moi, cela ne vous intéresse pas de connaître ma profession?

— Je m'en fiche éperdument!

— Sachez quand même que, moi aussi, je ne gagne pas trop mal ma vie.

— J'en suis ravi pour vous. Si nous parlions d'autre chose?

— Excellente idée... Puisque vous avez découvert que mon cavalier de tout à l'heure n'était pas mon mari, pensez-vous qu'il soit mon amant?

— Vous n'avez pas d'amant.

— Ça aussi, ça se voit?

— Si une femme telle que vous en avait un, vous seriez avec lui en ce moment.

— Mais vous m'avez enlevée!

— Vous ne demandiez que cela...

— C'est vrai que je ne raffole pas tellement des bagarres!

— En somme, vous n'avez pas trop de regrets?

— Pas trop...

— Que faisons-nous? Je vous ramène chez vous maintenant que la vision de la bagarre n'est plus pour vous qu'un souvenir?

— Il doit être très tard en effet... Mais je ne voudrais surtout pas vous déranger; pourquoi ne pas appeler un taxi?

— A moins que vous ne préfériez attendre ici le lever du jour qui ne saurait tarder?

Comme elle restait muette, il se rapprocha d'elle. Puis, l'arrachant du canapé avec cette même vigueur dont il avait fait preuve au cabaret, il la prit dans ses bras et l'enlaça. Après l'avoir longuement embrassée, il dit avec force :

— Tu restes!

Frissonnante, Sylvie se sentit perdue : ce qui lui apporta une exquise griserie qu'elle n'avait encore jamais connue... Incapable de répondre, paralysée par l'étreinte, elle savait qu'elle devait céder. Il l'entraîna dans une chambre où un lit les attendait. Ce qui se passa ensuite? Ce ne fut que très tard, le lendemain dans la matinée, qu'elle commença à le réaliser. Elle venait de connaître la plus exaltante de toutes les nuits : celle à laquelle elle avait rêvé depuis tant de mois et qu'elle n'avait encore jamais pu vivre au cours de ses expériences décevantes. Ayant enfin trouvé *l'amant* elle s'était abandonnée complètement, savourant l'ivresse de la jouissance physique.

— Mon Dieu! s'exclama-t-elle alors qu'elle était encore allongée à son côté, dans la tiédeur du lit, quelle heure est-il?

— Midi... Qu'est-ce que ça peut te faire?

— Mais... c'est épouvantable! Je devrais être à mon travail déjà depuis trois heures!

— Ton travail? Tu ne vas pas me dire que tu es bureaucrate?

— Non, chéri... Mais je dois quand même être présente à des heures fixes : de 9 heures à 18 heures.

— Avec une pause d'une heure pour le déjeuner?

— Oui.

— Donc c'est bien ce que je disais : une bureaucrate!

— Je te répète que non, mon amour! Je travaille dans une Maison de Couture.

— Alors ce n'est pas une catastrophe. Dans la couture tout se recoud!

— Il faudrait quand même que je téléphone pour dire que je suis souffrante et que je n'irai que cet après-midi...

— Tu y tiens vraiment?

— C'est à toi seul que je tiens maintenant!

— Alors reste! Dis-leur au téléphone que tu ne reviendras que demain. L'appareil est là à ta droite, à côté de toi, sur la table de chevet...

— *Allô! « Marie-Caroline »?... Ici, Sylvie. Ah! c'est vous, madame Bernier... Je ne me sens pas très bien... Ce qui m'arrive? Je ne sais pas : j'attends le médecin... Oh! je pense que ce ne sera rien et que je pourrai reprendre mon travail demain... Si ça n'allait pas mieux, je vous ferais prévenir demain dans la matinée... Oui, oui : je vais bien me soigner... Merci, madame Bernier.*

Il attendit qu'elle eût raccroché pour dire :

— Sais-tu que tu mens divinement?

— C'est tellement bon pour moi de mentir aujourd'hui! Je t'aime...

— Déjà?

— Oui...

— Ce coup de fil aura eu au moins pour moi l'avantage de m'apprendre ton prénom! Je n'avais pas encore eu le temps de te le demander... Ça me plaît, Sylvie...

— Et toi, chéri, quel est le tien?

— Patrice.

— J'aime! Patrice et Sylvie, ça sonne bien... enfin!

Le lendemain matin, c'est une Sylvie épanouie et souriante qui arriva chez *Marie-Caroline*. Le visage renfrogné et surtout le ton acerbe des derniers jours, qui avait été jusqu'à susciter un avertissement de la directrice, avaient complètement disparu. Transformation tellement radicale qu'on pouvait presque se demander si le malaise — dont elle avait dit, la veille, par téléphone, avoir été la victime — n'avait pas été le point final de la crise de mauvaise humeur et n'avait pas tout balayé... A moins qu'une fée bienfaisante n'eût touché de sa baguette magique la petite vendeuse, lui faisant retrouver, dans une sorte d'enchantement, la joie de vivre. De toute façon, et quelle qu'eût été la thérapeuthique utilisée, la boutique venait de retrouver « sa » Sylvie telle qu'on l'avait toujours connue et aimée, peut-être même encore plus adorable et plus serviable qu'avant!

— Alors? Vous vous sentez mieux, mon petit? avait demandé Mme Bernier.

— C'est-à-dire que je ne me suis jamais sentie en meilleure forme! Ces vingt-quatre heures de repos m'ont fait un bien énorme...

— En tout cas ce médecin que vous attendiez doit être excellent?

— Un vrai docteur Miracle, madame la Directrice!

— Je vous demanderai peut-être un jour son adresse. Moi aussi, je me sens très fatiguée à certains moments. Il me faut absolument trouver un médecin qui me donne des réconfortants.

Sylvie préféra répondre :

— Le seul ennui, c'est que « le mien » est très pris en ce moment...

Pour rien au monde elle ne révélerait le nom de « son » Patrice qu'elle estimait déjà être entièrement à elle. Elle n'allait pas tout gâcher alors qu'elle venait de rencontrer le bonheur! Cette vieille peau de directrice avait bien trouvé depuis des années le patron, Nat Venfel! Elle n'avait qu'à continuer à se contenter de lui... A moins qu'il n'eût cessé de s'occuper d'elle? Peut-être l'odieuse femme était-elle entrée à son tour dans la catégorie de celles qui, parce qu'elles sont délaissées, deviennent acariâtres? Depuis hier, Sylvie comprenait mieux pourquoi ses collègues, qui lui avaient parlé de l'acte d'amour avec tant d'enthousiasme, étaient dans le vrai! S'offrir à n'importe qui était une hérésie, mais se laisser prendre par un homme aussi beau et aussi viril qu'un Patrice, c'était réciter le Credo de l'Amour...

Jamais elle — qui était pourtant, et de loin, la meilleure vendeuse de la Maison! — ne se montra plus active. Pour peu qu'elle continuât ainsi pendant les mois à venir, son chiffre d'affaires doublerait encore! En fin d'après-midi, une fois sa journée de travail terminée, elle rejoignit — comme toutes les autres vendeuses et employées — le vestiaire du personnel avant de quitter le magasin. Et, fait sans précédent depuis qu'elle était chez *Marie-Caroline*, on l'entendit fredonner un air en vogue...

— Tu parais bien joyeuse? remarqua l'une des ses camarades. Aurais-tu gagné le gros lot à la Loterie ou touché le tiercé? A moins que tu n'aies rencontré l'amour, après tout?

Mais cette dernière question avait été posée sans

conviction : une Sylvie dénichant le Prince Charmant, ce n'était même pas imaginable! N'appréciant pas le ton sur lequel cela venait d'être dit, Sylvie le laideron avait aussitôt répondu, désinvolte :

— Et pourquoi pas? Il n'y a pas que toi qui aies le droit de plaire!

L'autre, médusée, n'avait plus insisté et Sylvie était sortie de la boutique en continuant à fredonner « son » air.

Quelqu'un l'attendait sur son palier : Mamadou.

— Qu'est-ce que vous faites là?

— Je t'attends, Sylvie... *Hie. soi.* aussi, je suis venu à la même *heu.e,* mais tu n'es pas *.ent.ée.* J'ai attendu *t.ès* longtemps!

— Et alors? J'ai bien le droit de faire ce que je veux, non? Allez-vous-en, sinon j'appelle le concierge.

— Tu ne veux plus me laisser *ent.er* chez toi?

— Plus jamais! Je vous ai déjà fait beaucoup trop d'honneur en vous recevant... Et je vous interdis de me tutoyer! C'est compris?

— J'ai *t.ès* bien *comp.is*... Seulement vous n'êtes pas gentille!

— Ça c'est le comble! Figurez-vous que je n'aime pas les bagarres!

— Mais elle n'a eu lieu que *pa.ce* que j'ai voulu *défend.e vot.e honneu.!*

— Mon honneur n'a pas besoin d'être défendu!... Et comment ça s'est terminé, cette histoire ridicule?

— Au *commissa.iat* où nous avons tous été emmenés. Mais ça m'était égal. J'étais quand même bien content : les deux mal élevés qui nous avaient insultés ont *.eçu* des bons coups! Y en a un qui est à l'hôpital et *l'aut.e* qui a deux dents cassées!

— C'est du joli! Et vous êtes fier de vous? Vous resterez toujours un sauvage!

— Moi, Mamadou, un sauvage?

— Oui. Et maintenant allez-vous-en! Je ne veux plus jamais vous voir.

— Vous êtes une *ing.ate*! J'ai tout fait *pou.* vous *fai.e plaisi...*

— L'ennui c'est que vous n'y êtes pas arrivé! Ni dans le lit ni en dansant! Et ça, je ne vous le pardonne pas! Vous n'avez pensé qu'à votre plaisir à vous! Vous n'êtes qu'un égoïste!

— Mme de *Te.not* vous *di.a* que ce n'est pas *v.ai*! Elle me connaît bien.

— Et pour cause! Elle vous présente à tout le monde! Je ne veux plus rien avoir à faire avec cette bonne femme! Elle nous a présentés, nous l'avons payée, nous avons fait l'amour... Vous du moins! Moi je n'en ai eu que l'illusion... Et c'est fini! Nous sommes quittes. Terminé!

— *Pou.quoi* vous êtes *pa.tie* avec cet homme pendant que je me battais *pou.* vous?

— D'abord parce que je ne voulais pas finir ma nuit au commissariat comme vous... Ensuite parce que cet homme en est un vrai! Lui au moins, quand il va dans un cabaret, ce n'est pas avec une femme différente à chaque fois!

— Ah! Vous savez?

— Je sais!

— Bon. *Alo.s*, je m'en vais...

— Adieu!

Elle attendit qu'il fût au rez-de-chaussée pour rentrer dans l'appartement. Quand elle y fut, elle eut un soupir de soulagement. Elle se sentait libérée d'un poids inutile et surtout vengée! Ne fallait-il pas qu'il y en eût un qui payât pour les autres : pour le P.-D.G. quinquagénaire, pour Domingo le maquereau, pour Miguel le garçon de café, pour le P.-D.G. impuissant? Tous s'étaient montrés incapables de lui apporter la révélation physique parce qu'ils n'avaient pensé qu'à eux-mêmes! Le dernier, le Martiniquais, venait de recevoir tout le paquet... Tant pis pour lui! Il n'avait qu'à ne pas attendre, comme un imbécile, sur le palier... Quel toupet! Sans compter le tort que cette présence insolite devant sa porte pouvait lui faire dans son immeuble où il n'y avait que des gens respectables!

Heureusement Patrice était entré dans sa vie, la comblant de ce dont elle rêvait! Patrice qui, désormais, serait le seul homme à avoir le droit de venir chez elle quand il le voudrait! Pour qu'il n'attende jamais sur le palier, elle lui donnerait le double de ses clefs... Chez elle, il serait chez lui comme elle-même s'était sentie chez elle dans le bel appartement à terrasse pendant les deux nuits et la journée qu'elle venait d'y passer.

Il restait quelqu'un à qui elle n'avait pas pensé une seule seconde depuis l'instant où Patrice s'était dressé devant elle : Dédé... Mais n'était-ce pas normal? Comment la photographie aurait-elle pu rivaliser avec la merveilleuse réalité qu'elle venait enfin de trouver? D'ailleurs, c'est bien connu : une femme amoureuse oublie tout ce qui a existé pour elle avant son amour... C'est ce qui la rend férocement injuste.

Son bonheur durait depuis trois semaines... Des semaines qui n'avaient jamais dû être vécues, pensait-elle, par d'autres femmes avant elle. Son visage, sa personne, tout son être irradiaient de joie aussi bien chez *Marie-Caroline* que lorsqu'elle se retrouvait chez elle. Et pourtant, pas une seule fois encore Patrice n'avait fait preuve de curiosité pour visiter son deux pièces cuisine qui ne semblait que médiocrement l'attirer. Il est vrai que son propre appartement était tellement plus luxueux! Elle s'y était rendue directement trois fois par semaine le soir après son travail — les mardi, jeudi et samedi — pour y dîner en tête-à-tête avec son amant et y passer la nuit. Les dimanches il l'avait emmenée, dans l'Alfa Romeo, déjeuner à la campagne et, lorsqu'ils étaient rentrés le soir après le bain d'air, elle était également restée chez lui pour la nuit. Ce qui lui avait permis de vivre quatre merveilleuses nuits hebdomadaires. Jamais, au temps de sa solitude, elle n'aurait pu imaginer qu'une telle cadence de bonheur existerait un jour pour elle!

Que pouvait bien faire Patrice les trois soirs où ils ne se voyaient pas? Elle n'avait pas osé l'interroger. Ne lui avait-il pas dit, une fois pour toutes, que, comme elle, il travaillait? Ces soirs-là, il avait certainement des dîners d'affaires ou simplement mondains. Il paraissait fréquenter beaucoup de monde et particulièrement ce « Tout-Paris » qu'elle ne connaissait pas et où elle se serait sentie gênée. Elle savait aussi qu'il ne fallait pas trop poser de questions à un homme, au début d'une liaison, sinon celle-ci risquait de se briser. Or, elle ne pouvait déjà plus se passer de Patrice après ces trois semaines.

Pendant l'une des soirées où elle était chez elle, la sonnette d'entrée retentit. Avec précaution, évitant de faire le moindre bruit, elle s'approcha de l'œilleton pratiqué dans la porte pour voir qui pouvait bien être le visiteur. C'était Dédé... Elle ne bougea pas jusqu'à ce qu'il fût reparti, découragé, après avoir griffonné un billet qu'il glissa sous la porte et où elle put lire :

Cela fait déjà trois fois que je suis venu sans succès à la même heure, espérant te trouver chez toi. Comme je sais que ça ne te plaît pas, je n'ai pas voulu aller t'attendre à la sortie de ton travail. Qu'est-ce qui se passe? Es-tu fâchée contre moi? Voilà presque quatre semaines que nous ne nous sommes pas revus! Envoie-moi un pneumatique pour me fixer un rendez-vous au jour et à l'heure que tu voudras, même si c'est pendant l'heure de ta pause du déjeuner. Je m'arrangerai pour y être. J'espère, en tout cas, que ta santé est toujours bonne. A bientôt. Ton déjà « vieil » ami Dédé.

Sa santé? Elle n'avait jamais été plus florissante! Aussi n'envoya-t-elle pas de pneumatique, se disant qu'avec le temps, ce dispensateur d'oubli, Dédé finirait bien par comprendre que, décidément, il n'avait plus aucune chance. Elle était tellement amoureuse de « son » géant blond aux yeux bleus qu'il ne lui vint pas à l'idée que le photographe pourrait avoir beaucoup de chagrin s'il apprenait la vérité. Mais comment aurait-il pu l'apprendre puisqu'elle n'allait jamais avec Patrice dans les bistrots ou les discothèques fréquentés par Dédé... Patrice appartenait à un tout autre milieu! Il suffisait de l'écouter pour en être convaincu. Ce qui ne voulait pas dire qu'il parlait beaucoup! Il se montrait même plutôt discret sur ses agissements ou activités.

A la fin de la quatrième semaine, le dimanche soir, au retour d'une exaltante randonnée en forêt de Chantilly, comme elle le sentait détendu, elle se risqua pour la première fois à dire entre deux gorgées de whisky :

— Tu reconnaîtras, chéri, que je ne t'ai pas posé beaucoup de questions depuis que nous nous connaissons.

— Tu as bien fait! Je déteste les filles qui posent trop de questions!

— Mais je ne suis pas une fille!

— Tu m'as mal compris... Disons que tu es une « fille épatante » qui travaille dans une Maison de Couture. D'ailleurs tu me l'avais déjà expliqué au lendemain de notre première nuit.

— Et toi, que fais-tu exactement? Tu ne me l'as jamais dit... Maintenant que nous sommes vraiment amants, je pense que ce n'est plus indiscret de ma part de te le demander?

— Il n'y a rien d'indiscret : je suis dans la promotion immobilière.

— C'est intéressant?

— Ce le fut il y a quelques années... Malheureusement, nous sommes maintenant trop nombreux dans ce *business*... Et il y a eu quelques scandales retentissants qui ont fait du tort à la profession! Enfin je ne me débrouille quand même pas trop mal...

— Si tu savais comme je suis heureuse que tout aille bien pour toi! Je t'aime déjà tant!

— Je serais presque disposé à te croire...

— Et toi?

— Je m'entends bien avec toi.

— Tu m'aimes?

— Tu sais, avant de vraiment s'aimer, il faut se connaître à fond...

— Nous avons quand même progressé?

— Oui et non...

— Pourquoi non?

— Nous n'en sommes encore qu'au stade du désir... L'amour, ça viendra peut-être plus tard. Il ne faut jamais trop se presser dans ce domaine!

— Mais... je te plais?

Comme il ne répondait pas, elle posa la question qu'elle aurait mieux fait de taire :

— Lorsque tu m'as vue la première fois, j'ai quand même dû te plaire un peu puisque tu m'as prise?

Il alluma une cigarette avant d'avouer :

— Je n'aime pas mentir, Sylvie... Si je t'ai prise ce soir-là, ce fut pour deux raisons... D'abord parce que ça m'a fait pitié de te voir dans les bras de ce nègre... Je me suis dit : si cette fille en est là, c'est qu'elle n'a rien dû trouver de mieux! Ensuite...

Il s'arrêta net.

— Ensuite? reprit-elle d'une voix étranglée.

— Ensuite, quand tu as été ici, assise dans ce canapé où tu te trouves en ce moment, je l'avoue : ça m'a excité de faire l'amour avec une fille qui n'était pas trop jolie...

— Excité seulement?

— Mais c'est déjà beaucoup! Crois-moi : ce ne sont pas toutes les femmes qui m'excitent! Je choisis! Avec toi j'ai pensé que ce serait différent... que ça me changerait surtout de toutes celles que j'avais baisées jusqu'à ce jour et qui, dans l'ensemble, étaient toutes très jolies... Ça faisait pour moi un contraste, tu comprends?

D'une voix de plus en plus faible, elle demanda encore :

— Et depuis cette première nuit, j'ai continué à... t'exciter?

— Il faut croire que oui puisque tu es encore là!

— Patrice, c'est horrible ce que tu viens de dire! Donc jamais, à aucun moment, tu n'as eu envie de moi autrement?

— Pourquoi vas-tu chercher des choses compliquées? Moi, je fais l'amour quand j'en ai besoin, c'est tout!

Elle dut faire un effort surhumain pour refouler ses larmes, tandis qu'il continuait :

— Vous êtes toutes pareilles! Dès que l'on se montre un peu gentil avec vous, vous vous figurez que nous vous appartenons! Mais, bon sang, j'ai connu une foule de filles avant toi et j'ai bien l'intention d'en connaître beaucoup d'autres après!

— Sans doute à nouveau « jolies » pour rétablir l'équilibre?

— Ne sois pas amère! Ne sommes-nous pas heureux ensemble en ce moment? Alors pourquoi chercher midi à quatorze heures? Tu es très bien comme tu es et tu fais admirablement l'amour.

— Ça te suffit?

— J'ai la conviction que ça doit suffire à beaucoup d'hommes! Que peut-on demander de plus à une fille?

— Mais qu'elle t'aime, Patrice!

— Pas trop vite! Ça gâche tout!

— C'est peut-être vrai... Je n'aurais pas dû te le dire. Il y a une autre question que je voudrais te poser... Au point où nous en sommes maintenant, je pense que tu ne peux pas refuser de répondre.

— Dis toujours...

— Es-tu libre?

— Qu'est-ce que tu entends par là?

— Je veux dire : tu n'es pas marié?

— Dieu m'en garde!

— Tu n'as pas non plus de maîtresse que tu irais,

par exemple, retrouver les nuits où nous ne sommes pas ensemble?

— Pas que je sache pour le moment...

— Pour le moment?

— Nul homme, normalement constitué, ne peut présager de l'avenir sur ce point... Mais, ma parole, c'est déjà une scène de jalousie?

— Peut-être... Parce que, je le répète, je t'aime, moi! Regarde : voici le double des clefs de mon appartement... Je te les ai apportées pour te montrer que, même si tu n'as jamais exprimé l'envie de connaître le cadre dans lequel je vis, je te considérais désormais comme le seul maître chez moi. Ne penses-tu pas que c'est là une vraie preuve d'amour chez une femme qui, jusqu'au jour où elle t'a rencontré, s'était toujours sentie libre?

— Ton geste est très touchant, mais je crains qu'il ne soit prématuré... Je ne t'ai pas plus demandé ces clefs que je ne t'ai confié les miennes!

— Je comprends maintenant à quel point mon offre est ridicule! Pourrais-tu être gentil d'appeler un radio-taxi? Je crois qu'il est préférable que je rentre chez moi dès ce soir.

— Tu ne veux donc pas passer ici cette nuit du dimanche comme tu l'as fait les semaines précédentes?

— Amoureuse comme je le suis, je te céderais encore et cela ne servirait à rien puisque tu ne me prendrais pas par amour, mais uniquement parce que ça t'excite! Quel mot affreux quand on adore déjà l'homme qui vous dit cela! Je pense aussi que mon départ te facilitera les choses pour te permettre de trouver après moi une fille qui soit vraiment belle!

— Ne dis pas de sottises!

— Je n'en dis pas... Et je vais même te lancer une

vérité : je ne suis pas certaine qu'une très belle fille pourra te plaire plus que moi. Aucune ne te conviendra tout à fait! Si elle avait existé depuis le temps que tu la cherches, tu l'aurais gardée...

— Vraiment tu ne veux pas rester?

La question n'avait pas été posée avec une grande chaleur.

— Toi-même tu n'y tiens pas! Appelle le taxi.

Quand ce fut fait, elle se leva. Il voulut l'enlacer.

— Je t'en prie, Patrice! dit-elle en se dégageant de l'étreinte. Laisse-moi... Ah! j'oubliais : j'ai dans mon sac quelque chose pour toi... Une surprise que je voulais te faire demain matin en la glissant sous ton oreiller au moment de partir pour mon travail, tandis que tu dors encore comme cela se passe toujours... Oui, j'avais décidé de te faire chaque semaine un cadeau... C'est bête, n'est-ce pas? Tu ne peux pas savoir comme ça fait plaisir à une femme de gâter, selon ses moyens évidemment, celui qu'elle aime! Et je suis sûre que je t'aurais fait des cadeaux de plus en plus beaux! A la longue, toutes mes économies y seraient passées. Mais quelle importance puisque, jusqu'à tout à l'heure, je me considérais sincèrement comme étant devenue ta compagne? Ce qui est à l'un n'est-il pas à l'autre? Alors!

Ayant fouillé nerveusement dans son sac, elle en sortit un petit paquet enveloppé de papier blanc qu'elle lui tendit :

— Garde ça en souvenir de ce que moi j'appelle « notre amour » et que toi, tu ne considères que comme une aventure... Une de plus ou de moins, pour toi ce n'est pas grave! La seule chose que je te demande, c'est de n'ouvrir ce paquet que lorsque je ne serai plus là... Peut-être comprendras-tu alors que, même si j'avais conservé cet objet, je n'aurais pu l'offrir à personne d'autre qu'à toi!

Un appel de klaxon retentit dans la rue.

— C'est mon taxi : je me sauve!

Elle se dirigea rapidement vers le vestibule, ouvrit la porte donnant sur le palier et commença à dévaler l'escalier.

— Tu ne prends pas l'ascenseur?

— J'irai beaucoup plus vite à pied! cria-t-elle sans se retourner.

Il revint vers la terrasse où il se pencha pour la voir s'engouffrer dans le taxi qui démarra aussitôt. Alors seulement il ouvrit le paquet. C'était un briquet en or, portant la marque d'un grand bijoutier et sur lequel elle avait fait graver ces trois lettres *S. à P.* suivies d'une date, celle du jour de leur première rencontre : *Sylvie à Patrice...*

Instinctivement il fit fonctionner le briquet. La flamme jaillit. Il refit le geste une seconde fois, puis une troisième. Après avoir laissé la flamme brûler plus longtemps, au lieu de rabattre le couvercle pour l'éteindre, il souffla dessus en se disant sans doute que la flamme d'un briquet n'avait pas plus d'importance que celle de cette femme amoureuse et laide qui avait cessé de l'intriguer après quelques semaines.

Dans le taxi qui la ramenait chez elle, Sylvie pleurait silencieusement.

Quand elle revint le lendemain chez *Marie-Caroline*, tout reflet de joie intérieure avait disparu de son visage. Le changement était radical. A tel point que l'une de ses collègues ne put s'empêcher de dire :

— Tu n'as pas l'air d'avoir passé un bon week-end?

Sylvie ne répondit pas. Elle n'eut d'ailleurs, pendant toute la journée, d'autre conversation que celle exigée par le travail. De confidences elle n'en fit point. Après son départ, le soir, Mme Bernier demanda à Nat Venfel :

— Avez-vous remarqué le comportement de Sylvie?

— Qui ne l'aurait remarqué?

— Elle nous est arrivée ce matin avec un visage décomposé et maussade alors que, ces dernières semaines, elle donnait l'impression de nager dans le bonheur! Bizarre!...

— C'est normal, je vous le redis, si l'on veut bien admettre qu'elle puisse connaître des déboires sentimentaux.

A l'énoncé de cette remarque, la directrice esquissa à nouveau un sourire où l'ironie se mêlait au scepticisme.

Les jours qui suivirent, et durant toute la semaine, l'attitude de la « vendeuse idéale » ne changea pas. Une profonde tristesse semblait l'écraser définitivement. Aussi, le samedi soir, alors qu'elle allait partir, Mme Bernier lui dit :

— Sylvie, le patron vous demande dans son bureau.

La vendeuse s'y rendit, comme si elle n'était pas concernée et sans poser aucune question préalable.

— Asseyez-vous, Sylvie, dit Nat Venfel avec gentillesse. Maintenant que la journée de travail est finie, cela vous détendrait-il de fumer une cigarette?

— Non, merci, monsieur Venfel.

— Notez que si je vous ai fait cette offre, qui risque de vous paraître insolite, c'est uniquement parce que depuis quelques jours je vous sens à la fois crispée et abattue... Et je n'aime pas du tout voir ceux qui travaillent avec moi — et plus particulièrement celles, telles que vous, pour qui j'ai la plus grande estime — donner l'impression d'être malheureux. Je pense aussi que vous avez acquis, depuis le temps que vous êtes ici, assez de confiance en moi pour savoir que rien de ce qui sera dit entre nous ne sortira de ce bureau! C'est pourquoi je n'ai même pas voulu que Mme Bernier fût présente... Donc, vous pouvez parler en toute confiance : qu'est-ce qui se passe?

— En me faisant convoquer, monsieur Venfel, vous n'avez fait que devancer le rendez-vous que je voulais vous prier de m'accorder lundi prochain... Ainsi, nous gagnerons vingt-quatre heures, moi pour vous annoncer que je vais vous quitter après le préavis légal de huit jours que je vous donne aujourd'hui et vous pour vous permettre de me trouver une remplaçante si vous le jugez utile.

Ahuri par ce qu'il venait d'entendre, le patron dit :

— Je crois n'avoir pas très bien compris... Vous voulez dire qu'après cinq années — pendant lesquelles vous n'avez eu droit qu'à des éloges et où vous avez, je crois, très bien gagné votre vie grâce aux pourcentages que vous avez justement mérités sur vos ventes — vous allez partir de chez *Marie-Caroline?*

— C'est cela même.

— De cette Maison qui est devenue aussi un peu la vôtre?

— N'exagérons rien, monsieur Venfel! Toutes ici nous savons qu'il n'y a qu'un patron, vous! Et c'est d'ailleurs très bien ainsi puisque les affaires sont prospères... Oui, je cesserai de faire partie du bataillon de vos vendeuses, samedi prochain à la même heure.

— Mais pourquoi une telle décision? Estimeriez-vous ne pas gagner assez bien votre vie? Croyez-moi, ma petite Sylvie : si c'est ça le motif, tout peut très bien s'arranger... Je tiens à vous, moi!

— Il ne s'agit nullement de questions matérielles! Même si vous m'offriez — ce dont je me permets de douter — le double du fixe mensuel que vous m'allouez actuellement, je partirais quand même...

— C'est donc irrévocable?

— Oui, monsieur Venfel.

— Puisque ce n'est pas l'argent, pourrais-je savoir la véritable raison de cette décision?

Après une courte hésitation, elle répondit :

— Je... Je vais me marier...

— Vous?... Et c'est pour cela que vous avez un visage aussi lugubre depuis une semaine?

— Vous trouvez?

— Si je le trouve? Mais, Sylvie, tout le monde l'a remarqué dans la Maison!

— Il est possible, après tout, que j'aie eu un visage grave ces derniers jours... Et c'est très normal : le mariage n'est pas une plaisanterie! C'est une chose sérieuse... D'ailleurs, j'ai longuement réfléchi avant de prendre ma décision... C'est vrai : j'étais tellement bien chez vous! Seulement mon fiancé ne veut plus attendre. N'a-t-il pas raison puisqu'il m'aime?

— Et vous?

— Je l'adore! Si vous saviez comme il est gentil! Il a tout pour lui : le charme, la bonté, la beauté, l'élégance, l'esprit et — ce qui ne gâte rien! — une immense fortune...

— Pas possible? Mais alors c'est le rêve pour vous?

— Plus que cela, monsieur Venfel! L'enchantement!

— Dans ce cas, mon premier devoir est de vous féliciter... Je comprends très bien qu'un homme aussi riche ne tienne pas à ce que sa femme continue à travailler.

— Si je vous disais qu'il est tellement amoureux de moi que je craindrais, si j'avais une occupation me retenant éloignée de lui pendant la journée, qu'il ne devienne férocement jaloux! Et comme j'ai décidé de ne jamais lui faire de peine... Mais j'avoue aussi que ça me fait quelque chose, l'idée de quitter *Marie-Caroline* où j'ai été bien heureuse et où j'ai trouvé, particulièrement chez vous, monsieur Venfel, une réelle compréhension... Bien qu'elle soit parfois assez difficile, j'appréciais aussi Mme Bernier : c'est une femme juste... J'aimais aussi mes collègues... Je crois finalement que tout le monde me plaisait! C'est peut-être la vraie raison pour laquelle tous vous m'avez trouvé un visage triste, cette semaine... Oui, l'idée de partir m'a chagrinée et je ne savais surtout pas comment m'y prendre pour vous annoncer la nouvelle. Maintenant que c'est fait, vous voyez : je me sens mieux...

Elle sourit même avant de continuer :

— C'est dimanche dernier que mon fiancé et moi nous avons pris la décision de nous marier.

— C'est pour bientôt?

— Le plus tôt possible!

— Serait-ce indiscret de vous demander le nom de l'heureux élu?

— Son prénom seulement : Patrice... Il a un nom très connu dans le grand monde. Et comme nous avons l'intention de convoler dans la plus stricte intimité... Oui, Patrice a raison : les cérémonies où il y a foule — et, étant donné son nom et sa situation, ce serait la cohue — sont atroces! Dès que ce sera fait, nous partirons pour un très long voyage de noces autour du monde...

— Autour du monde! Rien que cela! Eh bien, doubles félicitations!... Seulement vous n'allez pas nous quitter ainsi... Samedi prochain, jour de votre départ, exceptionnellement *Marie-Caroline* fermera ses portes pour la clientèle à 17 heures. Ensuite dans cette boutique même, dont vous avez été pendant cinq années l'un des fleurons, tous — direction et employés — nous sablerons le champagne à votre bonheur. Si votre fiancé voulait bien nous faire l'honneur de venir, ce serait pour nous une grande joie...

— Vraiment, monsieur Venfel, je ne sais comment vous remercier pour une pareille attention... Mais ne pensez-vous pas que cette fermeture avancée du magasin va vous occasionner un manque à gagner? Le samedi après-midi est le jour de la semaine où il y a le plus de clientèle!

— Toujours pratique, cette Sylvie! Eh bien, tant pis, mon petit! Pour une fois, au diable les super-bénéfices! Et il ne sera pas dit que, dans sa vie, ce grigou de Nat Venfel n'aura pas su se montrer une fois au moins un seigneur!

Ce qu'il pensait en réalité, il ne le dit pas : un pareil geste n'offrirait-il pas l'inestimable avantage de le faire remonter dans l'estime générale, lui qui n'était considéré par la plupart de ses employés que comme un commerçant sordide? Il y a, comme cela, des petits gestes qui, à la longue, sont payants. Le départ en beauté de la vendeuse n° 1 laisserait un souvenir impérissable!

— Vous croyez que nous pouvons compter sur la présence de votre fiancé?

— Je vais tout faire pour le convaincre... L'ennui, c'est que, le samedi, il a pris pour habitude de disputer une compétition de golf... J'ai omis de vous dire qu'il était également un grand sportif...

— Il a tout, cet homme! Mais, comme il vous aime, je suis sûr qu'il viendra! Maintenant ma petite Sylvie, laissez-moi vous embrasser... Sur les deux joues, bien entendu, pour qu'il ne soit pas jaloux!

Quand ce fut fait, il dit en lui tenant encore les deux mains :

— Savez-vous que moi aussi je vais avoir un peu de peine? C'est vrai : on ne se sépare pas ainsi de quelqu'un qui a autant de qualités : la serviabilité, l'amour du travail, le dévouement, l'intelligence surtout!

— Mais pas la beauté, monsieur Venfel!

— Qu'est-ce que ça peut faire? Et à quoi ça sert la beauté? Il y a, dans le monde, des centaines de milliers de filles plus belles que vous qui ne trouveront jamais à se marier comme vous allez le faire!

— C'est vrai... Un mariage comme le mien, ce doit être plutôt rare!

— Alors! Et avant de partir ce soir vous allez me faire une promesse; maintenant que vous m'avez livré ce merveilleux secret qui vous oppressait, vous jurez de retrouver, tout au long de votre dernière semaine de présence chez nous, ce sourire que tous nous aimons tant?

— C'est promis.

— Bravo! Je ne vous retiens plus : je me doute qu' « il » doit vous attendre... Et ça me fait plaisir! Je vous autorise aussi à lui dire de ma part qu'il a beaucoup de chance! A propos, vous ne m'avez pas dit son âge?

— Trente ans.

— Fantastique! Vraiment il a tout...

Sylvie tint sa promesse : quand elle réapparut le lundi chez *Marie-Caroline*, elle était à nouveau rayonnante. Et presque tout de suite elle comprit que la grande, la prodigieuse nouvelle de ses fiançailles avait déjà fait le tour de la Maison. Les vendeuses la regardaient avec envie, les arpètes de l'atelier de retouches avec respect et Mme Bernier avec stupeur. Le seul qui conservât un sourire discret à son égard fut le patron : un Nat Venfel qui était heureux pour elle. Et, comme les gens ont toujours tendance à exagérer les nouvelles colportées de bouche à oreille, au moment de la pause du déjeuner l'une des vendeuses lui dit :

— Alors, comme ça, tu épouses un milliardaire?

— Milliardaire peut-être pas, répondit gentiment Sylvie. Mais j'avoue qu'il est très loin d'être sur la paille! Si tu voyais son domicile! Un magnifique hôtel particulier avec un immense jardin donnant sur le Bois de Boulogne...

L'appartement du 7e était devenu, dans son imagination créatrice, un hôtel et la terrasse un jardin.

— Qu'est-ce qu'il a comme voiture?

— Une...Ferrari.

Elle trouvait que ça faisait plus « chic » et surtout plus « sportif » qu'une Alfa Romeo... Après tout, il n'y avait que demi-mensonge puisque les deux marques étaient italiennes! Elle en « rajouta » d'ailleurs le plus qu'elle put au cours de la journée et pendant toute la semaine. C'était sa vengeance, à elle qui n'avait jamais connu la chance en amour. Quand le dernier jour arriva, il n'y avait pas une employée de *Marie-Caroline* qui ne fût secrètement amoureuse de ce paladin se prénommant Patrice... Et toutes attendaient avec impatience sa venue! Car, à tout le monde, Sylvie n'avait cessé de répéter :

— Lorsque vous l'aurez vu samedi, vous comprendrez pourquoi je suis follement heureuse!

Toutes les clientes, et particulièrement « les fidèles » de Sylvie, avaient été mises au courant.

— Vous ne savez pas la nouvelle, madame? Sylvie se marie!

— Non? Ce n'est pas possible?

— Et avec un homme richissime!

— Sans doute est-il d'un certain âge?

— Pas du tout! Il est jeune et beau!

Jeune, beau et richissime, c'était trop pour ces dames, qui estimaient, pour la plupart, qu'un pareil laideron n'aurait jamais dû trouver preneur. Quelques-unes pourtant, mais elles furent rares, la félicitèrent. Et la petite vendeuse sut se faire à nouveau rougissante et modeste, en acceptant les compliments. Sa vengeance ne faisait que s'amplifier : elle savait bien que celles-là mêmes qui faisaient semblant de se montrer gentilles étaient furieuses de la nouvelle de ce mariage qui allait les priver de leur vendeuse favorite, la seule capable de comprendre ou de deviner leurs goûts... C'est terrible, pour une dame habituée à se faire servir, le brusque bonheur d'une employée à laquelle elle ne pourra plus dire :

« Mais voyons, Sylvie, vous qui connaissez si bien mes mesures, comment pouvez-vous me présenter un pareil modèle? »

C'était à peu près certain : quand Sylvie ne serait plus là, elles seraient légion les clientes qui ne remettraient plus les pieds chez *Marie-Caroline*! De cela Nat Venfel avait nettement conscience, mais il s'en moquait : il trouverait bien le moyen de découvrir ou de former une autre Sylvie! Pour qu'elle restât aussi longtemps dans sa boutique, il prendrait la sage précaution de la choisir aussi laide que la première. Ce qui lui assurerait déjà cinq années de présence. Par les temps qui courent, où l'on a tant de mal à garder des employés, il est difficile de demander plus...

A 17 heures, selon la décision du patron, *Marie-Caroline* ferma ses portes à la clientèle. Un buffet avait été dressé, dans le plus grand secret, au sous-sol. L'atelier de retouches s'était métamorphosé en salon de réception. Tout le monde, à l'exception de Sylvie, avait mis la main à la pâte pour que ce fût une réussite. C'étaient surtout les arpètes qui s'étaient donné du mal parce qu'elles aimaient sincèrement Sylvie et parce qu'il n'y en avait pas une parmi elles qui ne conservât le secret espoir de vivre une pareille aventure... On pouvait croire à tous les miracles quand une Sylvie parvenait à se caser! Or, il n'y avait pas une seule de ces filles qui fût aussi laide qu'elle!

La maison n'était fermée qu'à demi car, pendant que tout le monde descendait au sous-sol, le patron avait commis Mme Bernier pour qu'elle restât dans la boutique, aux aguets derrière la porte donnant sur la rue, prête à ouvrir au fiancé qui ne saurait tarder... Ayant pris conscience de la qualité exceptionnelle de celui qui allait venir, la directrice se préparait à accueillir avec son plus gracieux sourire l'homme de rêve... Un sourire qu'elle n'avait encore jamais eu jusqu'alors! Non pas celui, commercial, qu'elle ne réservait qu'aux bonnes clientes, mais un tout autre genre de sourire : celui qu'une femme, si odieuse qu'elle soit, conserve précieusement au fond d'elle-même pour ne l'exprimer qu'une fois peut-être dans sa vie devant le vrai visage de l'amour... Car, pensait Mme Bernier, un homme capable d'aimer à ce point une Sylvie ne pouvait être qu'un saint, un fou ou un poète! L'amalgame de ces trois éléments ne constituait-il pas la synthèse de l'Amour?

Brusquement, le téléphone retentit dans la boutique. « Encore une cliente! » se dit la directrice, agacée à la pensée d'être dérangée au moment où elle allait connaître un moment exceptionnel dans sa vie routinière. Et elle qui n'avait jamais su refuser une commande décrocha l'appareil pour ne pas répondre. Au diable les clientes, ce soir! Il serait toujours temps de répondre lundi! Comment leur expliquer aussi que *Marie-Caroline* avait fermé plus tôt pour accueillir l'amour? Grotesque! Aucune cliente ne comprendrait.

Quand elle estima que celle qui se trouvait au bout de la ligne devait être lassée d'appeler en vain, elle replaça le récepteur sur l'appareil. A peine quelques secondes plus tard, la sonnerie retentit à nouveau. Excédée cette fois, Mme Bernier dit de sa vraie voix, la désagréable, qu'elle avait su retrouver instantanément :

— Allô? Oui, c'est *Marie-Caroline*, mais la Maison est fermée jusqu'à lundi... Comment? Oh, excusez-nous, monsieur!... Je vais tout de suite prévenir Mlle Sylvie... Attendez, je vous en prie.

Elle bondit vers le petit escalier qui permettait d'accéder au sous-sol en criant du haut des marches :

— Sylvie! C'est votre fiancé!

— Il est là? s'écria la vendeuse épanouie.

— Non. Il vous demande au téléphone.

Sylvie grimpa hâtivement l'escalier.

— Allô? C'est toi, chéri?... Tu ne peux pas venir?

Ne nous fais pas cela!... Tout le monde t'attend ici! La Maison a préparé une charmante réception en notre honneur... Ta voiture? Mais trouves-en une autre ou prends un taxi! Ce n'est pas possible? Si tu savais comme tous vont être désolés! C'est dommage... bon, je comprends... Alors à quelle heure nous retrouvons-nous, toi et moi?... Pas avant 21 heures? Je ne peux pas faire attendre tout le monde ici : c'est samedi... Oui, je le leur dirai... A tout à l'heure chez toi... Je t'adore! »

Quand elle raccrocha, la désolation était sur son visage. Elle dit à Mme Bernier qui était restée à côté d'elle :

— C'est stupide : en quittant le golf de Saint-Cloud il a eu un accrochage avec une camionnette... Rien de sérieux : seulement des dégâts matériels. Mais il doit attendre l'arrivée d'un agent. Le chauffeur de la camionnette ne veut rien entendre pour un constat à l'amiable sous prétexte qu'il n'est pas le propriétaire de son véhicule... Quel imbécile! Il gâche toute cette réception!

L'annonce que Patrice, bloqué par un stupide accident, ne pouvait pas venir, sema la consternation au sous-sol.

— Enfin, dit Nat Venfel, l'essentiel c'est qu'il n'ait pas été blessé! J'espère que nous ferons quand même sa connaissance un jour?

— Je vous le promets, monsieur Venfel. Comme nous allons nous marier rapidement, ce ne sera peut-être pas possible dans les prochains jours : nous allons être très occupés... mais, si nous ne pouvons pas venir tout de suite, nous le ferons après notre mariage.

— Nous vous espérons quand même avant le

voyage de noces! Sinon nous risquerions d'attendre longtemps puisque celui-ci doit se faire autour du monde!

— Même s'il en était ainsi, ce n'en serait que mieux, patron! Ça vous permettrait d'évaluer la solidité de notre bonheur... De toute façon, je vous jure qu'un jour vous me verrez avec Patrice, mon époux...

— Puisqu'il en est ainsi, dit Nat Venfel, il n'y a plus aucune raison de retarder le moment essentiel de cette petite réception... Florence, approchez...

Florence était la benjamine des arpètes de l'atelier. Elle s'avança, rougissante comme Sylvie elle-même n'avait jamais su l'être, en portant avec précaution un paquet assez volumineux. L'une de ses camarades se tenait à sa droite, tenant un bouquet de roses blanches.

Ce fut Christine, « la doyenne » des vendeuses, qui prononça les quelques paroles sans lesquelles une cérémonie, même joyeuse, ne revêt pas le caractère de solennité souhaitable :

— Ma chère Sylvie, la direction et le personnel de *Marie-Caroline* se font une joie de t'offrir ce que nous pensons être ton premier cadeau de mariage en souhaitant que, par la suite, tu en reçoives beaucoup d'autres!

Elle l'embrassa, suivie par toutes les vendeuses, toutes les arpètes, Mme Bernier et le patron lui-même. Un Nat Venfel qui, en même temps, lui glissa dans la main une enveloppe en chuchotant : « Ça, c'est mon petit cadeau personnel qui exprime mes remerciements pour vos cinq années de souriante et bénéfique présence dans ma Maison. »

Les larmes aux yeux, suffoquant presque d'émotion, celle qui allait partir répondit à chaque embrassade :

« Merci... Merci... Merci... » Puis elle défit le paquet : c'était une caméra. Comme elle la contemplait, un peu surprise d'un tel présent, Nat Venfel s'empressa d'expliquer :

— Cela vous permettra de conserver sur pellicule les meilleurs moments de votre voyage de noces autour du monde...

— C'est, répondit Sylvie en faisant un effort, une... merveilleuse idée! Patrice y sera certainement aussi sensible que moi. Cela nous permettra, à notre retour, de vous inviter tous à une grande séance de projection. Ainsi vous ferez vous aussi le tour du monde...

Tous levèrent une dernière fois leurs verres à sa santé et à celle du fiancé absent. Après quoi, ce fut le moment du départ. La directrice appela un taxi. Sylvie s'y installa, rayonnante, emportant la caméra et les fleurs et adressant à tous le sourire d'adieu le plus joyeux qu'elle sut inventer pour la circonstance... Mais, dès que la voiture se fut éloignée, ce sourire se figea. Dix minutes plus tard, ce n'était plus qu'une fille désespérée que le taxi déposait devant l'entrée de son immeuble...

En sortant de l'ascenseur, les bras encombrés par le cadeau rempaqueté et par le bouquet, elle se trouva face à face avec Dédé qui l'attendait sur le palier.

— Merci de m'avoir attendue, dit-elle. Je n'en sortais plus de toute cette corvée d'adieux! merci aussi de ton appel téléphonique à l'heure que je t'avais indiquée : il m'a rendu un grand service... Sans lui, je ne sais pas trop comment je serais parvenue à me tirer d'affaire devant tout ce monde!

Dédé attendit que la porte fût refermée. Une fois

dans l'appartement, désignant le paquet, il demanda :

— Qu'est-ce qu'il y a là-dedans?

— Mon premier cadeau de mariage, figure-toi! Oui, Dédé, c'est ainsi : j'ai le cadeau mais pas le mari!

— Qu'est-ce qu'on t'a offert?

— Une caméra pour filmer mon voyage de noces imaginaire!

— Et ces roses blanches?

— Pour fêter sans doute ce que l'on croit devoir être bientôt la perte de mon innocence! On devait avoir chez *Marie-Caroline* une bien piètre opinion sur ma vie sentimentale... Raison de plus pour que je ne regrette pas d'en être partie.

— Mais enfin, Sylvie, est-ce que tout cela est très raisonnable? Et pourquoi m'as-tu demandé de jouer tout à l'heure cette comédie au téléphone en faisant croire chez *Marie-Caroline* que j'étais ton fiancé sans cependant dire mon nom?

— Tu étais le seul à pouvoir le faire puisque tu es mon seul ami... Evidemment, nous savons très bien, toi et moi, que tu n'es pas mon fiancé et que tu ne le seras jamais... Ne m'en veux pas de ce que je dis, mais je tiens à ce qu'il n'y ait pas la moindre équivoque dans ton esprit : j'ai trop d'estime pour toi.

— Merci quand même! Mais alors, ce fiancé dont tu m'as fait prendre l'identité au bout du fil, il existe?

— Non. Le moyen le plus rapide pour moi de me débarrasser de mon job actuel était d'annoncer à mes employeurs que j'allais me marier avec un homme très riche qui ne voulait plus me voir travailler.

— Ne penses-tu pas que tu aurais pu trouver autre chose? Une raison de santé, par exemple?

— Aucune autre raison n'aurait pu me permettre de faire une aussi belle sortie!

— Pour rentrer où ensuite?

— Nulle part... Ou plutôt si : en clinique.

— Quoi? Serais-tu vraiment souffrante?

— Moralement, c'est possible. Physiquement, ça va...

— Et tu crois que c'est dans une clinique qu'on pourra soigner ton moral? Tu ne vas quand même pas me dire que tu te réfugies dans une maison psychiatrique?

— C'est presque ça... J'ai rendez-vous après-demain avec un très grand médecin qui va me prendre en main.

— Pour te faire quoi?

— Transformer complètement mon apparence physique. J'ai compris que c'était le seul moyen pour moi de me débarrasser de ma souffrance morale. Celle-ci est devenue intolérable! Comprends-moi, toi qui es non seulement mon ami mais aussi mon confident... Je n'en puis plus d'être laide, Dédé! Je veux être belle! La plus belle de toutes! C'est à ce prix seulement que je retrouverai enfin une raison de vivre... Je tente ma dernière chance! Si cela ne réussit pas, je me supprime! Je te le jure!

— Alors là, je crois que tu es réellement folle et qu'en effet c'est l'asile qu'il te faudrait! Moi qui étais persuadé que mes photos avaient réussi à te redonner un petit goût de toi-même!

— Elles sont trop réussies, tes photos! « Ma » réalité est, hélas, tout autre! Je hais mon nez, mes yeux, mes oreilles, ma poitrine, c'est-à-dire tout ce qui est essentiel dans le physique d'une femme! Je ne peux plus les voir! J'en ai honte, Dédé! Il faut tout changer!

— Et si ce médecin était un charlatan?

— C'est l'un des plus grands chirurgiens actuels de l'esthétique... Je me suis très bien renseignée : il a fait des merveilles! C'est un authentique sauveur de l'humanité laide... Donc il est pour moi! Et même s'il n'est, comme tu le dis, qu'un charlatan, il aura au moins le mérite, en m'opérant, de me rendre l'espoir! Pourvu qu'il accepte de m'opérer! Parce que ce n'est pas du tout certain! Il paraît qu'il choisit sa clientèle... On m'a même dit qu'il avait refusé de remodeler beaucoup de gens, hommes et femmes, parce qu'il estimait que tout ce qu'il pourrait faire serait inutile et que ça ne changerait pas grand-chose... Ne penses-tu pas que ce serait terrible s'il me trouvait trop laide?

— Est-ce qu'on t'a dit que ce genre d'intervention coûtait une fortune?

— C'est normal : la beauté, n'est-ce pas ce qu'il y a de plus difficile à acquérir? D'ailleurs rassure-toi : j'ai de l'argent. Toutes ces économies que j'ai accumulées patiemment, telle une fourmi, pendant cinq années, avec l'intention de m'acheter un jour, moi aussi, une boutique de prêt-à-porter, vont me servir... Tant pis pour le commerce! Il n'y a pas une femme au monde qui ne préfère être belle et pauvre plutôt que riche et laide! Quand on est belle, on a tout à ses pieds. Quand on est laide, il faut tout payer! J'en ai fait l'expérience, crois-moi!

— Je ne sais plus quoi te dire.

— Alors tais-toi et va-t'en! Une fois de plus, j'ai besoin de rester seule avec mes idées.

— J'ai l'impression qu'elles ne sont pas très lucides en ce moment... Tu n'aimerais pas que je t'emmène dîner?

— Surtout pas! Tu me sermonnerais comme tu le fais chaque fois que nous nous voyons pour me dissuader d'aller chez le médecin. Et comme ma décision est prise...

— C'est bon. Je pars... Mais tu me tiendras quand même au courant de cette visite que tu vas faire?

— Oui... Mais ensuite, je ne te reverrai que lorsque je serai devenue belle!

— Ça demandera longtemps?

— Je l'ignore... Etant donné le travail qu'il y aura à faire, j'ai tout lieu de penser qu'il faudra du temps... Dédé, je te demande une dernière chose : c'est de ne parler à personne au monde de mes projets... Comme on nous a vus plusieurs fois ensemble à la sortie de mon travail, il pourrait arriver que les vendeuses ou des employées de *Marie-Caroline* te demandent si tu m'as rencontrée. D'autant plus que, pour l'exercice de ta profession, tu seras bien obligé de retourner de temps en temps dans cette boutique... Tu n'auras qu'à dire à tous, et à toutes, qu'après m'être mariée je suis partie autour du monde pour ma lune de miel.

— Et si l'on me questionne sur ton... mari?

— Tu diras que tu le connais. N'oublie pas : il se prénomme Patrice...

— Pourquoi ce prénom?

— Parce que c'est celui que je hais le plus au monde!

— Et si l'on cherchait à me le faire décrire, « ton » Patrice?

— Tu répondras naturellement qu'il est beau, très beau, le plus beau et le plus merveilleux de tous les hommes que tu aies jamais rencontrés!

— Tu penses qu'ils me croiront?

— Il le faudra bien! N'es-tu pas photographe? Laisse-les rêver eux aussi...

La principale occupation de Sylvie, pendant la journée du dimanche, fut de faire des comptes. A ses économies, placées à la Caisse d'Epargne et en Bons du Trésor, elle ajouterait le contenu de l'enveloppe remise discrètement par son ex-patron. Celui-ci avait su se montrer plus que généreux. C'était même à se demander s'il n'avait pas pressenti — malgré les dires de sa vendeuse qui n'avait pas cessé de répéter que son futur mari était fabuleusement riche — qu'un jour viendrait, très proche, où Sylvie aurait besoin d'argent, de beaucoup d'argent... Le plus étonnant était que la vision de cette jolie boutique — dont l'enseigne aurait été, comme l'avait suggéré un jour Nat Venfel, *chez Sylvie* — à laquelle elle avait rêvé pendant ses années de solitude, était complètement sortie de son esprit. Elle n'avait plus qu'une idée en tête : devenir une beauté pour faire définitivement la conquête de celui qui lui avait apporté la révélation du plaisir sexuel, ce « Patrice » dont elle ne haïssait peut-être pas le prénom autant qu'elle l'avait dit à Dédé...

Après deux semaines de réflexion, elle avait fini par acquérir la conviction que si, un jour, le seul homme qui avait su être « son » amant la retrouvait — embellie et pouvant aisément rivaliser avec n'importe laquelle de ces « beautés » qu'il avait certainement connues avant leur rencontre — elle triompherait pour toujours. N'aurait-elle pas alors, pour séduire définitivement l'homme de ses rêves, l'avantage de posséder les trois atouts majeurs : « son » intelligence qui n'avait pas déplu à Patrice, « sa » sensualité dont il avait reconnu la qualité, « sa » beauté enfin qu'il découvrirait avec stupéfaction? Seul un bistouri habile permettrait de compléter l'admirable triptyque. Car celle qui ne voulait même plus se souvenir d'avoir été la plus modeste des vendeuses, n'avait aucune inquiétude sur un point bien précis : Patrice serait exactement dans la même situation lorsqu'ils se reverraient, c'est-à-dire un garçon libre, courant de la blonde à la brune mais sans plus! Un homme qui ne serait pas enchaîné parce qu'il se croyait plus fort que n'importe quelle femme, jolie ou laide.

Le jour des retrouvailles, Sylvie, transformée et transfigurée, profiterait de l'effet de surprise. Patrice serait tellement émerveillé, ébloui même, qu'il céderait... C'est lui qui la supplierait de consentir à devenir son époux! Pour sauver les apparences et venger surtout son orgueil de femme blessée, elle jouerait celle qui hésite... Pas trop longtemps quand même! Avec un mâle pareil, ce serait folie que de tenter le diable! Aussi, finalement, répondrait-elle : « Oui... » Ensuite, c'était certain, ils seraient le couple le plus heureux du monde, et de loin le plus envié! Un jour viendrait où elle entrerait en sa compagnie chez *Marie-Caroline* et où elle dirait sur le ton le plus détaché qu'elle pourrait trouver :

« Présentez-moi toute les nouveautés... »

Pendant les premières minutes, ni ses anciennes collègues les vendeuses, ni Mme Bernier, ni même Nat Venfel ne la reconnaîtraient tellement elle serait belle! Tout le monde se demanderait dans la boutique :

« Mais qui est donc cette beauté, accompagnée d'un homme aussi prestigieux? »

Et tout à coup, les chuchotements commenceraient à courir, à voltiger autour d'elle parce que tous et toutes auraient reconnu son sourire légendaire, le sourire de Sylvie... Le sourire, ça ne se modifie pas sous le bistouri.

Ce serait enfin « son » triomphe : celui qu'elle attendait depuis tant d'années! Faussement modeste — quand on est la plus belle, on n'a aucune raison d'être modeste : on connaît sa beauté! — elle dirait :

« Oui, c'est bien moi... avec mon mari, Patrice! »

Cette visite en sa compagnie, elle l'avait promise le jour de ses adieux. Il faut toujours tenir ses promesses.

Le lundi, à 17 heures, celle qui n'était pas encore l'épouse du beau Patrice et qui demeurait laide sonna à la porte d'un appartement situé au troisième étage d'un immeuble cossu du VIIe arrondissement.

— Le Dr Dalvi? demanda-t-elle timidement.

— C'est ici, répondit l'assistante médicale, tout de blanc vêtue, qui avait ouvert la porte. Vous avez rendez-vous?

— A 17 h 15.

— Entrez, je vous prie.

Le vestibule était de proportions vastes, somptueux. Sur les murs une multitude de tableaux — dus à des maîtres de la peinture moderne — semblaient rivaliser de couleurs agressives et d'audace pour apporter au visiteur, en une bouffée insolente, la certitude qu'un autre maître régnait sur ces lieux.

Dans le salon d'attente, où Sylvie se retrouva seule, d'autres tableaux étaient accrochés, tous plus irritants et plus mystérieux les uns que les autres... Ces cubes, ces points, ces lignes, ces courbes, ces cercles, cet œil dans un coin, cette main à laquelle il manquait deux doigts, cela représentait-il un homme ou une femme?

Un animal ou un objet? Un caprice ou une passion? Eperdue, la visiteuse ne savait plus... Et brusquement la lumière se fit dans son esprit : tout ce modernisme, tout ce cubisme, toute cette abstraction, ce n'était que le reflet magnifié du travail prodigieux qui devait s'accomplir quotidiennement dans cette fabuleuse officine... C'était l'expression picturale de la volonté d'un être qui passait sa vie à tailler, à rogner, à malaxer, à rassembler des morceaux de chair vivante pour créer la Beauté!

Une porte venait de s'ouvrir.

— Mademoiselle Sylvie Marvel? demanda la voix très douce d'un homme sans âge dont le crâne était dénudé et qui, lui, n'était pas beau.

— C'est moi, docteur...

— Si vous voulez bien entrer dans mon cabinet...

SON COURAGE

Pour la première fois depuis longtemps, celle qui avait eu toutes les audaces se sentait intimidée. Assis derrière une table-bureau sur laquelle il n'y avait, en tout et pour tout, qu'un bloc-notes, le Dr Dalvi l'observait silencieusement. Le regard du praticien, auquel il semblait assez difficile d'attribuer une couleur précise tant il était changeant, était d'une acuité surprenante : des yeux vifs et intelligents donnant l'impression de tout deviner — les êtres et leur âme — avec une rapidité fulgurante. Sylvie se sentit comme transpercée et ce fut avec un réel soulagement qu'elle entendit enfin parler celui qui la recevait :

— Je vous écoute, mademoiselle. De quoi s'agit-il exactement?

— Mais, docteur, je l'ai dit à la personne qui m'a répondu, la semaine dernière, lorsque j'ai pris ce rendez-vous par téléphone.

— C'était mon assistante. Mais entre un rendez-vous que l'on fixe et une consultation il y a une marge...

Après avoir pris un stylo, le médecin commença à

inscrire des notes rapides sur le bloc-notes, au fur et à mesure qu'il posait des questions :

— Vous vous appelez Sylvie Marvel... Quel est votre âge?

— Vingt-six ans.

— Etant majeure et célibataire, vous n'avez besoin de solliciter aucune autorisation pour le cas où aurait lieu une intervention chirurgicale... Cela précisé, je dois vous dire qu'une femme mariée a toujours le droit de se faire opérer même si son époux n'est pas d'accord! Seulement, comme cela amène souvent par la suite des complications, je préfère avoir l'assentiment du mari... Oui, j'ai failli avoir un jour un procès avec un mari qui voulait m'attaquer parce qu'il prétendait que j'avais transformé sa femme sans lui avoir demandé son avis! C'est pourquoi, depuis, je me montre extrêmement prudent... Qui vous a conseillé de vous adresser à moi plutôt qu'à un confrère?

— A vrai dire, personne, docteur. C'est votre réputation qui m'a conduite à vous.

— Il y a longtemps que vous songez à avoir recours à la chirurgie esthétique?

— Pas tellement... Bien sûr, comme toutes celles qui n'ont guère été favorisées par la nature, il m'arrivait d'y penser... Seulement, j'ai eu le tort de croire que je pourrais m'en passer... Ce n'est qu'assez récemment que je me suis rendu compte que seul un chirurgien expert pourrait me rendre la joie de vivre.

— Je suis très attentif à ce que vous venez de dire là, mademoiselle... Et ça pourrait presque me faire croire que je suis pour vous une sorte de planche de salut?

— C'est exactement cela, docteur... Je vous supplie de venir à mon secours! Depuis que je suis entrée dans ce cabinet, vous n'avez pas cessé de m'observer... J'ai tout lieu de penser que le résultat de ces observations ne peut que concorder avec mes propres aspirations.

Et, comme le praticien continuait à la regarder sans répondre, elle demanda, anxieuse :

— Sincèrement, croyez-vous que vous pourrez arriver à un résultat appréciable avec moi?

C'était plus qu'une question : une supplique. Il répondit en souriant :

— Aujourd'hui, la chirurgie peut pratiquement tout faire... Seulement...

— Seulement? Cela veut sans doute dire qu'il y aura beaucoup de travail?

— Tout dépendra de ce que vous souhaitez exactement.

— Je ne peux plus me voir, docteur! Je me fais horreur! Vous comprenez? Il faut tout changer!

— Tout? Cela me paraît beaucoup... Et « changer » est peut-être un bien grand mot! La seule chose que nous puissions faire, mes confrères et moi, c'est remodeler un visage ou même certaines parties du corps.

— Mais, chez moi, rien n'est beau!

— N'exagérez pas, mademoiselle... Avant de vous détester en vous regardant, comme vous venez de le dire, vous avez pris le temps — sinon vous ne seriez pas « femme » et l'impulsion même de vos propos prouve le contraire — de remarquer ce que vous aviez de bien : vos mains par exemple, vos poignets, vos pieds, vos chevilles... C'est déjà considérable! La chirurgie ne peut pas donner de la grâce aux attaches qui sont un bienfait des dieux. Quand une main est vulgaire, elle le reste! Vous permettez?

Après s'être levé, il s'approcha d'elle, toujours assise, et lui releva les cheveux pour dégager la nuque :

— Votre cou aussi est une réussite, même une très grande réussite : il vous donne un port de reine... C'est capital, cela, pour une femme! Ne bougez pas...

Il avait sorti d'une poche de son veston un rouleau métallique gradué qu'il déroula avant de prendre les mensurations du visage. Cela fut fait avec un soin minutieux. Chaque mesure prise était inscrite sur son bloc. Quand il en eut fini avec le visage, il demanda :

— J'aimerais que vous vous mettiez debout... Puis-je vous demander maintenant de vous déshabiller complètement en ne conservant que votre slip?

Quand elle fut nue devant lui, il mesura la gorge, les seins, les cuisses, en continuant à prendre des notes.

— Je vous remercie. Vous pouvez vous habiller.

Dès que ce fut fait, il lui présenta un étui à cigarettes en demandant :

— Fumez-vous?

— De temps en temps.

— Quand vous êtes nerveuse, n'est-ce pas? Eh bien, fumez une cigarette : cela vous détendra... Bien... Vous allez vous asseoir et m'écouter... Mon opinion très sincère est que la chirurgie peut modifier assez sensiblement votre nez, vos oreilles, vos yeux, votre bouche et vos seins... Le nez, parce que sa proéminence même n'est pas en proportion avec l'ensemble du visage dont il détruit l'harmonie... Les oreilles, parce que leur décollement est nettement disgracieux : ce qui vous oblige, et l'on vous comprend, à les cacher le plus possible sous vos cheveux ou, à la rigueur, sous une perruque... Vous n'avez jamais porté de perruque?

— Si, mais... ça ne m'allait pas!

— Je m'en doute : n'importe quelle perruque, même la mieux faite, ne peut qu'augmenter le volume de votre tête, qui est bien proportionnée, par rapport au corps. Il n'est rien de plus laid qu'une grosse tête surmontant un corps qui n'est pas grand. Vous vous en êtes rendu compte vous-même, n'est-ce pas?

— C'est-à-dire qu'un ami m'a aidée à le découvrir.

— Un ami? Comment cela?

— Il a pris des photographies de moi avec et sans perruque... Quand j'ai vu les premières, j'ai été horrifiée! Et je les ai déchirées.

— Cet ami vous a rendu un grand service. Et les autres photos, disons celles faites à l'état naturel, vous les avez conservées?

— Elles sont chez moi.

— J'aimerais les voir... Pouvez-vous me les apporter à un prochain rendez-vous?

— C'est entendu, docteur.

— Je continue : les yeux... Il est certain qu'une fois que le nez et les oreilles auront été modifiés, il faudra les tirer... Opération qui permettra d'atténuer leur expression en la rendant plus douce. En corrigeant le regard, on lui donne plus de grâce, donc plus de féminité... La bouche... Soyez gentille de l'ouvrir toute grande en écartant les lèvres dans ce que nous pourrions appeler un sourire forcé... Oui, c'est bien ce que je pensais : votre denture n'est pas extraordinaire... Elle est saine, mais mal plantée, et surtout elle manque d'éclat... C'est un atout fabuleux, l'éclat, dans un sourire de femme! Seulement ce travail n'est pas de mon ressort : il faudrait vous adresser à un dentiste spécialisé dans la prothèse esthétique... Il y en a de remarquables et l'on a fait dans ce domaine, particulièrement grâce aux travaux de spécialistes américains, des progrès fabuleux! Je pense même que votre denture gagnerait beaucoup à être entièrement recouverte — je parle de la partie visible quand vous ouvrez la bouche — de *jackets*. C'est là un procédé que l'on utilise couramment pour les vedettes de l'écran : cela ne vous ferait pas plaisir d'avoir, vous aussi, un sourire de star qui apporterait un éclat supplémentaire à votre nouveau visage?

La réponse de Sylvie fut un sourire. Mais un vrai, celui-là.

— Savez-vous qu'il est charmant votre sourire? Il suffit simplement de le mettre en valeur... Les seins... Ils sont beaucoup trop importants pour une jeune femme de votre taille et de votre âge... Puis-je vous poser une question, d'ordre intime, qui va sans doute vous paraître un peu délicate, mais qui est nécessaire? A quel âge avez-vous commencé à avoir des rapports sexuels?

— Cela va vous sembler très bête, docteur, mais il n'y a pas tellement longtemps.

— C'est-à-dire?

— Quelques mois seulement...

— Ce qui signifierait que vous avez conservé votre hymen jusqu'à vingt-cinq ans?

— Oui. C'est stupide, n'est-ce pas?

— Non, mademoiselle. C'est au contraire très respectable.

— Même à notre époque?

— Surtout à notre époque! Votre réponse m'éclaire... Si vous aviez eu des rapports fréquents depuis un certain nombre d'années déjà, le développement de vos seins pourrait s'expliquer rationnellement : disons que les hormones mâles sont un puissant adjuvant. Mais, comme cela n'a pas été votre cas, il faut bien constater que vous avez une poitrine anormalement forte. C'est là une question glandulaire qui peut se soigner. Mais, au point où vous en êtes, il est certain qu'une intervention peut améliorer nettement les choses. L'envahissement de la graisse a détruit l'équilibre et surtout l'écartement qui est à souhaiter entre les mamelons. L'idéal est de dix-huit à vingt centimètres entre les deux. Quand j'ai pris tout à l'heure vos mensurations, j'ai pu constater que nous en étions loin! L'épaississement fait que vos deux seins s'écrasent l'un contre l'autre. L'intervention permettra aussi de les remonter : des seins sont bien en place quand ils sont situés à un centimètre au-dessous d'une ligne horizontale passant par le milieu du bras... Mais, de toute façon, cette intervention ne pourra avoir lieu qu'après une cure d'amaigrissement... Quant aux cuisses, elles ne peuvent être modifiées par une intervention. Il faudra un traitement qui consistera principalement en massages postopératoires. Comme vous avez la chance d'avoir des chevilles fines et de petits pieds, automatiquement, quand la graisse des cuisses aura fondu, vos jambes — qui sont bien proportionnées — deviendront harmonieuses et même plaisantes... Voilà, mademoiselle Marvel, tout ce que je peux dire pour le moment.

Après un instant de silence, elle reprit :

— Vous m'avez expliqué tout cela avec tant de bienveillance, docteur, que je serais presque tentée de croire que vous acceptez de vous occuper de moi?

— Je ne vous cacherai pas, mademoiselle, que l'ensemble — si l'on pratique les différentes interventions dont je viens de vous parler — demandera du temps car il ne saurait être question de faire tout à la fois!

Il faudra procéder à peu près dans l'ordre où j'ai fait ce petit exposé... Commencer par le nez, continuer par les oreilles, puis par les yeux et terminer par les seins. Quant à la phase dentaire qui ne me concerne pas, je pense que le mieux serait de la réserver tout à fait pour la fin, à l'époque où vous en serez au traitement postopératoire d'amincissement des cuisses, mais à condition, bien entendu, que vous puissiez supporter les deux à la fois : ce qui n'est pas certain.

— Pouvez-vous me dire combien de temps approximativement durera le tout?

— A peu près aussi longtemps qu'un enfantement : disons neuf mois... Car vous devez bien vous douter qu'il faudra des semaines de repos entre chaque intervention pour permettre aux chairs de se cicatriser et à vous de reprendre souffle, si j'ose dire, après le choc opératoire... Vous me donnez l'impression d'être une jeune femme courageuse, mais quand même! Il ne s'agit pas, en ce qui vous concerne, de procéder à un simple *lifting* qui ne nécessite pour la patiente que vingt-quatre ou quarante-huit heures de présence en clinique. Il s'agit pratiquement de tout un remodelage...

— Je l'ai très bien compris et c'est même la raison pour laquelle je me suis adressée à vous. Je sais que vous êtes le seul à pouvoir tout faire avec le maximum de chances de succès.

— Vous avez vraiment une telle confiance en moi?

— Oui, docteur.

— C'est déjà un point d'acquis qui est très important : la confiance de la cliente... Vous remarquerez que je n'ai pas dit « la malade », car vous n'êtes pas le moins du monde malade! Celles ou ceux qui viennent me trouver sont généralement en excellente santé... Ce qu'ils veulent, c'est se débarrasser d'un physique qui les gêne et qui, parce qu'il en est ainsi, les rend malades psychiquement! C'est uniquement votre mal actuel... Disons que mes confrères en esthétique et moi-même sommes les chirurgiens des gens bien portants! Si nous prenions la décision finale, il vous faudrait passer, avant chaque intervention, les tests médicaux indispensables qui me garantiraient que vous n'êtes pas handicapée par certaines maladies — dont vous ne vous êtes peut-être pas aperçue — telles que l'albumine ou autres qui me contraindraient à surseoir à toute opération avant que vous n'en soyez débarrassée. Nous procéderons à un examen général préliminaire.

— Il y a une question que nous n'avons pas encore abordée, docteur : les frais... A combien, selon vous, se monteront-ils?

— Vous me posez là, mademoiselle, la question qui est de loin la plus délicate pour tous mes confrères et pour moi! D'abord, répondez-moi franchement : avez-vous de l'argent?

— Jamais je ne me serais permis de venir vous consulter, docteur, si je n'avais pas les moyens de me faire opérer. Sans être riche, j'ai pu mettre de côté quelques économies. J'espère qu'elles devraient être suffisantes... A combien estimez-vous approximativement que reviendrait le tout?

— C'est assez difficile à dire... Certaines des interventions dont je viens de vous parler, et spécialement celle des seins, nécessitent des séjours plus longs que d'autres en clinique. Il vous faut prévoir aussi dans votre budget les frais postopératoires tels que traitements aux rayons pour éviter le bourgeonnement des cicatrices ainsi que des massages qui devront être pratiqués régulièrement pendant un certain temps pour que ces cicatrices puissent devenir invisibles. Pour répondre à votre question, je pense, en ce qui me concerne, que le montant global des interventions que je pratiquerai personnellement et des frais de clinique se situerait aux alentours de vingt mille francs. Il faudrait y ajouter, si vous décidez d'avoir recours à ses services, les honoraires du dentiste pour le revêtement des *jackets* et ça, je sais que cela revient généralement assez cher...

— Je vous remercie, docteur, de ces précisions. Elles ont pour moi une grande importance. Et je puis vous certifier que j'ai ce qu'il faut financièrement. Mais comme je ne connais pas très bien les usages, devrai-je, dès que la décision sera prise, vous verser un acompte comme cela se fait généralement dans le commerce lorsqu'un client dépose des arrhes pour une commande qui ne peut pas lui être livrée tout de suite?

— Chère mademoiselle, nous sommes loin du commerce! Personnellement vous n'aurez à me régler que lorsque tout sera terminé et que vous serez entièrement satisfaite. Bien entendu, si, à ce moment-là, vous rencontriez quelques difficultés de trésorerie, nous pourrions prendre un arrangement qui vous permettrait de vous acquitter de la somme par paiements échelonnés. Si nous autres, médecins ou chirurgiens, n'étions pas capables de nous montrer compréhensifs à l'égard de ceux qui ont besoin de nous, qui le serait? La seule chose que je vous demanderai, si cela vous était possible, ce serait de me régler, soit en espèces, soit par chèque au porteur... Eh oui! Nous sommes comme tout le monde : les impôts! J'attire aussi votre attention sur un point précis : généralement les frais de clinique, qui n'ont rien à voir avec nos honoraires, sont payés au moment où le client, ou la cliente, sort de la clinique. C'est-à-dire que pour vous, qui y feriez plusieurs séjours — plus ou moins espacés par la période de cicatrisation rendue nécessaire entre les différentes interventions — il vous faudrait régler à chaque fois la note correspondant à la durée de chaque séjour de la nourriture et des frais médicaux habituels... Ah, je dois vous signaler encore qu'il ne vous sera pas possible d'obtenir un remboursement de la Sécurité sociale. La chirurgie esthétique, à moins qu'elle ne soit la conséquence obligatoire d'un accident — et, dans ce cas, ce sont le plus souvent les Compagnies d'assurances qui en assument le règlement à la suite d'un jugement — n'est pas encore considérée par notre législation actuelle comme absolument nécessaire. C'est déjà admis dans certains pays, mais pas dans le nôtre! Je reconnais que c'est assez stupide, mais c'est ainsi! Donc, ne comptez pas sur la Sécurité sociale!

— Je n'y comptais pas, docteur. D'ailleurs, ma décision est prise.

— Je crois, mademoiselle Marvel, que vous devriez encore réfléchir... Rien ne presse.

— Mais si, docteur, ça presse au contraire! J'ai vingt-six ans, c'est-à-dire un âge où j'ai encore le droit de prétendre au bonheur! Et je puis dire que mon calvaire — car c'en est un, croyez-moi! — dure depuis près de vingt années... Il a commencé à l'école, alors que j'avais six ou sept ans : toutes mes petites camarades se moquaient déjà de mon nez et très vite j'ai compris que les garçons ne m'aimaient pas... Ils ne voulaient jamais jouer ou sortir avec moi : ils me trouvaient déjà trop laide!

— Je comprends vos raisons, mais je vous demande quand même, maintenant que vous savez mieux ce que l'on peut faire ou ne pas faire, de patienter... Voulez-vous que nous prenions un autre rendez-vous pour lundi prochain? Cela vous permettra de peser le pour et le contre... Si, quand vous reviendrez, vous êtes toujours décidée, je vous promets alors de m'occuper de vous.

Il s'était levé, indiquant ainsi que la consultation avait assez duré. Elle fut contrainte de faire comme lui. Mais elle serait bien restée là pendant des heures à parler avec cet homme dont le calme et le bon sens avaient déjà répandu un baume sur sa blessure morale.

— Je vous remercie infiniment, docteur, de m'avoir reçue avec une telle compréhension...

Il avait pris son bloc :

— Pouvez-vous venir lundi à la même heure? C'est pour moi la meilleure : j'ai tout le temps de bavarder avec mes clients ou mes clientes. Mes consultations courantes, qui commencent à 14 heures, sont généralement terminées et, le matin, je ne reçois pas : j'opère... N'oubliez pas de m'apporter ces photos faites par votre ami... Et mettez-vous bien dans la tête que, même si vous n'êtes pas encore tout à fait décidée ce jour-là, cela n'aura aucune importance! Peut-être même ne viendrez-vous me voir que parce que vous éprouvez le besoin de parler, de vous confier à quelqu'un qui — étant complètement à l'écart de votre vie privée — vous inspire confiance.

— C'est bien vrai, docteur.

— Et s'il y avait des choses qu'il vous était difficile de me dire aujourd'hui, où nous nous voyons pour la première fois, n'hésitez pas! Nous autres, que l'on ne vient le plus souvent trouver que dans des cas que l'on croit désespérés, nous sommes un peu comme les confesseurs... A cette différence près cependant que nous accordons toujours la rémission en essayant de soulager notre prochain. C'est d'ailleurs pourquoi je m'insurge contre ces « pontes » de la médecine moderne qui prétendent que le diagnostic n'a plus aucune importance à l'époque des analyses de laboratoire qui révèlent tout! Prenons votre cas : vous n'êtes nullement malade, physiquement, mais mentalement! Alors? Mon diagnostic, avant de passer utilement à la pratique, ne peut être que psychique... C'est pourquoi j'aime connaître très bien ceux qui me font confiance avant de les transformer. Sincèrement, estimez-vous que nous nous connaissons assez?

— Sûrement pas!

— Vous reviendrez lundi l'esprit déjà plus libre pour me confier la véritable raison de votre désir que « tout soit changé », comme vous me l'avez dit, dans votre apparence physique... Je sais : il y a ce que vous appelez « votre laideur », mais enfin vous-même avez reconnu que vous l'aviez supportée jusqu'à ces derniers mois et que votre décision de venir me trouver n'était qu'assez récente. C'est donc qu'il y a autre chose?

Comme elle ne répondait pas, il ajouta, souriant à nouveau :

— A lundi, 17 heures...

Dès qu'elle fut partie, il demanda à son assistante qui venait d'entrer dans le cabinet :

— Qu'avez-vous remarqué de particulier sur cette demoiselle?

— Que c'est l'une des jeunes femmes les plus laides que j'aie vues ici depuis cinq années que je travaille avec vous!

— Ma petite Eliane, vous ne vous êtes pas tellement trompée... Elle est, en effet, très laide! Mais s'il n'y avait que cela!

— Que voulez-vous dire, docteur?

— Je ne sais trop pourquoi, j'ai la conviction que, derrière cette laideur, se cache un drame encore plus grave... Je me demande quoi. La solitude peut-être qui est une conséquence logique du manque d'attrait physique? A moins que ce ne soit une immense déception amoureuse?... Après tout, pourquoi ne serait-elle pas follement amoureuse, cette fille de vingt-six ans? La laideur, à ce degré-là, ça stagne, tandis qu'un amour déçu, ça ronge! Ça peut même conduire au suicide... Je crois qu'il va falloir l'aider...

— Il y aura du travail!

— Nous en avons vu d'autres... Quels sont les rendez-vous de demain après-midi?

— D'abord, je me permets de vous rappeler, docteur, que, demain matin, vous avez déjà trois interventions.

— Je le sais. C'est bien pourquoi je vais me coucher tôt.

— L'après-midi ici, à 14 heures, il y a Mme la baronne de Verville.

— Celle-là! Elle va encore me demander de lui faire un *lifting*... C'est au moins le cinquième?

— Le sixième exactement, docteur.

— Je vous jure bien que, si je le fais, ce sera le dernier! Elle devrait bien comprendre, cette chère baronne, qu'à son âge il n'y a plus grand-chose à faire! Soixante-dix-huit ans! Les femmes sont véritablement fantastiques! Pour elles, tant qu'il reste un peu de peau, il y a de l'espoir! Et le rendez-vous suivant?

— A 15 heures, c'est M. Archinaud.

— L'industriel de Clermont-Ferrand?
— Lui-même...
— Mais il y a un an à peine que je l'ai opéré!
— Il m'a expliqué au téléphone qu'il voulait absolument vous revoir parce que ses bajoues recommençaient à s'affaisser...
— Ses bajoues! Qu'est-ce qu'il faut entendre! Il mange trop, voilà tout! Ensuite?
— A 15 h 30, Miss May Francis.
— La stripteaseuse? Qu'est-ce qui lui arrive?
— C'est pour son nez...
— Mais ça fait deux fois que je le refais, son nez!
— Elle dit que maintenant il est trop court...
— Trop court?
— Oui et que, lorsqu'elle est en scène sous les projecteurs, les orifices de ses narines relevées lui donnent un visage de mort...
— Voyez-vous ça! Elle voudrait peut-être maintenant qu'on lui rallonge, son nez!
— C'est exactement ce qu'elle m'a dit...
— Il est pourtant bien joli le petit nez que je lui ai fabriqué! Il a toute l'impertinence du monde! Et après elle?
— A 17 heures, c'est une nouvelle cliente : Mlle Claude Berthet. Elle se recommande de Laurence Webb.
— Comment était sa voix au téléphone?
— Grave.
— Etant donné « celle » qui me l'envoie, plus de doute : c'est un travesti! C'est tout?
— Oui, docteur.
— Le plus étonnant dans ce défilé est que tous et toutes ne viennent me trouver que parce qu'ils me

considèrent comme un dispensateur de la Beauté Universelle!

— Mais vous l'êtes, docteur!

— La vraie beauté, je vous l'ai déjà dit, c'est autre chose... C'est fait de tout et de rien, mais c'est toujours naturel. Et c'est bien ce qui nous met tous en rage, nous dont le métier est d'essayer de nous rapprocher d'elle en modelant les autres... La laideur, ça peut s'atténuer ou même se corriger sous l'effet du bistouri. Mais, la beauté, c'est sacré! On ne s'attaque pas à la perfection. Une perfection qui peut d'ailleurs n'être faite que de défauts sublimes! Combien de femmes, qui ne sont pas tellement jolies, ont sur le visage et même dans leurs moindres attitudes les expressions spontanées d'où naît la beauté! Et combien d'autres, qui donnent au premier abord l'impression d'être belles lorsqu'elles sont immobiles, deviennent hideuses dès qu'elles commencent à parler et à vivre! C'est pourquoi, finalement, je ne trouve pas que cette jeune femme qui vient de partir soit tellement laide... Il y a quelque chose de caché en elle qui pourrait devenir charmant si l'on parvenait à l'extirper de sa carapace physique, assez ingrate actuellement. Il s'agira — après avoir rectifié successivement le nez, les oreilles, les yeux, la bouche et les seins — d'obtenir que sa beauté jusqu'alors paralysée par le masque de laideur puisse enfin s'exprimer. Mais cela ne pourra se produire que quand, se voyant enfin transformée, elle reprendra brutalement confiance totale en elle-même. Tant que nous n'en serons pas là, nous n'aurons pas gagné. Bonsoir.

Le lundi suivant, à l'heure dite, Sylvie était introduite dans le cabinet de celui qu'elle considérait déjà comme son sauveur. N'ayant rien eu d'autre à faire pendant toute la semaine, elle avait eu la possibilité, suivant en cela les conseils du chirurgien, de réfléchir. Aussi ne perdit-elle pas de temps!

— Voici les photographies, docteur.

Après les avoir regardées avec attention, il dit :

— Elles sont excellentes! Celui qui les a faites a du talent. Sans doute est-ce un professionnel?

— C'en est un, en effet, spécialisé dans les photos de mode.

— Pouvez-vous me les confier pendant quelques jours? Elles vont nous permettre de travailler.

— « Nous »?

— Oui, j'ai un collaborateur spécialisé dans l'exécution de ce que j'appelle « les maquettes préopératoires ». Ces photos lui seront très utiles... Mais revenons à vous : persistez-vous, oui ou non, dans votre décision?

— Je vous demande de m'opérer...

— C'est-à-dire que vous voulez les quatre interventions successives : le nez, les oreilles, les yeux et les seins?

— C'est cela.

— Et la denture? Avez-vous également l'intention de vous adresser, quand j'en aurai terminé, à un dentiste.

— Certainement. Si ce n'était pas trop vous demander, puisque vous allez devenir en quelque sorte le maître d'œuvre de ma transformation, vous serait-il possible de m'indiquer un dentiste qualifié quand le moment sera venu?

— Je vous enverrai chez le Dr Viré : c'est l'un des meilleurs stomatologistes que je connaisse. Puisque votre décision est prise, nous allons gagner du temps en procédant dès aujourd'hui à votre moulage. J'ai demandé à mon sculpteur d'attendre.

Pendant qu'il disait ces derniers mots, il avait appuyé sur un bouton de sonnette.

— Mon moulage? Est-ce que j'ai bien compris?

— Ce sculpteur, qui travaille avec moi depuis des années, va faire un moulage complet de votre visage tel qu'il est aujourd'hui, y compris, bien entendu, les oreilles : ce qui me permettra d'étudier l'ensemble et de voir jusqu'à quel point on peut faire des modifications. Un deuxième masque sera alors réalisé sur lequel seront portées ces rectifications. Et, dans quatre ou cinq jours au plus tard, nous vous présenterons les deux moulages : ainsi vous aurez la possibilité d'établir la comparaison entre celle que vous êtes actuellement et celle que vous deviendrez après les diverses interventions. De plus, ce qui me paraît capital, vous n'aurez aucune surprise ou désillusion quand tout sera terminé. Si vous me donnez votre accord sur le moulage rectifié, je n'aurai plus qu'à me mettre au travail.

— Mais c'est merveilleux, docteur!

— Ma clientèle s'est toujours montrée assez satisfaite de cette méthode, elle sait ainsi qu'elle ne va pas à l'aventure.

« Le sculpteur » venait d'entrer dans le cabinet après avoir frappé discrètement. C'était un curieux personnage, d'une cinquantaine d'années, portant une coiffure léonine, des moustaches agressives et même, dans le creux du menton, une « mouche » qui le faisait ressembler à un dandy du Second Empire. Vêtu d'une longue blouse, classique dans sa profession et destinée à protéger la chemise et les vêtements des éclaboussures de plâtre ou de glaise, l'homme avait l'allure de ces « artistes » que l'on ne rencontre plus guère aujourd'hui aussi bien à Montmartre qu'à Montparnasse.

— Monsieur Gabriel, dit le chirurgien, voici Mlle Marvel qui a pris la décision de se confier à nous pour modifier ce qui ne va pas sur son visage. Vous avez certainement tout de suite remarqué quoi.

Sans attendre, le nouveau venu répondit :

— Le nez, les yeux, les oreilles... Mademoiselle a raison, docteur.

— Et pour les seins, vous prendrez aussi un moulage? demanda Sylvie.

— Ce ne sera pas nécessaire, affirma le docteur. Quand j'aurai bien mesuré leur dimension actuelle au compas, il suffira de dessins préopératoires que je vous soumettrai avant l'intervention. Mais, comme ce ne sera que la quatrième opération, il n'y a pas d'urgence... Si vous voulez bien suivre M. Gabriel dans le « cabinet des moulages », mon assistante vous y attend déjà pour vous préparer et pour vous aider. Rassurez-vous : ce ne sera pas douloureux... Vous a-t-on déjà fait des traitements de la peau dans un institut de beauté?

— Pas encore, docteur.

— Cela fera partie des soins postopératoires. Aujourd'hui, comme dans n'importe quel institut de beauté, M. Gabriel va vous enduire le visage d'une pâte qui en épousera exactement les formes. Dès qu'elle aura suffisamment durci, on vous retirera ce masque et vous n'aurez plus qu'à vous passer un peu d'eau pour retirer les quelques parcelles de pâte à modeler qui pourraient être restées. Vous n'êtes pas trop pressée ce soir?

— Nullement.

— Cela durera environ trente-cinq minutes. Quand ce sera terminé, mon assistante vous ramènera ici. Pendant ce temps je vais recevoir une autre cliente. A tout à l'heure...

Trois quarts d'heure plus tard, elle était à nouveau dans le cabinet.

— Cette séance ne vous a pas semblé trop pénible?

— Je ne peux pas dire que ce soit très agréable, mais il y a pis! Et puisque c'est pour devenir belle!

— Des milliers de femmes dans le monde passent presque tous leurs après-midi dans les instituts de beauté, le visage recouvert d'enduits divers pour n'en être que plus éclatantes le soir!

— Je dois aussi reconnaître que votre sculpteur a des mains très douces...

— J'aime beaucoup M. Gabriel! Il sait mettre la clientèle en confiance... Pour moi c'est un collaborateur inestimable : je ne pourrais pas faire du bon travail s'il ne coulait pas dans le moule, avant que je ne les attaque au bistouri, les formes à modifier... Pouvez-vous être là vendredi prochain à la même heure pour comparer les deux moulages : celui qui vient d'être fait et celui sur lequel M. Gabriel et moi nous aurons travaillé entre-temps en y apportant toutes les retouches nécessaires, non sans avoir étudié les photographies que vous me laissez?

— Comment allez-vous vous y prendre?

— Ce sera très simple : M. Gabriel rabotera le second plâtre jusqu'à ce que la forme idéale souhaitée par vous et par moi soit obtenue.

— Vous pensez qu'ensuite vous pourrez atteindre le même résultat avec le bistouri?

— Sans aucun doute.

— C'est prodigieux!

— Non, mademoiselle. Le temps aidant, j'en suis arrivé à un stade où ce n'est plus pour moi qu'une sorte de routine... Emportez cette petite ordonnance et allez, dès demain matin si possible — et à jeun — dans un laboratoire pour que l'on y fasse les différentes analyses dont j'ai besoin pour être renseigné sur votre état général qui me paraît, d'ailleurs, excellent... Vous ne souffrez d'aucun trouble?

— Je ne me suis jamais sentie mieux.

— C'est quand même une précaution indispensable à prendre. Vous me rapporterez les résultats de ces analyses vendredi.

— Dois-je aller à un laboratoire plutôt qu'à un autre?

— Je vous laisse le choix. En connaissez-vous un?

— Oui.

— Alors pourquoi changer?

— Mais si l'on m'y demandait pour quelle raison il vous faut ces analyses, docteur?

— Mon nom est sur l'en-tête de l'ordonnance. Il suffira. Vous n'avez aucune explication à donner. A ce propos, je me permets de vous poser une question : est-il dans vos intentions de mettre au courant de vos projets certaines personnes de votre famille ou de votre entourage?

— Jusqu'à présent, je n'en ai parlé qu'à un seul ami : celui qui, précisément, a fait les photos...

— Il s'est montré d'accord?

— Son avis ne compte pas : il n'est rien d'autre pour moi qu'un camarade.

— Ce n'est donc pas pour lui faire plaisir que vous allez vous faire opérer?

— C'est pour me faire plaisir à moi seule! Si

j'avais écouté son avis, je serais restée telle quelle. Il prétend que je suis très bien ainsi!

— Des goûts et des couleurs! Vous avez quand même confiance en cet ami?

— C'est la seule personne dont je sois sûre qu'elle ne dira rien.

— Je n'ai pas de conseils à vous donner, mais, lorsque l'on s'apprête à recourir à ce genre d'intervention, la discrétion est souhaitable... Attendez que tout soit terminé pour en parler, surtout à des amies femmes!

— Je n'ai aucune amie femme! Mais si j'en avais une et qui soit sincère, ne serait-elle pas la première à me conseiller de venir vous trouver?

— C'est possible, mais ce n'est pas certain! J'ai vu passer trop de femmes dans ce cabinet pour ne pas savoir qu'il est rare qu'une femme, ayant une amie moins jolie qu'elle, soit satisfaite de voir cette dernière la surclasser brusquement en beauté grâce à la chirurgie esthétique! Ce jour-là, l'amitié s'effondre devant la rivalité... En ce qui vous concerne, et sans vouloir le moins du monde vous influencer, je pense que vous gagnerez beaucoup à subir cette transformation. Vous vous en rendrez d'ailleurs compte vous-même, vendredi prochain, quand vous verrez la différence entre les deux masques. Venez avec moi...

Il l'entraîna dans une galerie dont les murs n'étaient pas recouverts de tableaux, mais de moulages de visages en plâtre, alignés par rangées les uns à côté des autres, et portant tous, à la base du cou, un numéro peint en noir. Il y en avait des centaines. C'était impressionnant : on se serait cru dans une nécropole ou dans l'atelier d'un artiste fou. Les yeux, sans aucune expression, de tous ces visages en plâtre blanc, faisaient penser à des regards de morts dont on n'aurait pas fermé les paupières : ils fixaient ceux qui les contemplaient. Sylvie frissonna en murmurant :

— C'est assez étrange...

— Ça ne vous fait pas peur au moins? Ces moulages n'ont rien d'effrayant, croyez-moi. Ce sont ceux de clients ou de clientes que j'ai opérés, et ils sont loin d'être tous là! Oui, beaucoup de personnes ont préféré les emporter chez elles, soit pour les conserver comme souvenirs, soit plutôt pour les détruire... Sans doute ne voulaient-elles pas qu'il restât la moindre trace du visage qu'elles avaient avant l'intervention chirurgicale.

— Je les comprends! Je ferai exactement comme elles! Et je détruirai aussi toutes mes photos... Je veux qu'il ne reste plus rien de ma laideur! Mais, docteur, ces masques alternent dans votre collection : un laid, un joli... Pourquoi?

— Avant et après. Voyez... Les numéros correspondent : 23 et 23 bis, 24 et 24 bis, et ainsi de suite.

— Vous voulez dire que le nez de ce 58, par exemple, est le même que celui du 58 bis qui est à côté de lui?

— Le même modifié par l'intervention.

— Eh bien! Elle a eu mille fois raison de faire changer son nez, cette femme!

— Ce n'était pas une femme : c'est le masque d'un homme.

— Et ce 74, est-ce un homme ou une femme?

— Une femme...

— Avec une bouche et des oreilles pareilles?

— Mais oui! Ce qui vous permet de faire deux constatations : la première, c'est que, transformée sur le 74 bis, cette femme est devenue presque belle...

— C'est vrai.

— Ensuite, qu'elle avait une bouche et des oreilles infiniment plus désastreuses que les vôtres... Donc, vous pouvez déjà imaginer ce que nous allons arriver à faire de vous?

— Une beauté! C'est ce que je veux!

Il eut un petit sourire avant de répondre :

— Décidément, vous m'êtes très sympathique, mademoiselle Marvel! Disons que nous allons essayer de nous rapprocher du mieux...

— Je vais sans doute vous paraître très indiscrète, mais, puisque vous-même venez de dire que la sympathie était née entre nous, puis-je vous poser une question?

— Bien sûr.

— Vous habitez ici?

— C'est mon domicile.

— Et vous passez souvent dans cette galerie?

— Plusieurs fois par jour pour me rendre à mes appartements privés qui se trouvent derrière la porte que vous voyez au fond.

— Et... ça ne vous impressionne pas, tous ces masques?

— Beaucoup sont déjà pour moi de vieux amis... Celui-ci par exemple, le 3 doublé de son frère embelli, le 3 bis, appartient à l'une de mes toutes premières clientes : je l'ai opérée il y a une quinzaine d'années... C'était une femme charmante, une Américaine. Je ne sais pas ce qu'elle est devenue mais, si elle ne m'a plus donné de ses nouvelles, c'est sans doute qu'elle a été satisfaite, n'est-ce pas?

— A voir sur le 3 bis ce que vous avez fait d'elle, elle pouvait l'être!

— Ce n'est pas sûr! La clientèle se montre parfois très exigeante! Peut-être, au contraire, n'est-elle plus revenue parce qu'elle était mécontente. Mais n'allez surtout pas croire qu'en regardant ces masques, je me souvienne de chacun de ceux ou de celles sur qui a été fait le moulage! C'est pourquoi il y a, au bas de chaque masque, un numéro : comme je conserve soigneusement le dossier de chaque client opéré, je n'ai qu'à me référer au numéro indiqué pour retrouver son identité.

— Vous conserverez aussi mon dossier?

— Ce sera indispensable pour deux raisons... Il peut arriver qu'un jour, dans des années, vous veniez me retrouver en disant : « Docteur, je ne suis plus tout à fait satisfaite du physique que vous m'avez fabriqué... J'aimerais que vous me changiez encore quelque chose, que mon nez soit plus court, par exemple... » Avant d'accéder à votre désir, je commencerai par consulter le dossier pour voir si une nouvelle intervention est possible... Deuxième hypothèse : admettez que, n'habitant plus Paris, ou même la France, et ne pouvant pas revenir jusqu'à moi, vous éprouviez le besoin de faire pratiquer une nouvelle intervention par un confrère. Celui-ci sera peut-être très content de s'adresser à moi pour que je lui communique, à toutes fins utiles, le dossier de ce que j'ai fait avant lui. Je ne suis pas de ces médecins qui sont persuadés d'être les seuls à pouvoir réussir dans leur spécialité. Il y a d'excellents chirurgiens partout! Enfin, moi aussi, comme tout le monde, je vieillirai... Et, quand un chirurgien vieillit, il arrive souvent qu'il perde la main... Pour manier le bistouri, il faut non seulement de l'expérience, mais aussi une certaine vitalité. Comme nul n'est indispensable, il se trouvera toujours un jeune pour me remplacer. D'autant plus qu'à l'heure actuelle les techniques opératoires se modifient à une cadence ahurissante.

— J'aime votre façon de comprendre les choses, docteur.

— Et moi je ne déteste pas votre curiosité. A vendredi... Et surtout, ne faites pas de cauchemars cette nuit en rêvant à cette galerie de masques! Ils n'en valent pas la peine! Leur laideur et leur embellissement mis côte à côte marquent tout au plus un petit temps d'arrêt dans l'évolution physique et morale d'un être humain... Un point c'est tout!

Le vendredi, elle revint avec les analyses de laboratoire.

— Tout va bien, dit le chirurgien, après les avoir examinées. Pas de sucre, pas d'albumine, pas d'urée! J'ai également là vos temps de saignement et de coagulation. Maintenant, vous allez voir « vos » masques...

Le sculpteur et l'assistante entrèrent, portant chacun l'un des masques : celui du « présent » était dans les mains de l'infirmière, celui de « l'avenir » dans celles de M. Gabriel.

Le regard de Sylvie alla de l'un à l'autre pendant une bonne minute dont la durée parut être d'un siècle. Finalement, il s'immobilisa, comme fasciné, sur la vision de ce que serait son visage refait. Cela se passa dans un silence impressionnant. Puis elle demanda d'une voix très humble :

— Vous êtes bien certain, docteur, que je vais ressembler à... ça?

— Vous pouvez déjà considérer, mademoiselle, que

c'est exactement là celle que vous serez dans quelques mois.

— Peu importe le temps du moment que ce sera aussi réussi! Ne plus voir enfin ce nez et ces oreilles! Vous êtes sûr aussi que mon regard paraîtra aussi doux?

— Beaucoup plus doux, puisqu'il sera de chair. La vie n'apparaît pas sur un plâtre... Mais nous ne sommes pas là pour nous extasier : avez-vous des critiques à formuler?

Elle s'approcha du moulage de sa beauté future, en caressa les contours et plus particulièrement l'arête et les narines du nez redressé et raccourci, ainsi que les lobes des oreilles devenues gracieuses, puis :

— Cela me semble parfait, dit-elle.

— Je ne pense pas que l'on puisse faire beaucoup mieux...

— A votre avis, docteur, vous qui avez une telle pratique de l'esthétique, si je m'étais présentée devant vous telle que je suis maintenant sur ce masque, m'auriez-vous conseillé de modifier mon visage?

— Certainement pas!

— C'est donc que vous auriez estimé que j'étais déjà une femme comblée par la nature?

— Disons : une jolie femme... Ce qui n'est déjà pas mal! N'est-ce pas, monsieur Gabriel?

Après une seconde d'hésitation, « le sculpteur » dit :

— Ce qu'il faut souhaiter, c'est que mademoiselle acquière rapidement, dès que la transformation aura été faite, ce que je me permettrai d'appeler « le moral » de son nouveau physique...

— Vous voulez dire, monsieur, un moral à toute épreuve? Eh bien, soyez rassuré : je l'aurai! Je crois même que je l'ai déjà! Si vous saviez comme c'est réconfortant pour moi de me voir ainsi! Voilà des années que j'aurais dû venir vous trouver, docteur! Quand commencez-vous à m'opérer?

— La semaine prochaine, si vous le souhaitez. Comme prévu, nous débuterons par le nez... Voulez-vous jeudi?

— C'est d'accord.

— Ça ne vous gênera pas trop d'interrompre vos occupations habituelles pendant deux ou trois jours?

— Sachez, docteur, une fois pour toutes, que ma seule occupation pendant les mois à venir sera de devenir belle! Intentionnellement, je me suis mise moi-même en congé indéterminé... Je ne reprendrai une activité que lorsque je pourrai me montrer rayonnante à la face de tout le monde! Car il ne saurait être question pour moi de déambuler dehors, comme je l'ai vu faire par beaucoup de femmes, le visage couvert de pansements hideux! Je ne veux pas que l'on puisse rire de moi ou me montrer du doigt en disant : « En voilà encore une qui s'est fait raboter le nez ou tirer le visage! » Combien de temps vais-je rester en clinique pour cette première opération?

— Vingt-quatre heures si tout va bien et il n'y a aucune raison pour qu'il n'en soit pas ainsi... En y entrant jeudi à 9 heures du matin, vous pourrez en ressortir vendredi après-midi. Vous aurez ensuite le week-end pour vous reposer chez vous. Si vous y étiez obligée, vous pourriez donc reprendre votre travail dès le lundi matin. Mais, évidemment, vous auriez un pansement que vous seriez de toute façon obligée de conserver au moins pendant une semaine.

— Je garderai le pansement, mais on ne me verra pas! Je resterai enfermée chez moi.

— Ce n'en sera que mieux pour vous remettre de ce premier choc opératoire. Car il ne faut pas vous faire d'illusions : toute intervention chirurgicale, si bénigne qu'elle soit, entraîne un choc...

— Quand ferez-vous la deuxième : celle des oreilles?

— Une douzaine de jours après la première. Mais je ne pourrai vous préciser la date exacte que lorsque, vous ayant retiré le pansement, j'aurai vu l'état de votre nez.

— Toutes les interventions se passeront dans la même clinique?

— La même : celle où j'opère depuis des années... Mon assistante va vous donner l'adresse. Votre chambre y sera retenue pour jeudi. Vous n'avez à vous occuper de rien. La seule médication à prendre avant l'intervention est à base de trypsine. Son nom est indiqué sur cette nouvelle ordonnance. Vous avalerez pendant trois jours avant l'opération, c'est-à-dire à partir de lundi matin, huit dragées par jour en quatre fois : le matin au réveil, à midi, vers 17 heures et le soir avant de vous coucher. Ce médicament a pour effet d'empêcher toute enflure après l'intervention... Souvenez-vous de vous présenter à jeun le jeudi matin à la clinique.

— Je pense avoir tout compris. Au revoir, docteur. Mademoiselle, monsieur...

Ce dernier salut était destiné au « sculpteur » qui inclina la tête et auquel elle dit encore :

— Merci pour ce magnifique moulage que vous avez réussi à faire de ma beauté future! Le docteur m'avait bien dit que vous étiez un grand artiste.

— N'exagérons pas! répondit M. Gabriel. Si j'étais véritablement un tel artiste, je ne serais sans doute pas là...

— M. Gabriel est beaucoup trop modeste! s'empressa de dire le chirurgien.

Le lendemain, vers 14 heures, Dédé sonnait chez elle.

— Je viens de recevoir ton pneumatique. J'ai sauté dans un taxi puisque tu m'y demandes de venir te voir d'urgence. Qu'est-ce qui se passe?

— Il se passe que j'entre en clinique jeudi pour subir la première intervention qui va m'embellir : celle qui me permettra d'avoir le plus joli nez du monde...

— En es-tu bien sûre?

— Si j'en suis sûre? Je l'ai vu hier soir, mon futur nez!

— En photo truquée?

— Non. Le truquage photographique, c'est ton domaine : tu me l'as prouvé en arrivant presque à me faire croire que j'étais plus belle en conservant ma laideur! J'ai vu mon nez en relief, sculpté sur un moulage par un artiste de talent et il m'a tout de suite plu! Tu sais : l'un de ces petits nez courts et retroussés... Un vrai nez de starlette.

— Et tu es persuadée que ça t'ira? Moi pas. Tu es tout, Sylvie, sauf une starlette, et c'est heureux pour toi.

— C'est ton opinion, mais non pas la mienne qui est la seule à compter. Si je t'ai demandé de venir, ce n'est pas pour avoir ton avis sur mon esthétique. C'est seulement parce que j'aurai peut-être besoin de toi entre chaque intervention. Pour la modification du nez, je ne resterai que vingt-quatre heures en clinique. Je serai donc de retour ici dès vendredi soir. Peux-tu venir me voir samedi matin? Je te chargerai alors de commissions courantes pour mon ravitaillement ou autres, car j'ai la ferme intention de ne pas bouger de chez moi entre les interventions. La seconde, celle des oreilles, n'aura lieu qu'après une douzaine de jours. Quand je serai en clinique, tu n'auras pas à te déranger, mais, une fois de retour ici, le visage couvert de pansements, ce ne sera pas pareil : comme je ne veux pas me montrer dehors dans cet état, il faudra bien que quelqu'un vienne me voir de temps en temps pour l'indispensable. Comme tu es mon seul véritable ami, je m'adresse à toi. Puis-je compter sur ton amitié ou est-ce trop te demander?

Sans hésiter il répondit :

— N'ayant jamais laissé quelqu'un que j'aime dans l'embarras, ce n'est pas avec toi que je commencerai! C'est promis : je viendrai...

— Laisse-moi t'embrasser! Tu es un type formidable, Dédé!

— Tu ne veux pas que je t'accompagne jeudi à la clinique et que j'y reste pendant tout le temps que durera l'intervention?

— Tu es fou! D'abord ta présence y serait inutile; ensuite, connaissant ton bon cœur, je sais que tu y passerais un mauvais moment alors que tout ira bien... J'ai la chance d'avoir le meilleur spécialiste actuel. Je préfère que tu viennes me dire un petit bonjour après...

— Où est-elle, cette clinique?

— C'est mon secret.

— Tu as prévenu tes parents?

— Si tu crois qu'ils se sont jamais préoccupés de mon physique! Ils s'en fichent! Eux, je ne les reverrai, comme d'ailleurs tous les gens que je connais, que lorsque je serai devenue une beauté!

— Je ne pourrai même pas t'envoyer là-bas quelques fleurs? Tu les verrais à ton réveil et elles te tiendraient compagnie tout en te rappelant qu'il y a au moins quelqu'un qui pense à toi.

— Tu m'apporteras des fleurs ici, si ça te fait plaisir. Non! En clinique je veux être seule, avec mes pensées d'avenir...

— Parce que tu penses déjà à ça?

— Si j'y pense? C'est même la grande raison pour laquelle je me fais transformer! Mais cela aussi, c'est un secret... Et surtout, je te demande de ne dire à personne que je me suis fait opérer et que je reste calfeutrée chez moi! S'il arrivait qu'on te pose des questions chez *Marie-Caroline*, au cas où tu serais obligé d'y aller pour ton travail, tu diras qu'après m'être mariée je suis partie faire mon voyage de noces.

— En somme, ton mari ça va être le bistouri et ton tour du monde se passera autour de ta chambre?

— Ce sera pour moi un très beau voyage! Quand j'en reviendrai, je serai transfigurée! Maintenant, laisse-moi : je ne veux plus te voir avant samedi matin... Et ne t'affole surtout pas lorsque tu me retrouveras avec un pansement sur le visage! Ce ne sera que du provisoire... Pourquoi me regardes-tu ainsi?

— N'est-ce pas la dernière fois où je te vois telle que tu me plais?

— Après, je ne te plairai donc plus?

— Ce sera autre chose...

Le jeudi à 9 heures, elle entrait en clinique. Dix minutes plus tard, elle se retrouvait dans une chambre aux murs ripolinés de blanc, un de ces lieux impersonnels où les gens se succèdent dans l'angoisse. La garde qui l'avait accompagnée lui avait simplement dit avant de la laisser seule :

— Déshabillez-vous, couchez-vous et détendez-vous. Le docteur est au bloc opératoire. Dès qu'il en aura terminé, je le préviendrai que vous êtes arrivée. Il ne tardera pas à venir vous voir.

Allongée sur le lit, elle trouvait insensé le conseil donné par la garde. Comme si on pouvait se détendre au moment où allait se mettre en marche le prodigieux mécanisme chirurgical d'où dépendait le bonheur. Il lui était impossible de ne pas penser à celui dont une phrase, qu'elle ne pourrait jamais oublier, avait tout déclenché : *Je l'avoue : ça m'a excité de faire l'amour avec une fille qui n'était pas trop jolie...* Ce Patrice qui lui avait révélé l'amour sans y attacher lui-même trop d'importance, ce mâle splendide et égoïste dont elle était sûre de ne plus pouvoir se passer... Celui dont elle rêvait de faire la conquête définitive et pour qui elle était prête maintenant à subir toutes les interventions qui la rendraient totalement désirable, cela sans qu'il pût même s'en douter et sans qu'il se fût préoccupé de ce qu'elle avait pu devenir depuis qu'ils ne s'étaient plus revus. C'était lui seul, Patrice, le moteur de tout! Bien qu'elle lui eût laissé son adresse dès le lendemain de leur première nuit d'amour, il ne lui avait jamais donné signe de vie après leur rupture! Mais ça ne faisait rien : transformée et embellie, elle parviendrait bien un jour à le récupérer pour elle seule... Dans son esprit enfiévré, il était déjà son époux! Leur union commencerait pour elle par de longues souffrances, mais ne doit-on pas souffrir pour mériter son bonheur? Et les entractes pendant lesquels ses plaies se cicatriseraient ne constitueraient-ils pas les étapes d'un prodigieux voyage de noces? Le prénom adoré, *Patrice*, revenait sans cesse sur ses lèvres, tempérant l'inquiétude grandissante qui l'envahissait au fur et à mesure que se rapprochait la première étape de ce qui allait être son calvaire d'amour. Tout ce courage dont elle avait su faire preuve pour prendre la grande décision, toute cette détermination sereine qui avait étonné le chirurgien et ceux qui l'entouraient, étaient sur le point de s'effondrer au moment où la porte donnant sur le couloir s'ouvrit pour livrer passage au Dr Dalvi et à son assistante. La vue de ces deux visages déjà connus fut pour elle un réconfort.

— Alors, demanda en souriant le praticien qu'elle voyait pour la première fois revêtu de la blouse blanche et le chef recouvert de la calotte de même couleur, on a toujours confiance?

— De plus en plus, docteur.

— C'est très bien d'être une femme forte... Soyez gentille de vous asseoir dans votre lit.

Après l'avoir auscultée et avoir écouté au stéthoscope les battements de son cœur, il prit une dernière fois sa tension.

— Tout est en ordre, dit-il. Vous avez pris exactement pendant les trois jours les doses du médicament que je vous ai prescrit?

— Oui, docteur.

— Maintenant, allongez-vous. Vous voyez : Eliane a déjà sa seringue en main... Elle va vous faire une piqûre destinée à vous calmer. Laissez-vous aller.

Quand ce fut fait, il attendit pendant quelques secondes, puis s'en alla. Mais son assistante resta là, regardant alternativement sa montre et Sylvie dont la tête s'était inclinée sur l'oreiller. Le « calmant » était le prélude de l'anesthésie générale. Cinq minutes plus tard, le chariot entrait, poussé par un infirmier qui — aidé d'Eliane — y installa une Sylvie déjà endormie.

Quand elle se réveilla, elle était à nouveau dans la chambre. Eliane, l'assistante, était assise à côté du lit; elle souriait.

— C'est fini, dit-elle. Tout s'est très bien passé. Surtout ne bougez pas et ne cherchez pas à toucher votre pansement.

Celui-ci lui masquait tout le milieu du visage : seuls en émergeaient les yeux et la bouche. L'assistante reprit :

— Il est normal que vous éprouviez une impression de brûlure dans le nez, mais ça s'atténuera vite. Le plus désagréable est d'être obligé de respirer par la bouche comme si vous aviez un très gros rhume de cerveau. Cela vient de ce que vous avez des mèches dans les narines.

Les premières paroles de Sylvie furent :

— Vous croyez que c'est réussi?

— Le Dr Dalvi a la réputation de ne jamais rater un nez! Vous vous en rendrez compte dans quelques jours. Pour le moment, restez tranquille jusqu'à ce qu'il vienne.

Plus les effets de l'anesthésie diminuaient et plus la sensation de brûlure annoncée s'intensifiait. Quand le chirurgien revint, Sylvie ne put s'empêcher de lui dire :

— Docteur, ça devient presque intolérable.

— Vous êtes courageuse, oui ou non? On va vous donner de l'aspirine pour dormir. Après une bonne nuit, vous ne sentirez plus rien. Ne vous énervez pas non plus si vous trouvez que le pansement vous serre trop. C'est normal : il est destiné à mouler votre nouveau nez.

— Il est beau?

— Sublime. Vous en serez très fière et moi aussi!

— On ne verra pas de cicatrice?

— Il n'y aura aucune trace : l'opération a été pratiquée par voie endo-nasale.

Eliane tendit un verre à Sylvie.

— Buvez cela lentement, dit le médecin. Maintenant vous allez dormir. Je viendrai vous voir demain en fin de matinée. Ce soir vous resterez à jeun, mais dès demain matin on vous apportera du thé et des biscottes beurrées pour votre petit déjeuner. Vous aurez également un léger repas à midi. Il vous donnera des forces pour nous quitter au début de l'après-midi comme je vous l'avais dit.

— Merci, docteur.

— Gardez vos « merci » pour plus tard quand tout sera fini. Bonne nuit.

Le lendemain, alors qu'elle s'était habillée et qu'elle s'apprêtait à sortir de la chambre, une secrétaire médicale y entra en disant, aimable :

— Bonjour, mademoiselle. Comment vous sentez-vous?

— Je crois que je serais aux anges s'il n'y avait pas ce maudit pansement qui me défigure et qui me fait ressembler à Frankenstein!

— Le docteur vous a bien dit qu'il ne fallait absolument pas y toucher avant une huitaine de jours.

— Oui. Il m'a dit cela ce matin.

— Vous avez fait demander un taxi, n'est-ce pas?

— C'est exact.

— Il sera là dans trois minutes. Puis-je vous demander d'avoir l'obligeance de régler cette petite note? Ce sont les frais de clinique habituels qui sont indépendants des honoraires du chirurgien.

— Je sais : le docteur m'a aussi expliqué cela.

Elle paya en espèces.

— Le taxi doit être devant la porte, dit la secrétaire. Nous aurons bientôt, je crois, le plaisir de vous revoir?

— En effet... Au revoir, mademoiselle.

— Surtout ne prenez pas froid en sortant!

Sylvie n'avait aucune crainte d'avoir froid. La seule chose importante pour elle était qu'on ne la remarquât pas trop avec son pansement.

Ce fut une femme au visage caché par une écharpe qui monta dans le taxi et, pendant toute la durée du parcours jusque chez elle, elle prit soin de s'installer dans le fond de la voiture de façon que le chauffeur ne pût pas trop l'apercevoir dans le rétroviseur.

Le samedi, à 11 heures, Dédé sonnait à sa porte. Quand il la vit avec le pansement, il eut une courte hésitation avant de pénétrer dans l'appartement.

— Dépêche-toi d'entrer! dit-elle. Je ne veux pas que les locataires de l'immeuble me voient! Heureusement, quand je suis revenue de la clinique, hier soir, je n'ai rencontré personne.

Et elle referma rapidement la porte derrière lui.

— Comment te sens-tu? demanda-t-il.

— Tout cela est encore endolori mais ça me fait moins mal qu'hier soir.

— Ça n'a pas été trop pénible?

— Tu sais, sous anesthésie, ça se passe bien.

— Quand verra-t-on le résultat?

— Dans une huitaine de jours... Je crois que ça va me faire un drôle d'effet de ne plus voir ce nez que je haïssais! Car il n'y a rien à faire : on ne s'habitue pas à la laideur, surtout quand il s'agit de la sienne!

— Ton moral m'a l'air bon?

— Il l'est!

— A quoi as-tu pensé depuis que tu es rentrée chez toi?

— A tout et à rien... Je me suis dit que j'avais enfin commencé à me débarrasser d'un passé de laideur qui me gênait...

— Et pendant tes vingt-quatre heures de clinique?

— Je n'ai pensé qu'à mon nez.

— As-tu des médicaments à prendre?

— Ils sont là : des cachets. Toujours de la trypsine pour éviter l'enflure et des antibiotiques pour qu'il n'y ait pas d'infection. C'est tout.

— Que puis-je faire pour toi?

— J'ai faim! Va chercher deux bons steaks dans le filet. Je t'invite : nous ferons ensemble la dînette ici. J'ai tout le reste et même du whisky pour toi... Moi je n'ai pas le droit de prendre d'alcool pour le moment : je me rattraperai plus tard... Mais alors quelle cuite quand je me verrai belle!

Ils firent la dînette, puis, au moment de la quitter, il demanda :

— Tu veux me voir demain?

— Ça me ferait plaisir, mais, si tu ne pouvais pas venir, ce ne serait pas grave : j'ai la télé, la radio, mon tourne-disque, des livres...

— Sincèrement, tu ne regrettes pas ce que tu as fait?

— Je te dirai cela dans huit jours, quand le pansement sera enlevé... Jusque-là je serai follement inquiète! Malgré tout ce qu'ils m'ont affirmé à la clinique, j'ai peur que ce soit un désastre! Ce serait épouvantable si mon nouveau nez était pire que l'ancien.

Et, comme il restait muet, elle continua :

— Ce serait aussi ton triomphe, n'est-ce pas? Oh, Dédé! Il est des moments où je t'estime comme personne au monde et d'autres où je te déteste! Va-t'en!

Dix jours plus tard, elle se trouvait à nouveau dans le cabinet du Dr Dalvi pour se faire enlever le pansement.

— N'est-ce pas un grand jour pour vous? dit le praticien de plus en plus optimiste.

— Tout dépendra de ce que je vais voir, docteur! Vous ne pouvez pas imaginer mon anxiété pendant cette semaine que je viens de passer en recluse chez moi!

— Je constate déjà que vous n'avez pratiquement pas de boursouflures extérieures autour des yeux et de la bouche : la trypsine a produit son effet salutaire. Venez avec moi dans la salle que j'ai fait installer ici pour y pratiquer les petites interventions; nous serons plus à l'aise pour vous débarrasser de tout cela... Dites-moi : depuis que je vous ai retiré les mèches placées à l'intérieur de vos narines juste avant votre sortie de clinique, vous n'avez plus éprouvé de gêne pour respirer?

— Pendant les premières vingt-quatre heures passées chez moi, si, mais après, plus rien.

Eliane les attendait dans la salle annexe.

— Asseyez-vous et ne bougez plus jusqu'à ce que je vous en donne l'autorisation.

Avec une extrême dextérité et sans qu'elle sentît

rien, il décolla doucement le pansement. Quand le nez fut à découvert, il resta un moment à le contempler en silence avant de dire à son assistante :

— Qu'est-ce que vous en pensez?

— C'est une grande réussite, docteur.

— C'est aussi mon avis... Quand les chairs se seront bien refermées, ça frisera le chef-d'œuvre... Oui, mademoiselle Marvel, vous qui n'avez pas encore pu vous voir, vous me regardez avec étonnement en vous demandant comment un chirurgien a le toupet d'être aussi fier de son œuvre. Mais tout simplement parce que nous aussi, les chirurgiens, comme mon sculpteur, nous sommes des artistes! C'est seulement l'instrument de travail qui change : pour nous, le bistouri remplace le ciseau... Maintenant, votre supplice a assez duré.

Il prit un miroir.

— Regardez-vous, dit-il.

Pendant les premières secondes, les yeux de Sylvie s'agrandirent, comme éblouis par une vision fantastique. Puis, très vite, ils se remplirent de larmes.

— Allons, mon petit! Vous n'allez pas pleurer?

— C'est de joie, docteur... C'est formidable ce que vous avez fait! Mais ne craignez-vous pas que mon nez ne soit maintenant trop petit en proportion de l'ensemble du visage?

— Vous n'allez tout de même pas me demander, comme une stripteaseuse que j'ai reçue l'autre jour, de vous le rallonger? Un petit nez n'a jamais déparé une femme... Un grand non plus, d'ailleurs, à condition qu'il ait de la noblesse et de la grâce... Votre ancien n'avait, hélas! aucune de ces qualités! C'est pourquoi il faut l'oublier... Vous n'avez pas de regrets, au moins?

— Je suis heureuse, docteur!

— Moi aussi... pour vous! Et ce sera encore beaucoup mieux dans deux mois : ce nez nouveau atteindra alors sa perfection définitive. Il s'affirmera... Sans être boursouflé le moins du monde, il est encore un peu enflé : c'est la conséquence normale de l'intervention. Ce qui peut vous sembler encore imparfait vient de ce que le nez n'est plus en harmonie avec vos oreilles trop décollées et avec vos yeux qui ont besoin d'être tirés. Quand ces deux autres interventions auront été pratiquées, je vous garantis que l'harmonie y sera!

— Quand opérez-vous les oreilles, docteur?

— Je préférerais attendre une quinzaine de jours.

— Mais ça presse, maintenant que le nez est devenu possible!

— Possible! Vous pourriez dire : intéressant! Si je laisse cet intervalle entre les deux interventions, c'est pour éviter que des chocs opératoires trop rapprochés ne vous fatiguent. Mais, si cela peut vous faire plaisir, nous allons prendre date dès à présent pour votre deuxième séjour en clinique qui ne sera pas plus long que le premier : vingt-quatre heures. Vous arriverez le matin à 9 heures, selon une bonne habitude que vous allez prendre, et vous repartirez le lendemain après-midi pour rentrer chez vous. Mais cette fois le pansement ne sera plus au milieu du visage : il vous entourera la tête pour comprimer les oreilles. On pourra même croire que vous avez fait une chute aux sports d'hiver... Voulez-vous que nous fixions cette deuxième intervention à demain en quinze?

— C'est d'accord. Mais ça va me paraître long!

— Vous aurez déjà la satisfaction de pouvoir contempler votre nez! Les joies les plus vraies ne sont-elles pas celles qui se succèdent? Et vous n'allez pas continuer à rester enfermée chez vous! Allez prendre l'air, ça vous fera le plus grand bien. Promenez-vous en ne pensant plus à ce qui n'est pas encore modifié, sinon vous deviendrez neurasthénique!

— Non, docteur, je ne sortirai de chez moi que quand tout sera parfait. Maintenant que mon nez n'est plus laid, je ne pourrais pas supporter qu'on remarquât mes oreilles!

— Eternel féminin! Vous êtes toutes insatiables! Il faut nous séparer : j'ai des clients qui attendent.

— Devrai-je reprendre des dragées de trypsine trois jours avant l'intervention comme pour la première fois?

— A la même cadence, quatre fois par jour. Ça vous fera le plus grand bien.

— Je repars comme ça, docteur? Vous ne me remettez pas de pansement?

— Rien du tout : votre nez a une furieuse envie de vivre au grand air et surtout de se montrer! C'est faux ce que je dis?

— C'est vrai! Vous avez déjà commencé à changer ma vie...

Quinze jours plus tard, elle reprenait à 9 heures possession de la même chambre à la clinique. Cette fois, elle n'avait plus aucune inquiétude : le chirurgien avait fait ses preuves. Il réussirait aussi bien avec les oreilles qu'avec le nez.

Ce qui s'était passé pendant les deux semaines d'attente? Dix fois, vingt fois par jour elle s'était regardée dans le miroir de sa salle de bains, caressant avec précaution d'abord et ensuite avec amour les nouveaux contours de son appendice nasal... Oui, aucun doute : il devenait de plus en plus attrayant, ce nez court et relevé. C'était un véritable défi à tout le monde! Et les narines! Elles donnaient l'impression d'être tellement plus sensuelles! Quand elle relevait la tête d'un air impertinent, ce nez lui donnait un charme et une séduction! Impossible, quand Patrice la reverrait, qu'il ne fût pas conquis...

Ce qui était encore hideux, évidemment, c'étaient ces oreilles... Vite, qu'elle en fût débarrassée! Mais que faisait donc l'assistante? Pourquoi ne venait-elle pas avec sa seringue pratiquer la piqûre de l'anesthésie? Pourquoi la faisait-on attendre?

La porte s'ouvrit enfin sur le chirurgien, vêtu et calotté de blanc, accompagné d'Eliane portant la seringue. Un Dr Dalvi de plus en plus souriant qui s'extasia devant le nez :

— Il est magnifique! Et coquin avec cela! Avouez, mademoiselle Marvel, que c'est bien agréable d'avoir un petit nez que l'on regarde...

— C'est grisant, docteur!

— Pendant les mois à venir, vous irez de griserie en griserie! dit-il tout en prenant la tension de sa patiente, puis en l'examinant au stéthoscope. Ce n'était plus pour lui qu'un contrôle de routine. Celui-ci terminé, il constata :

— Toujours en parfaite santé! Avez-vous seulement jamais été malade?

— Je n'ai connu qu'une seule maladie, mais elle serait inguérissable sans votre aide : ma laideur!

— N'en parlons plus, voulez-vous? Allongez-vous et restez tranquille... Avant qu'Eliane ne vous envoie pour un temps très limité dans le pays des rêves, je vais vous expliquer exactement comment je vais m'y prendre avec ces oreilles qui vous tracassent tant... Pour les ramener à une distance harmonieuse de votre crâne dont, jusqu'à ce jour, elles ont eu la fâcheuse idée de vouloir s'écarter, je vais tout simplement faire une incision dans le sillon rétro-auriculaire. Je vous enlèverai un peu de peau à la fois dans la région crânienne et dans cette région rétro-auriculaire. La suture sera naturellement faite avec des fils de soie : il n'y aura donc aucune trace.

» Après l'intervention, quelques heures seulement d'immobilisation seront nécessaires. Vous pourriez même très bien rentrer dès ce soir chez vous, mais j'estime qu'une petite nuit de clinique sera salutaire pour votre repos. Vous aurez autour de la tête le pansement dont je vous ai parlé, et que vous conserverez pendant quarante-huit heures. Je ne vous verrai pas demain quand vous quitterez la clinique parce que je dois aller opérer en province, mais vous viendrez après-demain à 17 heures chez moi pour que je vous retire le pansement qui sera assez volumineux. Vous n'aurez pratiquement pas de séquelles douloureuses. Maintenant je me retire pour vous retrouver dans quelques minutes, sous anesthésie, dans la salle d'opération. Je n'ai plus qu'à vous souhaiter un bon sommeil et à vous dire : à après-demain...

Restée seule avec elle, l'assistante fit la piqûre.

Quand elle se réveilla, selon l'affirmation du médecin, elle ne souffrait pas. Elle se sentait seulement assommée par l'anesthésie. Lorsqu'elle quitta la clinique le lendemain, après avoir reçu dans sa chambre la visite de la secrétaire qui lui avait présenté une nouvelle « petite note de frais opératoires et de nuit », elle avait la tête entourée du pansement annoncé. Mais, chose curieuse, cela la gêna beaucoup moins de monter dans un taxi avec cet appareil sur la tête qu'avec le moulage sur le nez qui, lui, révélait trop une opération esthétique. Après tout, ce nouveau pansement ressemblait à un turban... Et qui aurait pu se douter qu'il n'était que la conséquence très provisoire de la rectification des oreilles?

Le lendemain matin, toujours fidèle malgré les paroles parfois blessantes dont elle l'accablait, Dédé vint aux nouvelles. Il la trouva le visage souriant.

— Ça s'est bien passé?

— On ne peut mieux... Demain, si tu le veux, je pourrai te montrer le résultat puisqu'on va me retirer ce pansement dès cet après-midi.

— Je trouve qu'il te va assez bien!

— N'est-ce pas? Mais je ne peux tout de même pas le garder éternellement pour te faire plaisir! Et ce serait trop bête de cacher des oreilles qui ont cessé d'être ridicules.

— Je te trouve nettement plus en forme qu'après l'opération du nez.

— C'est normal : je finis par prendre l'habitude de ce genre d'exercice... Et justement, puisque tu viens de parler de lui, j'aimerais que tu me dises ce que tu penses maintenant de mon nez. Quand tu l'as vu pour la première fois à découvert il y a quinze jours, après qu'on m'eut débarrassé du pansement, tu n'as fait aucun commentaire. Pourquoi?

— Que voulais-tu que je dise puisque l'irréparable était déjà fait?

— L'irréparable? Ah ça, mais tu es buté comme une mule! Il ne te plaît donc pas, mon nouveau nez?

— Je ne peux pas dire qu'il soit laid... Dans le genre il serait même plutôt bien... Seulement il est banal.

— Banal? Mais il est ravissant, Dédé!

— Qu'est-ce que ça veut dire « ravissant »? Il n'a pas la personnalité de l'autre et c'est ça qui compte! Dans mon métier, je suis mieux placé que personne pour voir à longueur de journée des filles, mannequins ou autres, qui se sont fait raboter le nez comme toi... Il y en a des centaines à Paris et des milliers dans le monde! On en est saturé de ces nez arrangés! Ils se ressemblent tous, relevés et avec des narines qui veulent toutes donner l'impression d'être frémissantes alors qu'en réalité elles manquent de cette vie que seul peut conférer le naturel... Des nez impossibles à photographier, précisément parce qu'ils sont anonymes et incapables d'émerger du lot! Ni les yeux ni l'objectif ne les remarquent! Le nez arrangé, Sylvie, c'est pour moi un désastre!

— Je te remercie quand même... Ce qui me console c'est qu'il n'y aura que toi de cet avis... Si tu savais le succès que j'obtiens déjà!

— Le succès? Mais tu passes ta vie entre le cabinet du chirurgien, la clinique et ici où tu vis seule! Je me demande qui a bien pu te voir.

— Il y a d'abord mon chirurgien qui s'y connaît : il passe son existence à rendre les gens beaux! Et son assistante, Eliane... et son sculpteur qui est un artiste! Et le personnel de la clinique... Pas plus tard qu'hier, au moment où j'allais en ressortir, la secrétaire qui s'occupe de la comptabilité et qui m'avait vue avec mon ancien nez il y a presque un mois m'a dit : « Qu'est-ce que ça vous change, mademoiselle Marvel! C'eût été un crime de ne pas faire cette transformation! » Ce n'est pas un compliment, ça? Et, venant d'une femme, c'est rare!

— Une femme qui vit de ces opérations... Ecoute :

je crois qu'il vaut mieux que nous parlions d'autre chose. C'est là un sujet sur lequel nous ne serons jamais d'accord, toi et moi... Je te jure bien que, si tu avais été ma femme, ça ne se serait pas passé ainsi. Je ne t'aurais certainement pas donné l'autorisation de faire changer quoi que ce soit de ton physique!

— Même mes oreilles décollées? Toi, l'as de la photo, tu les aimais? Mon pauvre Dédé, tu as le goût complètement déformé... De plus il n'a jamais été question que je sois ta femme! Pour qui te prends-tu? Tu te crois beau?

— Je sais que je suis laid, mais je n'en ai aucune honte.

— Et tu aurais voulu que nous associions nos laideurs?

Comme il se taisait :

— Tu peux renoncer définitivement à ton rêve : il ne se réalisera jamais! Sais-tu pourquoi? Parce que je sais que je suis en train de devenir belle!

Dès qu'il lui eut enlevé le pansement, le docteur dit en la plaçant à nouveau devant un miroir :

— Voyez ce que ça donne : vos oreilles ayant repris une position normale n'attirent plus immédiatement le regard comme c'était le cas auparavant. Elles sont devenues discrètes, ce qui est très bien pour des oreilles. Et c'est le nez qui en profite : on ne voit plus que lui! C'est pour cela qu'il fallait qu'il fût réussi... Satisfaite?

— Ravie, docteur!

— Je vous laisse les fils. Je ne les retirerai que dans une douzaine de jours. D'ailleurs on ne les remarque pas puisqu'ils sont dissimulés derrière les oreilles. Et surtout n'y touchez pas! Faites très attention en vous lavant. Comme pour le nez il n'y aura aucune trace et ceux qui ne vous ont pas connue avant ne pourront même pas imaginer que ces oreilles aient pu être moins esthétiques...

— Quand me tirez-vous les yeux?

— Une douzaine de jours après que je vous aurai retiré ces fils : mettons dans quatre semaines.

— Mais vous espacez de plus en plus les interventions?

— Je vous ai bien précisé, au cours de nos premiers entretiens, que la succession des différentes transformations demanderait plusieurs mois. Ce serait une erreur de vouloir bousculer les choses. Tout doit se cicatriser petit à petit. Votre nez va très bien, mais je vous le répète : il n'aura sa forme parfaite que dans un mois, au moment où je m'occuperai des yeux. Je pense pouvoir parachever alors votre visage dans d'excellentes conditions : c'est un travail d'ensemble. N'oubliez pas que la beauté des yeux est intimement liée à celle du nez et que leur position par rapport aux oreilles est capitale. C'est seulement quand ce triangle sera parfaitement au point que le dentiste pourra s'occuper de votre bouche. Je vous conjure de vous armer de patience et de continuer à me faire confiance comme vous l'avez fait jusqu'ici. Je vous promets que nous arriverons au bout de tout! Vous êtes entêtée, chère mademoiselle, mais moi aussi...

Les fils des oreilles avaient été enlevés. Deux semaines plus tard, elle arrivait, pour la troisième fois, à la clinique pour y subir le tirage des yeux. L'intervention se présenta d'une façon très différente. Sylvie avait été prévenue par le chirurgien qu'elle passerait seulement quelques heures en clinique et qu'elle pourrait rentrer chez elle aussitôt après l'opération. Il ne fut même pas question de l'installer dans une chambre spécialement réservée.

Eliane l'attendait à 9 heures pour la conduire directement dans l'une des salles du bloc opératoire où se trouvait déjà son patron. Il accueillit Sylvie en disant :

— Aujourd'hui, nous allons travailler ensemble... Je vais seulement vous faire une anesthésie locale, à peu près comme ça se passe chez le dentiste pour une extraction. Ainsi vous serez insensibilisée sans dormir : ce qui va vous permettre de coopérer avec moi. Pendant toute la durée de l'intervention, mon assistante va tenir devant vous ce miroir grâce auquel vous pourrez suivre mon travail au fur et à mesure. Asseyez-vous dans ce fauteuil où nous fixons simplement votre tête contre le dossier pour qu'elle ne bouge pas... Ça y est? Le moindre mouvement de la tête pourrait me gêner... Maintenant, Eliane, faites la piqûre...

Dès que l'insensibilisation se produisit, il fit sur le visage, au moyen d'un compas, des dessins préopératoires afin que les deux yeux soient rigoureusement identiques après avoir été tirés. Puis il pratiqua sur chaque tempe une incision triangulaire dont la base se situait à la racine des cheveux et le sommet vers l'angle externe de l'œil. Les sutures furent faites avec des aiguilles très fines serties de soie. Il n'appliqua pas de pansement. L'intervention avait duré une vingtaine de minutes.

— C'est terminé, dit-il. Regardez maintenant dans le miroir ce que ça donne... Voyez comme votre regard est devenu plus doux... Et l'ensemble de votre visage s'est embelli sans qu'il soit possible d'en deviner la cause. Ça vous convient?

— C'est extraordinaire...

— Et vous pouvez constater qu'un équilibre harmonieux est établi entre vos yeux, le nez et les oreilles... Pour le visage il ne restera plus que le problème de la denture qui a une grande importance dans la bouche. Ce sera le travail du Dr Viré à qui je téléphonerai quand l'intervention des seins aura été faite.

— Vous ne croyez pas, docteur, que l'on aurait pu d'abord en finir avec le visage?

— Non, car il vous faudra de nombreuses séances chez le dentiste pour les poses successives des *jackets*. De plus, j'aimerais en terminer moi-même complètement avec vous d'ici à deux mois : date à laquelle je dois m'absenter assez longtemps pour une longue série de conférences aux Etats-Unis, pays par excellence de l'esthétique... Avouez que ça fait un drôle de changement?

— Je ne me reconnais plus moi-même!

— C'est très bon signe! Et ceux qui vous ont connue auparavant et qui vont vous voir telle que vous êtes maintenant n'imagineront pas une seconde que vous vous êtes tout simplement fait tirer les yeux! Ils supposeront que vous avez changé de maquillage ou que vous utilisez une crème conseillée par un traitement de beauté. Car vous constatez aussi que les fils presque invisibles ne laissent pas la moindre trace de ride... Fils que je vous retirerai d'ailleurs dans mon cabinet d'ici à une dizaine de jours, comme je l'ai fait pour ceux des oreilles.

— Je sens que ça me tire sur les tempes...

— C'est normal : l'effet de l'anesthésie locale s'atténue. Vous ressentirez cette petite gêne ce soir, mais, dès demain, ce sera fini... Ce ne serait pas tout à fait pareil si vous étiez plus âgée, mais, à vingt-six ans, on a encore beaucoup de réserve de peau! Vous pourrez même, si la nécessité s'en faisait sentir, subir quelques *liftings* — espacés bien entendu — à partir de la quarantaine, mais pas avant! C'est vous dire que vous allez avoir devant vous, pour rester tout à fait séduisante, une quinzaine d'années... Je ne connais pas tellement de femmes qui peuvent en dire autant!

— C'est très consolant pour moi après les quinze années de laideur que je viens de vivre et pendant lesquelles je n'ai séduit personne!

— En êtes-vous tellement certaine?

Elle ne répondit pas : il y avait bien Dédé. Seulement, Dédé!...

— Je pense que maintenant vous allez pouvoir rentrer chez vous. Suivez cette nouvelle ordonnance qui vous prescrit des antibiotiques : la seule médication postopératoire que je vous conseille. Inutile de continuer à avaler des dragées de trypsine : cette troisième intervention n'engendre aucune enflure. Et venez me voir à mon cabinet dans une dizaine de jours pour que je vous enlève les fils... Ah! J'allais oublier : me permettez-vous de vous donner un autre conseil? Vous devriez aller entre-temps chez un coiffeur pour qu'il vous lave les cheveux, qui sont collés par le sang, avec un champooing spécial.

— Je n'oserai jamais entrer dans un salon de coiffure dans cet état : on va se demander pourquoi il y a ce sang coagulé.

— Voici l'adresse d'un coiffeur spécialisé auquel j'envoie toutes mes clientes lorsqu'elles sortent de clinique. Il habite dans le XVIe... Téléphonez pour prendre rendez-vous en précisant que vous venez de ma part.

Le lendemain soir, quand elle revint de chez le coiffeur, son premier soin fut de se regarder à nouveau longuement dans le miroir de sa salle de bains. Et cela l'amena à penser que le chirurgien avait eu cent fois raison de lui conseiller d'aller se faire laver les cheveux... Ne venait-elle pas de découvrir, pendant le temps de méditation passé sous le séchoir, que la couleur naturelle de sa chevelure, le châtain foncé, ne convenait plus à son nouveau nez, à son nouveau regard légèrement bridé et à ses oreilles qu'elle ne craignait plus de montrer? Il ne saurait être cependant question pour elle de redevenir blonde platinée, comme lorsqu'elle portait la perruque honnie aussi bien par Dédé que par tout le personnel de *Marie-Caroline*. D'ailleurs, elle ne s'affublerait plus jamais de postiches! Sa beauté naissante n'en avait nul besoin : la qualité de ses cheveux — le coiffeur le lui avait fait remarquer — était assez exceptionnelle : des cheveux très fins qui avaient la douceur de la soie quand on les caressait... Le même coiffeur lui avait conseillé de devenir auburn et s'était proposé pour faire cette nouvelle métamorphose. Le rendez-vous avait été pris : quand elle rentrerait chez elle demain soir, elle serait Sylvie la rousse, mais une rousse discrète. Si le besoin s'en faisait sentir pour accentuer et surtout pour pimenter son pouvoir de séduction, elle aurait toujours la possibilité de faire intensifier la dose de henné pour devenir une rousse incendiaire... Mais ce surplus de charme calculé ne pourrait devenir vraiment efficace qu'après l'intervention destinée à réduire les seins et lorsque la bouche aurait été agrémentée d'une denture éblouissante.

Plus elle se regardait avec une complaisance et une admiration grandissantes, plus sa conviction d'être en train de devenir irrésistible pour Patrice s'affirmait... Restait encore la poitrine. Son regard se posa sur elle. Patrice lui avait dit plusieurs fois qu'il la trouvait trop forte et surtout inélégante. Appréciation d'un amant expérimenté qui avait été confirmée par le verdict du chirurgien. Une poitrine véritablement volumineuse dont la ptose était inquiétante... Le bistouri stopperait cette chute et les mamelons se relèveraient, aussi insolents que le nez. Elle n'aurait alors plus aucune honte à montrer sa nudité et à porter les maillots de bain les plus affriolants...

Ce qui la réjouissait aussi était la pensée que Dédé devait venir lui rendre visite le surlendemain : quelle allait être sa réaction lorsqu'il se trouverait en présence d'une Sylvie auburn dont le regard avait acquis, comme par enchantement, une douceur insoupçonnée? Dédé qui ne l'avait pas encore vue depuis qu'elle s'était fait tirer les yeux...

Il fut surpris, Dédé :

— Mais qu'est-ce qu'on t'a donc fait cette fois?

— On s'est occupé de mes yeux... Ne trouves-tu pas qu'on a bien fait?

— Plus encore peut-être que ton nez raccourci, ça change l'expression de ton visage... Tu n'es plus la même femme.

— C'est exactement ce que je voulais! Je connais trop ton entêtement pour savoir que tu n'oses pas le dire, mais aujourd'hui tu reconnais secrètement que c'est une réussite.

— Chaque fois que tu reviens de cette clinique

maudite, j'ai l'impression de te perdre un peu plus...

— Mais tu ne m'as jamais eue! Alors ça ne change pas grand-chose...

— Qu'est-ce que tu vas encore faire modifier après cela?

— Mes seins!

— Pourquoi? Elle est très belle, ta poitrine.

— Aurais-tu un penchant pour les femmes fortes?

— Certainement! Si tu savais, quand on est condamné par son métier à ne photographier que des filles plates et maigres, comme c'est réconfortant de contempler des rondeurs!

— Malheureusement, chez moi il n'y a pas que la rondeur! Il y a aussi la chute...

— Ils vont te fabriquer une petite poitrine ferme?

— Une vraie poitrine de jeune fille!... Dis-moi : tu ne m'as pas encore complimentée sur la nouvelle teinte de mes cheveux?

— Au point où tu en es maintenant, j'avoue que je ne l'ai même pas remarquée...

— Tu avais pourtant bien repéré ma perruque blonde?

— Parce que c'était une perruque... C'est vrai que tu as changé de couleur.

— Tu ne trouves pas que c'est plus brillant?

— J'aimais tes cheveux châtains. Comme tout le reste en toi, ils faisaient plus vrai. N'as-tu pas un peu l'impression d'être devenue une sorte de mensonge physique?

— Ça ne me déplaît pas. Le mensonge est indispensable chez une femme qui veut arriver à ce qu'elle désire...

— Et tu cherches quoi?

— Ça ne regarde que moi.

— Ne crains-tu pas — toi qui étais la fille la plus franche de la terre — qu'un jour ne vienne où, sous cette apparence extérieure trompeuse, se cache aussi un cœur plein de mensonge?

Elle le regarda, un moment interloquée, avant de répondre :

— Tu croyais me connaître? Eh bien, apprends que tu t'es toujours trompé sur mon compte... Il n'y a pas que toi d'ailleurs! Tout le monde s'est trompé sur « la gentille Sylvie »! Si je me suis montrée aimable, c'est uniquement parce que ma laideur m'y obligeait! C'était la seule façon pour moi de me faire, sinon aimer, du moins accepter... Mais, maintenant que je suis belle, je te jure que ça va changer! On va la découvrir, la vraie Sylvie! Je ne sais même pas si je conserverai ce prénom que je trouve mièvre parce qu'il convient à une fille douce et non pas à celle qui n'a connu, comme moi, qu'une jeunesse affreuse... Subir sa laideur pendant des années, ça vous forge, Dédé! Ça vous donne aussi une furieuse envie de faire payer cher aux autres sa beauté lorsqu'on l'a enfin trouvée! J'ai trop souffert d'être hypocritement gentille... A dater de maintenant, je serai sûrement beaucoup plus vraie : c'est-à-dire sans pitié avec ceux qui sont restés laids.

— C'est pour moi que tu parles?

— Pour tout le monde, parce que je serai la plus belle! Car, tous, en comparaison de moi, seront laids!

— C'est bien ce que je craignais : elles t'ont monté à la tête, ces transformations! Ma pauvre Sylvie!

— Ça, c'est le comble! Maintenant que je suis belle, tu me plains?

— Belle... Après tout ce que tu viens de me dire, sais-tu que je n'ai plus très envie de te revoir? Je ne veux surtout pas assister au dernier acte de ce drame — car c'en est un, j'en suis sûr! — qui est la disparition progressive de celle qui était mon rêve...

— Alors reste chez toi!

— C'est ce que je vais faire en me répétant de temps en temps : « Il était une fois une petite Sylvie qu'un méchant enchanteur a voulu embellir... » Adieu!

« L'enchanteur » venait de retirer les fils qui avaient permis de transformer le regard.

— Quand opérez-vous mes seins, docteur?

— Il va vous falloir d'abord suivre une cure d'amaigrissement. Je vous ai inscrit sur cette ordonnance le régime alimentaire que vous allez strictement observer. Vous limiterez vos repas à du gruyère et du jus d'orange le matin, une grillade et de la salade au citron à midi — sans sel, bien sûr —, gruyère et jus d'orange à nouveau le soir. Et vous prendrez deux fois par jour les diurétiques dont je vous ai indiqué les noms. Revenez me voir dans quatre semaines. Avant, ce serait inutile : le traitement n'aurait pas produit assez d'effet.

— Encore quatre semaines, docteur?

— Quand vos seins seront débarrassés de toute la graisse inutile, alors seulement je pourrai les opérer.

— Ne pourrais-je pas, pendant ce temps qui va me paraître interminable, commencer le traitement dentaire?

— Non. Je préfère que vous attendiez que j'aie moi-même tout terminé. Continuez à être courageuse. Ne sommes-nous pas sur la bonne voie? Chaque fois que je vous revois, vous avez encore embelli.

La cure d'amaigrissement avait été suivie. Un lundi, à 9 heures, Sylvie entrait pour la quatrième fois en clinique. La transformation de ses seins était, de loin, l'intervention la plus délicate de toutes. Le séjour ne serait pas de vingt-quatre heures : il durerait au moins huit jours. Et tout se ferait sous anesthésie générale.

Selon son habitude, le chirurgien vint lui rendre visite dans sa chambre pour un dernier examen du cœur, de la tension et des poumons. Il en profita également pour faire des dessins préopératoires. Centimètre en main, il vérifia une fois encore les repères qu'il avait pris. Ainsi que pour une robe ou un tailleur, tout était dans la coupe.

Quelques instants avant que l'assistante ne fît la piqûre, il dit, en conservant son éternel sourire, à celle qu'il allait opérer :

— C'est la dernière fois que je vais vous ennuyer... Après, ce ne sera plus pour vous qu'une question de cicatrisation. De toute façon je ne pourrai pas vous enlever les fils avant une quinzaine de jours. A ce moment-là, quand vous viendrez me voir à mon cabinet, je vous donnerai l'adresse d'un masseur spécialisé chez qui vous commencerez à aller dans trois semaines... Deux fois par semaine, il massera vos seins pour rendre sa souplesse à la glande. Il massera aussi les cicatrices pour que celles-ci puissent devenir invisibles; cela en utilisant des crèmes à la cortisone et des produits naturels provenant de plantes. Ne vous faites pas d'illusions : pour que vos cicatrices s'effacent complètement, il faudra de cinq à six mois.

— Aussi longtemps? Ce qui veut dire que je ne

pourrai pas me montrer nue à mon amant avant six mois?

— Cela, mon petit, ne concerne que vous. Vous devez bien savoir si cet homme est capable de vous aimer même avec des cicatrices provisoires! Si c'est un véritable amant, il passera, me semble-t-il, sur de tels détails... Mais, au fait, vous ne m'avez jamais parlé de cet amant? D'après ce que vous m'avez dit, j'avais même cru comprendre qu'il n'y avait personne dans votre vie intime et que vous étiez complètement seule?

— C'est-à-dire, répondit-elle gênée, que ce serait plutôt... un fiancé!

— Plutôt?... Un fiancé, c'est différent... Il y a longtemps que vous êtes fiancés?

— Quelques mois...

— Alors, si cet homme a eu le courage d'attendre pendant ce temps, il devrait logiquement pouvoir patienter encore... Je comprends très bien ce qui vous inquiète : vous ne voulez pas qu'il voie les cicatrices parce que vous ne tenez pas à ce qu'il sache que vous vous êtes fait opérer les seins?

— Voilà...

— Mais tout le reste : le nez, les oreilles, les yeux... Qu'a-t-il dit quand il les a vus modifiés?

— Encore rien parce qu'il ne les a pas vus! C'est une surprise complète que je lui réserve... J'ai profité pour me faire opérer du fait que son travail le retenait actuellement à l'étranger pour un séjour assez long... Vous me comprenez, docteur?

— Vous ne l'avez donc pas mis au courant?

— Il ne se doute de rien!

— Est-ce bien raisonnable? Vous ne craignez pas qu'il change d'avis lorsqu'il vous retrouvera transformée?

— Il m'adorera encore plus, docteur! Et il me sera surtout reconnaissant de ne pas lui avoir imposé ma présence, tandis que j'avais le visage ou le corps entouré de pansements! On n'a pas le droit de faire ça à un homme qui vous aime et que vous aimez!

— Vous êtes très intelligente! J'ai connu, en effet, beaucoup d'hommes qui délaissaient et même abandonnaient leurs femmes parce que celles-ci commettaient la sottise de se faire soigner tout le temps pour des maux plus ou moins imaginaires... Elles ne cessaient pas de se plaindre de leur santé... La femme qui geint est insupportable! Mais nous n'avons que trop bavardé... Si nous nous occupions maintenant de ces seins? Allongez-vous, détendez-vous, laissez-vous aller... Eliane, faites votre travail.

Le travail, c'était la piqûre.

Huit jours plus tard, les seins bandés, Sylvie sortait de clinique après avoir effectué un nouveau paiement entre les mains de la secrétaire médicale. La note avait été beaucoup plus élevée que les précédentes. Une semaine de clinique, ajoutée aux « frais opératoires », ça se paye... Peut-être existait-il une loi secrète voulant que le montant du règlement fût proportionnel aux douleurs ressenties par l'opérée. Car, cette fois, Sylvie avait beaucoup souffert pendant les premiers jours ayant suivi l'intervention.

Maintenant c'était fini. C'est avec une sensation de soulagement intense qu'elle monta dans le taxi qui l'emmenait loin de cette clinique qu'elle ne pouvait plus voir. Elle en arriva même à se demander, pendant le trajet, si elle aurait eu le courage d'y revenir pour le cas où elle aurait dû subir une nouvelle intervention. Elle n'en pouvait plus de ces attentes solitaires dans la chambre triste avant chaque opération, de cette odeur de médicament qui flottait toujours dans les couloirs, de ces piqûres faites par l'assistante, de ces réveils nauséeux après l'anesthésie, de ces pansements sous lesquels elle se sentait diminuée, de ces cicatrices plus ou moins longues à disparaître, de ces fils qu'on lui laissait toujours trop longtemps... Quand, dans une semaine au plus, le chirurgien lui retirerait les derniers, ceux des seins, ce serait la délivrance finale! Après bien sûr, il y aurait encore les séances de massages postopératoires et les autres, peut-être interminables, chez le dentiste. Mais les unes et les autres présenteraient l'avantage de ne pas se passer en clinique.

Arrivée chez elle, elle se dévêtit aussitôt pour regarder dans le miroir de sa salle de bains — qui était devenu le témoin le plus sûr et le plus discret des exploits chirurgicaux réalisés sur sa personne — sa poitrine solidement emmaillotée de bandes en lastex. Celles-ci étaient tellement serrées qu'il lui était impossible de se rendre compte si sa poitrine était moins lourde. Elle avait hâte de voir...

Elle vit, sept jours plus tard, dans la salle attenante au cabinet du Dr Dalvi. Et elle fut à la fois émerveillée et inquiète.

— Avouez, dit le chirurgien, qu'« ils » ont changé d'apparence! « Ils » ont une tout autre allure...

Aucun mot ne pouvait mieux convenir. C'était vrai que ses seins n'étaient plus du tout les mêmes : ayant perdu leur pesanteur, ils se dressaient, fiers, avec cette légèreté insolente qui est l'apanage des corps jeunes. Sylvie ne s'était pas trompée quand elle avait affirmé à Dédé qu'elle aurait des seins « de vraie jeune fille ». Avec un nez et des seins pareils, les connaisseurs n'auraient plus qu'à s'incliner... Ce serait la victoire! Ce qui l'inquiétait, cependant, c'étaient les cicatrices bordant la base de chaque sein. Le chirurgien, qui venait de reprendre son centimètre pour mesurer, avait beau dire, triomphant : « Maintenant, il y a exactement dix-huit centimètres d'écart entre chaque mamelon », elle avait affreusement peur que les cicatrices fussent indélébiles.

— Vous êtes certain, docteur, que les massages à la cortisone ou autres crèmes parviendront à les faire disparaître?

— Absolument. Mais je vous le répète : il faut compter au minimum cinq mois. Vous serez d'ailleurs très occupée pendant ce temps avec le travail dentaire et vos soins de beauté.

— Les soins de beauté?

— Quand le rôle du chirurgien est terminé comme c'est le cas, celui des instituts de beauté commence... Vous m'avez bien dit et redit que vous vouliez être une très belle femme?

— La plus belle, docteur!

— Donc, maintenant que vous avez le visage et la poitrine dont vous rêviez, il s'agit de les mettre en valeur... Des spécialistes vont étudier sur vous les maquillages et les genres de coiffure qui conviendront le mieux à votre nouvelle personnalité. Car, contrairement à un vieil adage, il est très rare que l'on se connaisse tellement bien soi-même, surtout pour le physique! Elles sont légion les femmes qui pourraient presque donner l'impression d'être des beautés si elles savaient vraiment s'arranger et principalement se maquiller selon les conseils de ceux dont le métier est de faire ressortir un « type » bien déterminé. La plupart du temps, ces dames ne veulent écouter personne : ni l'esthéticienne ni leur coiffeur et encore moins leur mari! Presque toutes sont persuadées d'avoir en elles la science infuse de leur propre beauté! Par bonheur, vous venez de me prouver pendant des mois que vous n'étiez pas ainsi. Donc, vous m'écouterez : je vais vous donner quelques adresses d'instituts de beauté qui sont des maisons sérieuses et parmi lesquelles vous pourrez choisir... Quant au dentiste, le Dr Viré, sachant que je vous voyais cet après-midi, je lui ai téléphoné hier : il vous recevra dès que vous le voudrez. Vous n'avez qu'à l'appeler à votre tour : voici son numéro de téléphone et son adresse.

— Docteur, vous aurez été merveilleux pour moi jusqu'au bout.

— Si vous saviez à quel point je suis heureux lorsque je vois, comme cela se passe aujourd'hui avec vous, rayonner de joie les visages de ceux ou de celles qui sont venus me trouver alors qu'ils étaient parfois au bord du désespoir. C'est ma plus belle récompense!

— Il y en a quand même une autre à laquelle vous avez droit, docteur.

Elle avait sorti de son sac deux liasses de billets qu'elle mit sur le bureau :

— Vous tenez absolument à me régler aussi vite?

— Je préfère... Me souvenant de ce que vous m'aviez demandé, j'ai pris mes précautions pour apporter des espèces. Et j'aime mieux tout payer en une seule fois. J'ai horreur des dettes!

— Vous êtes bien certaine que ça ne vous gênera pas?

— Plus rien ne peut me gêner maintenant! Grâce à vous, je me sens libérée!

— Je ne vous donne pas de reçu puisque nous sommes entre amis.

— C'est la vérité : entre amis... Mais, quand même, je ne sais comment vous remercier.

— En venant me voir dans quelques mois lorsque je serai revenu de mon long périple aux Etats-Unis où j'estime avoir encore beaucoup à apprendre auprès de mes confrères. A ce moment-là, Viré en aura terminé avec votre denture, vos cicatrices des seins auront disparu, et vous aurez été dans l'institut de beauté de votre choix. Vous serez resplendissante! Vous me téléphonerez et je vous inviterai à dîner... Nous irons dans un endroit parisien et gai! Ce sera pour moi un grand honneur de sortir avec une aussi jolie femme... Au revoir, Sylvie... Vous me permettez de vous appeler ainsi, moi qui vous ai toujours dit « mademoiselle » ou « mademoiselle Marvel »?

— Vous aimez mon prénom?

— Je trouve qu'il vous va de mieux en mieux...

— Et moi qui voulais en changer! Eh bien, je le garderai en souvenir de vous.

— J'allais oublier de vous rendre quelque chose à quoi vous devez tenir : vos photographies...

Avant de les lui remettre, il les regarda une dernière fois en disant :

— Evidemment, quand on les compare à celle que vous êtes devenue aujourd'hui...

— Je ne veux même pas les voir! J'aurais l'impression de contempler ma caricature! Donnez-les-moi vite! Il faut qu'elles disparaissent pour toujours... Ainsi l'ancienne Sylvie sera morte... Il y a aussi autre chose, docteur : puis-je vous demander que « mes » masques en plâtre ne prennent pas place dans votre étonnante galerie?

— Voulez-vous les emporter?

— Je n'y tiens pas particulièrement!

— Alors je vous promets de les détruire... Je les regretterai un peu : ils représentent pour moi l'une de mes plus belles réussites... Je ne conserverai, soigneusement enfermé dans le coffre où je les mets tous, que votre dossier. On ne sait jamais! Pour plus tard...

— Merci, docteur. Je n'ai plus qu'à vous souhaiter bon voyage...

Dès qu'elle se retrouva dans la rue, elle sortit de son sac le paquet de photographies et, tranquillement, elle les déchira une par une, toujours sans les regarder, avant de les jeter dans le caniveau où coulait un filet d'eau. Sans bouger elle suivit du regard la course lente de son image en morceaux, jusqu'à ce que ceux-ci eussent été engloutis les uns après les autres dans une bouche d'égout. Les derniers reflets de sa laideur avaient disparu. Alors elle reprit sa marche, la tête haute, libérée...

Le Dr Viré était d'un abord moins chaleureux que son confrère. Après l'avoir laissée lui expliquer ce qu'elle désirait, il dit simplement :

— Si vous voulez prendre place dans ce fauteuil.

L'examen de la denture fut silencieux, minutieux, long. De temps en temps, le dentiste s'interrompait pour prendre des notes sur des fiches placées sur sa tablette.

— Excusez-moi, dit-il quand ce fut terminé, de vous avoir contrainte à garder la bouche ouverte aussi longtemps... Ce que vous me demandez est très possible car, dans l'ensemble, vos dents — dont l'alignement laisse en effet à désirer et dont l'ivoire manque nettement d'éclat — sont en bon état. Mais il y aura un gros travail de prothèse qui, je ne vous le cache pas, risque d'être assez onéreux...

— Avez-vous un ordre d'idée, docteur?

— Il faut que j'établisse un devis... De toute façon, le travail se décomposera en plusieurs temps qui nécessiteront de nombreuses séances.

— Quand pensez-vous que tout pourra être terminé?

— A raison de deux rendez-vous par semaine, et il me paraît difficile d'intensifier cette cadence, il faudra compter près de trois mois... Il est de mon devoir de vous expliquer comment ça se passera... Après avoir commencé par prendre une première empreinte de toute la denture, il me faudra procéder à une dévitalisation des dents destinées à être recouvertes de *jackets*. Ouvrez à nouveau la bouche... Fermez-la maintenant... Essayez de sourire naturellement... Oui : c'est bien ce que je pensais... Vous voulez, m'avez-vous dit, avoir des *jackets* en haut et en bas?

— Je pense qu'il le faut, docteur, sinon ce ne serait pas très esthétique.

— Il est certain que, lorsque vous souriez, votre bouche en s'ouvrant laisse voir les dents du bas. Mais pas toutes! A mon avis, il vous faut vingt *jackets*, dix en haut et dix en bas. Les dents du fond n'en ont pas besoin : même quand vous ouvrez la bouche très grande, on ne les voit pas. Je ne pourrai dévitaliser les dents en question qu'à raison de deux à la fois : ce qui nous donnera déjà dix séances.

— Pourquoi faut-il les dévitaliser?

— Si ce n'était pas fait, vous risqueriez ensuite les pires ennuis lorsqu'elles seraient recouvertes de *jackets*. Ce travail fait, nous passerons au meulage de ces dents pour qu'elles puissent devenir des moignons ou supports des *jackets*. Je prendrai alors une empreinte de ces moignons pour faire des *jackets* provisoires en résine qui me permettront de réaliser les définitives en céramique. Nous choisirons la teinte. Que préféreriez-vous : une denture très brillante, comme le demandent souvent les artistes de l'écran et de la scène ou, au contraire, des dents d'une teinte plus ivoirée se rapprochant davantage de la couleur naturelle?

— Je les veux éclatantes de blancheur pour qu'elles offrent un contraste saisissant avec le rouge de mes lèvres. Comme vous pouvez le constater, je me maquille beaucoup... Quand m'envoyez-vous ce devis, docteur?

— D'ici à vingt-quatre heures.

— Si je l'accepte, vous pourriez commencer tout de suite le travail?

Après avoir consulté le livre où étaient inscrits les rendez-vous, il répondit :

— Mardi prochain, je pourrais déjà prendre la première empreinte. Le mieux serait ensuite que nous fixions toujours les rendez-vous aux mêmes heures, par exemple les mardi et vendredi à onze heures. Cela vous conviendrait-il?

— Très bien : toutes mes matinées sont libres.

— Dès que vous aurez pris connaissance du devis, téléphonez-moi pour me confirmer que vous venez bien mardi prochain. Je vous demanderai aussi d'avoir l'obligeance d'effectuer ce jour-là le premier versement d'un acompte à titre provisionnel. C'est généralement l'usage quand il s'agit d'un travail important.

— Combien devrai-je vous apporter, docteur?

— Mettons le tiers du devis... Vous me réglerez le

deuxième tiers quand nous en serons à la moitié du travail et le dernier lorsque tout sera terminé.

— C'est entendu, docteur. Peut-être préférez-vous des espèces?

— Un chèque sera tout aussi bienvenu. Etes-vous affiliée à la Sécurité sociale?

— Non, docteur. Pas pour le moment.

— De toute façon, celle-ci ne vous aurait remboursé qu'une assez faible partie des frais, ceux qui correspondent à des soins normaux. Mais tout ce qui concerne les travaux de prothèse esthétique proprement dite, et spécialement la pose des *jackets*, est exclu.

— Décidément, on n'aime pas chez nous qu'une femme s'entête à devenir belle! Ce serait même à croire que, si on le pouvait, on ferait tout pour l'en empêcher! La beauté des Françaises, docteur, ça fait pourtant partie du patrimoine national!

Il eut son premier sourire en répondant :

— Hélas! chère mademoiselle, c'est là un point de vue très intéressant qui a un seul petit défaut : c'est de n'être strictement que le vôtre...

Le devis était corsé : trente mille francs, soit un million ancien de plus que ce que lui avait demandé le chirurgien esthétique. La pose de chacune des *jackets* revenait à mille francs et comme il y en avait vingt! Le solde représentait les frais d'empreintes, de dévitalisation, de meulage et autres... Mais il fallait bien en passer par là si elle voulait parachever sa transformation. Sans doute aurait-elle pu trouver un stomatologiste moins cher. Mais le Dr Dalvi ne lui avait-il pas affirmé que celui-ci était, de loin, le meilleur pour ce genre de travail? Et faut-il lésiner lorsqu'il s'agit de devenir une beauté idéale? C'était tellement important d'avoir un sourire éclatant!

Elle téléphona au Dr Viré pour l'informer qu'elle acceptait le devis et qu'elle lui apporterait mardi, comme convenu, le premier tiers de la somme. Un rapide calcul lui permit de réaliser que lorsque tout serait payé, en ajoutant le coût des séances de massage des seins et de toutes les heures qu'elle se devait de passer dans un institut de beauté, il ne lui resterait presque rien des économies qu'elle avait patiemment accumulées pendant six années de présence chez *Marie-Caroline* pour pouvoir un jour s'acheter, elle aussi, une boutique de modes... Mais au diable les regrets! Maintenant qu'elle n'était plus laide, Patrice ne serait-il pas là, sinon pour subvenir entièrement à ses besoins, du moins pour l'aider à tenir le coup jusqu'à ce qu'elle eût trouvé un nouvel emploi plus en harmonie avec sa beauté? Pourquoi ne deviendrait-elle pas mannequin à son tour, ce métier qui l'avait fait tellement rêver lorsqu'elle n'était qu'une petite vendeuse? Pourquoi ne louerait-elle pas aussi à bon prix le charme et l'attrait de son nouveau visage à ces magazines spécialisés dans la beauté féminine? Dédé le lui avait souvent dit : les photos de mode, ça paie bien... Au besoin elle s'adresserait à Dédé, même si elle ne l'avait pas revu depuis le jour où il lui avait dit adieu avant qu'on ne l'opérât des seins... Elle devait bien s'avouer que cette absence de Dédé ne lui avait nullement manqué : elle avait eu beaucoup trop à faire en s'occupant d'elle-même! En revanche, elle était certaine que Dédé était très triste de leur séparation.

N'avait-il pas un cœur d'or, fait pour souffrir? Dès qu'elle lui donnerait signe de vie, il reviendrait. Et il l'aiderait à gagner sa vie en l'imposant à des studios. N'était-il pas l'un des photographes les plus cotés, ayant ses entrées partout? Les amis, il faut bien que ça serve...

Cependant, elle ne recourrait à ses bons offices qu'après être devenue la compagne de Patrice. Ce serait plus honnête de sa part. Ainsi, il n'y aurait plus d'équivoque possible : Dédé serait obligé de comprendre que son rêve insensé était bien fini.

Le mardi, le dentiste prenait la première empreinte.

Le même jour, à 15 heures, elle se faisait masser les seins chez le spécialiste indiqué par Dalvi. Le lendemain, elle passa presque toute la journée dans l'institut de beauté qu'elle avait choisi. Et elle y découvrit ce jour-là, ainsi qu'au cours des séances d'embellissement suivantes, des choses fantastiques... Elle apprit par exemple qu'en matière de maquillage plus de quatre-vingts teintes nouvelles apparaissaient chaque année en parfumerie! Une palette éblouissante allant de l'orangé vif au sangria — ou rouge franc — en passant par le brun-roux... Et tout cela, par de savants mélanges, pouvait donner pour les fards à joues et les fonds de teint du rouge-orange et même du beige-rouge!

Elle se rua aussi sur les produits de traitement pour le bain : ceux qui relaxaient, ceux qui tonifiaient, ceux qui amincissaient... Car il était essentiel de conserver « la ligne », maintenant qu'elle l'avait trouvée grâce à la cure d'amaigrissement ordonnée par le chirurgien. Elle essaya tout, et même un traitement de la peau, contre l'acné, à base de plancton marin. Elle n'hésita pas à s'offrir des séances de bains d'algues en poudre permettant un massage sous l'eau particulièrement efficace contre les dépôts de cellulite.

Quant à sa chevelure, qui était devenue du plus bel auburn, elle se la fit soigner chaque semaine chez un grand coiffeur à l'aide d'applications de vitamine E, qui aide l'organisme à fixer l'oxygène. Plus les réserves en oxygène sont grandes, plus la vitalité du bulbe du cheveu augmente, et plus les cheveux poussent! Sa chevelure était devenue magnifique...

Pendant trois nouveaux mois, sa vie fut ainsi partagée entre *la construction* d'une denture éclatante, *l'adoucissement* d'une peau réfractaire et *l'épanouissement* d'un corps qui ne demandait qu'à s'offrir à nouveau à l'amant... Elle ne pouvait plus prendre un taxi sans que celui-ci ne fût aussitôt suivi par plusieurs hommes en voiture. Chaque fois qu'elle se promenait à pied dans Paris, elle était abordée. Quand elle se risquait au cinéma, il était rare qu'elle ne fût pas obligée de changer de place pour ne pas être importunée... Et tous ces regards d'hommes qui croisaient le sien avec insistance! Et toutes ces lueurs de désir qui ne cessaient de l'environner en créant autour d'elle une sorte d'auréole exquise!

Elle plaisait maintenant, et tout de suite, dès qu'elle apparaissait... Elle en était sûre! Il lui aurait suffi de lever le petit doigt pour que n'importe qui fût à ses pieds : les pauvres de tout comme les riches de succès. Mais elle se réservait : il ne lui fallait pas n'importe qui, mais uniquement celui qu'à aucun moment — à travers ses rêves, son entêtement et ses souffrances — elle n'avait cessé d'aimer.

Maintenant que toutes les *jackets* étaient en place, elle pouvait sourire largement à la vie : un sourire qu'elle avait étudié pendant des heures devant le miroir pour que son pouvoir incendiaire fût décuplé.

Les dernières traces de cicatrices avaient disparu sous les seins : elle pouvait se montrer dans la splendeur de sa nouvelle nudité à l'amant retrouvé. Les neuf mois prévus par le prince de l'esthétique s'étaient écoulés : le miracle était là. Le fabuleux « voyage de noces » solitaire était terminé. Elle se sentait forte et armée.

Ce fut pourtant d'une voix très faible qu'elle demanda, après avoir longuement hésité à former un numéro de téléphone qu'elle connaissait par cœur :

— Allô? C'est toi, Patrice? Ici, c'est Sylvie... J'avais peur de te déranger... C'est gentil ce que tu me dis... Tu ne m'as pas trop oubliée? Tu n'es pas marié au moins?... Moi non plus... Ce que je suis devenue? J'ai beaucoup changé... J'aimerais te revoir... Nous pourrions peut-être prendre un verre ensemble?... Ce soir? Si tu le veux... Où cela? Chez toi? Il y a toujours des fleurs sur ta terrasse?... A quelle heure?... J'y serai.

SON ERREUR

C'était une soirée de printemps. L'air de Paris avait cette douceur qui n'est qu'à lui et qui convient aux retrouvailles d'amants. Pour aller chez Patrice, elle inaugurait l'ensemble vestimentaire le plus cher qu'elle eût jamais acheté : une jaquette longue et un pantalon d'un lainage léger jaune. Elle l'avait commandé spécialement deux semaines plus tôt chez *Christian Dior* pour le grand jour où elle reverrait le seul homme qui eût jamais compté dans sa vie. Si elle n'avait pas eu cette chance, jamais elle n'aurait porté cet ensemble : il serait resté à se démoder dans une penderie.

Par l'un de ces raffinements d'élégance — comme seules les femmes peuvent en avoir — elle avait jugé préférable, pour atténuer la couleur chaude de l'ensemble, tout en la mettant en valeur, d'entourer son cou d'une écharpe violette achetée chez *Hermès*. Une teinte aussi soutenue donnait plus d'éclat à l'auburn de sa chevelure tout en évoquant discrètement l'étrange veuvage qu'elle venait de vivre. Le sac et les chaussures, eux aussi, étaient violets. Entre l'ensemble de *Dior*, l'écharpe d'*Hermès*, le sac et les chaussures, elle avait laissé ses derniers francs. Son avoir ne se ramenait plus maintenant qu'à sa beauté, mais quel capital!

Aussi, fut-ce le cœur battant, mais sûre d'elle, qu'elle sonna chez Patrice, sur le palier du 7e étage.

Quand il ouvrit, il demeura, hésitant, avant de demander :

— Madame, vous désirez?

— Mais c'est toi que je désire, Patrice!

La seule chose qui n'avait pas changé en elle, c'était la voix : cette voix chaude et charmante qui lui avait souvent permis de faire oublier sa laideur lorsqu'elle s'entretenait avec les clientes de *Marie-Caroline*.

Il était comme paralysé et la dévisageait avec stupeur. Non, ce n'était pas vrai! Il n'était pas possible que cette jeune femme sophistiquée qui le regardait avec un sourire éclatant où le défi se mêlait au triomphe fût le laideron qu'il avait arraché une nuit aux bras d'un Noir dans une discothèque! Et pourtant, aucun doute, c'était bien cette même voix qu'il n'avait pu oublier malgré tant d'autres entendues depuis parce qu'elle avait été la seule à oser lui dire : *Je pense que mon départ te facilitera les choses pour te permettre de trouver après moi une fille qui soit vraiment belle!*

— Toi! finit-il par balbutier.

— Oui, moi...

— C'est fantastique! Que s'est-il passé?

— Ne t'a-t-on jamais dit que l'amour embellissait? Alors, comme je n'ai pas cessé de t'aimer, tu n'as qu'à en tirer tes conclusions...

— Entre, je t'en prie...

— Je commençais à me demander si tu allais me le proposer.

Rien n'avait changé dans l'appartement. Après avoir traversé le living-room, elle alla directement sur la terrasse, dont les baies étaient grandes ouvertes, pour y respirer avec délices.

— Toujours ce parfum du Bois de Boulogne! dit-elle. Sais-tu qu'en dépit du temps écoulé, il n'a pas cessé de me poursuivre?

Il continuait à la regarder, presque intimidé, n'osant pas s'approcher d'elle :

— Tout est changé en toi, Sylvie...

— Tout! Même ma poitrine que tu n'aimais pas...

— Où t'a-t-on fait cela? Aux Etats-Unis?

— A chaque étape d'un long voyage... Toi, en revanche, tu n'as pas changé... Je te trouve même encore plus beau!

Ils revinrent dans le living où elle s'assit dans le canapé en disant :

— Tu vois : je reprends ma place...

— Qu'est-ce que je t'offre? Whisky?

— Tu sais très bien qu'ici, toi et moi nous ne buvions que du champagne.

— C'est vrai! Eh bien, rassure-toi : il y en a toujours...

Il courut pour aller chercher une bouteille. Lorsqu'il revint, elle était en train de fumer une cigarette, peut-être pour se donner une contenance, comme la première nuit où elle était venue. Mais, ce soir, elle se sentait envahie par un malaise indéfinissable... A l'instant même où elle s'était trouvée face à lui sur le seuil de l'appartement, elle avait brusquement perdu toute cette assurance dont elle avait cru cependant avoir fait une provision suffisante pendant ses mois de réflexion solitaire.

Ils burent, silencieux, continuant à se dévisager l'un

et l'autre comme s'ils se voyaient pour la première fois. Ce fut lui qui parla enfin :

— Il est amusant, ton nez...

— Il te plaît?

— Je le trouve rigolo...

D'un geste qui paraissait instinctif, mais qu'elle avait soigneusement étudié pendant des mois devant son miroir, elle rejeta sa chevelure en arrière pour découvrir ses oreilles.

— Tes oreilles aussi ont diminué?

— Comme mes seins!

— Je vois... Ta bouche est restée la même... et encore je n'en suis pas très certain! Je l'aimais, ta bouche... Elle savait embrasser... Mais qu'est-ce qu'elle a donc de changé?

Elle eut un large sourire, mis au point lui aussi devant le miroir, qui découvrit ses dents étincelantes...

— Formidable! dit Patrice. Et tes cheveux aussi!

— Ils ont eu le temps de pousser...

— Ils sont presque trop beaux... Ton regard également a changé... Je me souviens : par moments il était un peu dur... Mais ce n'était pas déplaisant!

— Il faut croire qu'il s'est adouci en vieillissant...

— N'exagère pas quand même! Ça fait combien de temps que nous ne nous sommes pas vus?

— Neuf mois exactement.

— Déjà neuf mois! C'est fou ce que le temps passe... Alors, comme ça, tu as voyagé? Pour ta Maison de Couture?

— Pour mon plaisir... Et toi, toujours dans la promotion immobilière?

— Toujours.

— Ça marche?

— De plus en plus mal... Si ça continue, je vais être obligé de me reconvertir.

— Dans quoi?

— Je ne sais pas... Encore un peu de champagne?

— Volontiers.

Ils burent à nouveau en silence. Le malaise s'intensifiait. Mais cette fois — elle le comprit très bien — il n'était plus seulement en elle : le malaise envahissait la pièce elle-même, l'appartement, la nuit qui les entourait...

— Que vas-tu faire, maintenant que tu es revenue à Paris?

— Je ne sais pas, moi non plus.

— Vraiment, tu n'es plus la même, Sylvie...

— En es-tu bien sûr?

— Je parle du physique.

— Et le moral?

Il ne répondit pas.

— Ça va sans doute te paraître insensé, mais je pense ne pas avoir tellement changé dans ce domaine... Quand j'ai sonné tout à l'heure à ta porte, j'étais convaincue d'être devenue une femme très forte... Eh bien, je me trompais! Je t'aime toujours... Je n'ai d'ailleurs jamais cessé de t'aimer! Tu ne comprends donc pas que, malgré cette séparation, tu es toujours resté pour moi un dieu? Que si j'ai fait et enduré tout cela, ce n'était que pour toi, pour faire enfin ta vraie conquête? Et toi, pendant tout ce temps, as-tu seulement pensé à moi?

— A toi?

Il hésita avant d'ajouter ensuite avec précipitation :

— Mais bien sûr! Comment aurais-je pu t'oublier? C'est toi, d'ailleurs, qui as voulu partir.

— Il le fallait! Tu m'avais fait comprendre que j'étais trop laide!

— Jamais je n'ai dit cela!

— Tu as fait pire! Tu m'as expliqué que tu ne faisais l'amour avec moi que parce que ça t'excitait de coucher avec une fille qui n'était pas trop jolie!

— Oh, tu sais... On dit des choses comme ça auxquelles on ne pense pas.

— Je suis certaine que, cette nuit-là, tu as dit la vérité! Alors? Qu'est-ce que tu peux me dire aujourd'hui? Que je suis toujours laide?

Il prit un temps avant de répondre :

— Je ne peux que te répéter que tu n'es plus la même...

— Tu te trompes : je suis la même! La preuve, c'est que je t'adore encore plus qu'avant!

Elle s'était levée :

— Patrice, je t'en supplie : embrasse-moi... Serre-moi dans tes bras... J'en ai tellement besoin, depuis des mois!

Il fit ce qu'elle demandait. Puis il se dégagea en disant sur un ton qui se voulait joyeux mais qui sonnait faux :

— Encore du champagne?

— Ah non, Patrice! Tu ne vas pas faire cela : me remplacer par du champagne! Je veux être à toi, tu comprends? Et je veux aussi que tu sois à moi, rien qu'à moi! Qu'est-ce que tu as? Tu ne me désires plus maintenant que je suis belle?

— Mais si...

— S'il y a une femme dans ta vie, dis-le!

— Aucune.

— Tu as quand même eu des aventures depuis?

— Beaucoup trop! C'est pourquoi elles n'ont pas compté.

— Mais tu ne peux pas avoir connu des aventures aussi belles que la nôtre? Ce n'est pas possible! Les autres, tu ne les as pas enlevées à un rival comme tu l'as fait avec moi! Et puis, aucune ne me ressemblait! Toi-même, tu me l'as dit : elles étaient toutes jolies tandis que moi...

— Tu étais laide. C'est vrai...

Elle s'effondra. Il la reprit dans ses bras pour la porter sur le canapé. Pendant qu'elle sanglotait, il se pencha en disant avec douceur :

— Calme-toi, ma petite Sylvie... Tu devrais te mettre à ma place... Ton retour est si imprévu, tout cela est tellement insolite! Tu te rends compte : je ne t'ai même pas reconnue quand je t'ai ouvert la porte! Et c'est normal : j'avais conservé le souvenir d'une certaine Sylvie qui était toi... Et, brusquement, je me suis trouvé devant une femme tout autre : jolie, élégante, parfumée, insolente même... Alors, je ne sais plus où j'en suis.

— Ne te donne pas la peine... J'ai compris : tu ne veux plus de moi.

— Ne dis pas cela! Laisse-moi réfléchir...

— Comme si tu avais réfléchi le premier soir!

— Cette nuit-là, je le reconnais, j'ai eu une envie folle de toi...

— Et pendant les autres nuits qui sont suivi? Ça a duré trois semaines... Les plus merveilleuses de ma vie! Tu n'as pas continué à avoir ce même désir?

— Si... J'en arrive même à penser que, si tu n'étais pas partie sur un coup de tête en t'imaginant des choses qui n'existaient pas, cela aurait pu se stabiliser, se solidifier même entre nous à la longue... Vraiment, tu m'avais plu telle que tu étais, telle que je t'avais vue la première fois dans cette boîte où des hommes se battaient à cause de toi... Ce soir-là, tu m'es apparue comme une sorte d'égérie inconsciente, régnant sur des imbéciles... Je t'ai sentie aussi très seule, tellement pitoyable même que je suis presque parti en croisade! Oui, j'ai voulu vous protéger, toi et ta laideur... Et puis le désir est venu! C'est pourquoi, jamais tu n'aurais dû changer de visage! Après avoir cessé de m'en vouloir, tu m'aurais téléphoné, comme tu viens de le faire, et tu me serais revenue identique à celle qui m'avait plu... Tu ne peux pas savoir : pendant que tu me parlais tout à l'heure à l'appareil, en un éclair j'ai revu ton nez qui ne me déplaisait pas, tes oreilles un peu grandes, tes yeux moins maquillés qu'aujourd'hui mais plus vivants, ta poitrine que j'ai un peu critiquée mais qui était quand même très sensuelle, tes cheveux qui étaient moins apprêtés, ta peau qui ne disparaissait pas sous le fond de teint, ta bouche enfin qui n'était pas chargée de tout ce rouge gras... J'aurais retrouvé une Sylvie authentique, tandis que maintenant...

— Tu as l'impression de te trouver devant un mannequin?

— C'est un peu cela...

— L'ennui, Patrice, c'est que, maintenant, il m'est impossible de revenir en arrière. Désormais, je suis condamnée à rester belle...

— Très belle, en effet...

— Suis-je au moins comparable à toutes ces beautés que tu as connues?

— Tu les surpasses!

— A défaut d'autre chose, je te remercie de ce compliment... Redonne-moi maintenant un peu de champagne. Je m'étais toujours promis que, le jour où je serais belle, je me saoulerais! Je ne pense pas pouvoir trouver un meilleur expert que toi... A ta santé, Patrice! Et à la mienne! Elle en a sans doute encore plus besoin!

Elle vida d'un trait le contenu de sa coupe, puis, dans un rire forcé :

— Je me sens mieux! dit-elle. Rien de tel comme remède à la solitude...

Et, après avoir allumé une nouvelle cigarette :

— Rassure-toi : je ne t'imposerai pas le supplice de prendre une femme dont tu n'as plus envie... J'ai commis une nouvelle erreur : il est donc juste que je la paie. Tu n'es responsable en rien de ce qui se passe et tu pourras dormir la conscience tranquille après mon départ... Mais en souvenir — disons : de notre aventure passée — je vais te demander de me rendre un service, un seul... Après ce sera fini : je te promets que tu ne me verras plus.

— Je ferai tout ce que tu voudras.

— C'est déjà gentil de le dire... Apprends d'abord que tu es la première personne, de toutes celles qui m'ont connue, à qui je me sois montrée depuis ma transformation. Oui, j'avais mis mon point d'honneur à te réserver cette primeur... Je reconnais que c'est assez bête, étant donné le résultat! J'ai eu tort de croire que l'amour passait avant le reste... Mais il existe d'autres gens auxquels j'aimerais donner une leçon... Des gens qui, pendant les années où j'ai travaillé chez eux ou avec eux, n'ont pas cessé de s'attendrir sur ma laideur tout en m'assurant de leur estime et même de leur amitié! Si tu pouvais te douter à quel point j'ai souffert de cette commisération! Ils étaient tous tellement satisfaits de voir quelqu'un de plus laid qu'eux!

En comparaison, les filles elles-mêmes les plus médiocres et les plus insipides se croyaient des beautés! Ça les revigorait!

— Où veux-tu en venir?

— A ceci : quand j'ai quitté *Marie-Caroline* où je n'étais qu'une vendeuse, une sorte de Marie-vend-moi-ça du prêt-à-porter, je n'ai confié à personne que c'était pour entrer en clinique avec l'espoir de compenser un jour les années de beauté perdue... Je leur ai fait croire à tous et à toutes, à la direction et aux employés, que je partais pour me marier avec un homme très beau, charmant, et très riche : c'est-à-dire toi! J'ai même usurpé ton prénom... Pardonne-moi! Je leur ai dit qu'il s'appelait Patrice... N'était-ce pas joli, Patrice et Sylvie? J'ai ajouté que nous partions en voyage de noces... Oui, toi et moi... Un très beau voyage autour du monde qui vient de se terminer seulement ce soir... Par orgueil, je leur ai promis qu'à notre retour nous irions leur rendre visite dans la boutique où je suis restée six années... Tu m'as dit que tu n'étais pas marié... Alors peux-tu jouer ce rôle de « mon » époux pendant quelques minutes devant eux? Je m'habillerai comme aujourd'hui puisque tu m'as trouvée élégante : ainsi je ne te ferai pas de tort! On pensera que je suis devenue, en effet, la femme d'un homme qui la gâte... Comme ils sont du métier, ils verront tout de suite que ça vient d'une grande maison et surtout pas de chez eux! Ça les rendra fous! Après, nous partirons et tu me laisseras où tu voudras...

Il la regarda longuement avant de dire :

— Faut-il que tu aies souffert de ta laideur pour me demander cela aujourd'hui, ma petite Sylvie! Eh bien, j'accepte de jouer ce rôle.

— Oh! Patrice, merci!

— Tais-toi... Mais dis-moi : de quoi parlerons-nous devant eux?

— De notre voyage de noces... Tu ne sais donc pas que nous sommes allés aux Bermudes, à San Francisco, à Rio, aux îles Hawaii, à Tokyo, à Hong Kong?

— C'est vrai : j'oubliais...

— Et puis nous jouerons devant eux à un vieux jeu auquel tu as peut-être joué toi aussi quand tu étais enfant : celui du « mari et de la femme ». C'est très facile, tu verras. Il suffit de dire et de répéter : « Je t'aime »... Comment veux-tu que les autres puissent deviner qu'on ne le pense pas? Tu voudras bien?

— J'essaierai... Quand y allons-nous?

— Dès demain si tu le peux. Le plus tôt sera le mieux... Ainsi, tu seras débarrassé plus vite de la corvée.

— Je passe te prendre chez toi?

— Oui.

— A quelle heure?

— Veux-tu 16 heures? De cette façon, quand nous arriverons à la boutique, ce sera le moment de la journée où il y aura le plus de monde.

— Parce que tu aimerais qu'il y eût beaucoup de monde à envier ton bonheur?

— Je voudrais qu'il y eût la terre entière!

— Rappelle-moi ton adresse.

— Tu l'as donc perdue?

— Je ne sais plus sur quoi je l'ai inscrite...

— Depuis, tu as dû en noter tellement d'autres qui ne te disent plus rien, elles non plus! Voici ma carte... Sais-tu à qui j'en avais donné une semblable quand j'étais laide? A une maison de rendez-vous... C'est grâce à cela que j'avais rencontré mon nègre!

— Tu es allée jusque-là?

— J'avais faim! Très faim d'être aimée, Patrice! Je me sauve...

— Reste encore.

— Non, non... Je serais encore capable de commettre une erreur... Et merci pour demain! Tu n'auras qu'à klaxonner : ça t'évitera de monter dans mon petit deux pièces que tu n'as jamais eu la curiosité de connaître. C'est toi qui devais avoir raison.

— J'ai une nouvelle voiture : je la prendrai pour venir te chercher, ça les épatera encore davantage.

— C'est une quoi?

— Une Ferrari...

— Oh, Patrice! Dire que je leur avais raconté que tu en avais une! Je trouvais que ça faisait plus cossu qu'une Alfa! Après tout, je ne m'étais pas tellement trompée!

— Tu verras : elle fait beaucoup d'effet...

Quand elle se retrouva chez elle, c'était une femme anéantie qui n'avait même plus la force de réaliser ce qui venait de lui arriver. Après le champagne de Patrice, elle se versa du whisky : les mélanges n'ont-ils pas la réputation de saouler davantage? Fut-ce le fait de l'alcool? Ses pensées cheminèrent étrangement...

Elle se revit d'abord, faible et pitoyable, devant celui qu'elle aimait encore et qui avait accepté, sans doute pour rompre en beauté, de lui faire une dernière fois, le lendemain, l'aumône de sa présence. L'image de ce bonheur conjugal — artificiellement créé pour étonner ceux qui, au fond, l'avaient méprisée puisqu'ils l'avaient plainte — serait atroce pour elle. Elle la vivrait cependant pour assouvir son orgueil de femme : ce serait sa seule satisfaction après tous ces mois de lutte passés à s'arracher progressivement à sa laideur.

Sa laideur? Avait-elle vraiment été aussi laide que cela? Elle ne pouvait même plus se revoir telle qu'elle était : les photos, prises par Dédé et que le chirurgien lui avait rendues, elle les avait déchirées en mille morceaux et jetées dans le ruisseau. Il n'y avait plus, pour lui dire si réellement elle avait été laide, que ceux qui l'avaient connue auparavant... Et tous, sans exception, lui diraient que c'était vrai, qu'elle était affreuse... Tous sauf Dédé qui continuerait à affirmer qu'elle était, au contraire, une beauté! Et les autres hommes — ceux avec qui elle avait fait l'amour — que diraient-ils si on les interrogeait sur l'ex-laideur de la petite vendeuse? Le P.D.-G. qui jouait au golf, le maquereau de la blonde Marylin, le garçon de café espagnol, le P.D.-G. impuissant — lui seul dirait peut-être qu'elle était tellement laide qu'elle ne pouvait pas inspirer un homme —, le Noir aussi?... Ne certifieraient-ils pas qu'elle leur avait plu dans sa laideur? Ne parleraient-ils pas comme Patrice, qui regrettait son ancien nez, ses anciennes oreilles, son ancien regard, son ancienne poitrine?

La laideur? Mais ça dure beaucoup plus longtemps que la beauté! Même si soi-même on ne peut pas s'y habituer, les autres sont bien obligés de l'accepter et même de se familiariser avec elle... Tous finissent par dire : « Elle est laide, c'est sûr, mais nous le savons depuis longtemps! » Et personne ne recherche l'amélioration qui semble impossible... Tandis que la beauté, c'est fragile, ça s'effrite, ça passe... Inéluctablement arrive un moment où les gens chuchotent : « Si vous l'aviez connue dans sa jeunesse! Une splendeur!

Tandis qu'aujourd'hui... » Et ça, n'est-ce pas pis que d'avoir toujours été laide?

Comment vieillissaient-elles, celles dont la beauté, comme la sienne, était entièrement factice, fabriquée par le bistouri? Cela aussi, c'était une question angoissante!

Désemparée, n'ayant plus un sou, ne sachant même pas de quoi demain serait fait, ayant vu son amour s'enfuir, elle se demandait si tout ce qu'elle venait d'endurer n'avait pas été inutile. Peut-être aurait-elle dû se dire, à cet instant, qu'il n'y avait pas, pour elle, qu'un seul amant sur terre. Qu'il existait d'autres hommes — tout aussi beaux et tout aussi virils qu'un Patrice — qui ne demandaient, eux aussi, qu'à lui apporter toutes les jouissances. Elle aurait dû se souvenir de ces regards de désir qui l'avaient accompagnée dès qu'elle avait été embellie et du plaisir secret qu'elle en avait éprouvé... Seulement, cela s'était passé avant qu'elle eût revu Patrice. Ce n'avait été qu'une multiplication de préludes exquis qui l'avaient incitée à croire qu'elle pourrait désormais se présenter triomphante devant le seul homme qu'elle voulait pour amant... Ensuite il y avait eu le désastre.

Tenter d'oublier en faisant la conquête d'un nouvel homme qui l'attendrait, qui l'espérerait à son tour? Elle n'en était pas capable. Blessée comme elle venait de l'être par sa déception amoureuse, elle ne s'en sentait pas le courage. Il n'y avait que Patrice, elle ne rêvait encore qu'à lui... Et, puisqu'il ne voulait pas d'elle, l'idée de supprimer cette féminité devenue inutile flottait dans son esprit... Mais elle saurait avoir un dernier courage : celui d'attendre jusqu'à demain pour vivre le seul triomphe de sa vie chez *Marie-Caroline*.

L'heure de la revanche avait sonné. A 16 h 30, une splendide Ferrari bleu ciel — qui, dès qu'elle stationnait, provoquait un attroupement — s'arrêta devant l'entrée de la boutique. Par l'un de ces hasards qui font croire que le destin s'intéresse parfois aux actes des hommes, la directrice, Mme Bernier, se trouvait sur le pas de la porte en train de dire au revoir à une cliente. Ce fut d'abord avec curiosité, puis avec un intérêt grandissant, qu'elle regarda un très bel homme s'extirper — non sans peine, étant donné sa haute taille — du prestigieux coupé grand sport et se précipiter ensuite galamment à l'autre portière qu'il ouvrit pour permettre à une ravissante jeune femme à la chevelure auburn de sortir à son tour du bolide.

Une jeune femme élégante qui n'était pas habillée par *Marie-Caroline* et qui portait un ensemble jaune de chez *Dior*. Mme Bernier connaissait son métier et avait le coup d'œil professionnel.

Sans hésiter, le couple se dirigea vers le magasin. La directrice, toute souriante, s'effaça pour le laisser passer et, dès qu'ils furent à l'intérieur, elle se hâta de crier à l'une des vendeuses :

— Mademoiselle Claire, voulez-vous vous occuper de madame?...

« Madame » eut un premier sourire exquis à l'adresse de la vendeuse qu'elle ne connaissait pas et qui était peut-être la remplaçante d'une certaine Sylvie. Sachant la façon d'opérer de la directrice, elle comprit tout de suite que cette Claire devait être la vendeuse la plus experte. L'une des grandes règles du succès de *Marie-Caroline* n'était-elle pas de confier les nouvelles clientes à une employée chez qui le sens du commerce était une vraie religion? Et le sourire de la nouvelle cliente s'attendrit en constatant que cette Claire, sans être véritablement laide, était loin d'être jolie : ce qui faciliterait sa tâche pour connaître une certaine réussite chez Nat Venfel.

Au fait, elle ne le voyait pas, le grand patron. Sans doute était-il, selon son habitude, dans son bureau en train de supputer ses super-bénéfices. En revanche, toutes les autres vendeuses, « madame » les reconnaissait. Neuf mois avaient passé et elles étaient toujours là, fidèles au poste, tournant, virevoltant, babillant dans le tohu-bohu général de l'après-midi. C'est aux heures de pointe que l'on voit si un commerce est prospère ou pas. Là, il n'y avait aucun doute à avoir : ce n'était pas parce que la dénommée Sylvie avait quitté la maison pour convoler que *Marie-Caroline* avait cessé d'être une affaire florissante. Comme quoi, se dit la jolie femme, nul n'est indispensable! A cette pensée son sourire se teinta d'une légère amertume.

La voix de Mlle Claire était agréable :

— Madame désire sans doute voir nos nouveaux modèles de printemps?

— Ayant entendu dire beaucoup de bien de votre maison où je ne suis encore jamais venue, répondit la beauté, j'ai réussi à y entraîner mon mari... Tu ne m'en veux pas trop, chéri?

— Au contraire, je suis ravi! Ça m'amuse beaucoup... Mon amour, achète tout ce qui te fait plaisir...

Et comme « son » épouse le regardait un peu interloquée, il reprit :

— Mais si! Aujourd'hui je suis décidé à faire des folies pour toi... Alors profites-en!

Mme Bernier, sachant depuis longtemps que la fidélité des anciennes clientes restait acquise à la maison, avait pour principe de s'intéresser plus particulièrement aux nouvelles. L'une des autres lois du succès continu n'était-elle pas d'essayer d'agrandir le plus possible le cercle des acheteuses? Aussi se rapprocha-t-elle insensiblement, mais avec discrétion, du couple. C'était rare aussi de voir dans le magasin un couple aussi bien assorti. La femme avait du chic et « du chien », mais sans vulgarité. On voyait tout de suite qu'elle était ce qu'on appelle une jeune femme « bien »... Du monde peut-être pas, mais certainement pas du demi-monde! Une jeune bourgeoise alors? C'était très possible, mais une bourgeoise distinguée qui savait non seulement s'habiller mais aussi se maquiller. Une actrice peut-être? Elle en avait le brio, mais pas le clinquant... De toute façon, elle rayonnait de charme et elle ne pouvait que plaire.

L'homme? Il faisait mâle et sain : un type de sportif qui n'aurait pas fait trop de sport. Lui aussi avait un beau sourire. Il était très bien, ce garçon-là! Tout était harmonieux en eux : elle était d'une taille moyenne et lui très grand; il devait avoir la trentaine et elle vingt-deux ou vingt-trois ans tout au plus; elle était auburn et lui blond. Comme c'était agréable, et même plaisant, de ne pas avoir affaire pour une fois à ces couples de femmes entre deux âges et odieuses, accompagnées de leurs époux, plus ou moins chauves ou ventripotents, qui donnaient l'impression de s'ennuyer à mourir avec elles et qui ne s'étaient laissé traîner qu'à regret dans une boutique pour dames! Ou même de se trouver en face de ces filles entretenues qui éclaboussent tout le personnel de leur argent facilement gagné et qui poussent le toupet jusqu'à venir avec leurs gigolos! Au moins, chez ce couple, on sentait l'harmonie et l'amour... Et quelle gentillesse montrait l'homme dans son désir visible de faire des folies pour sa femme! Ils étaient sûrement mariés! C'était cela la belle clientèle, la vraie, celle qui faisait honneur à *Marie-Caroline!* Cette jeune et ravissante jeune femme serait la meilleure réclame pour la maison si elle prenait goût à la collection... Il fallait absolument lui présenter les plus jolis modèles, et surtout les lui vendre!

Ah! Si Sylvie avait été là, avec quel art elle aurait présenté la marchandise! Seulement voilà, mademoiselle s'était mariée et devait être en train de faire son tour du monde en roucoulant! Elle en avait eu de la chance, celle-là, avec la bobine et la dégaine qu'elle avait! Epouser un milliardaire! C'était fou!

Cette Claire qui avait été engagée pour la remplacer n'était pas maladroite, mais ce n'était tout de même pas Sylvie! Mme Bernier sentait qu'il fallait qu'elle s'en mêlât pour stimuler l'enthousiasme de la belle cliente et de son gentil mari :

— Mademoiselle Claire, conduisez madame et monsieur dans la grande cabine... Ils seront plus à l'aise que dans le magasin où il y a trop de monde en ce moment pour juger de la qualité de notre nouvelle collection... Je vous en prie, madame, et vous aussi, monsieur, entrez ici...

Telle une maquerelle faisant l'invite, elle avait écarté — d'un geste théâtral — les rideaux de velours masquant « la grande cabine », celle qu'on réservait aux clientes de choix.

— Vous avez des fauteuils et une triple glace en pied, dit-elle, ainsi que des cendriers, monsieur, si vous désirez fumer... Mlle Claire va revenir tout de suite avec ce qui me paraît devoir le mieux convenir à madame.

Elle disparut après avoir refermé les rideaux. Sylvie et Patrice se retrouvèrent seuls, en tête à tête.

— Quelle bonne femme! dit Patrice. Tu l'as eue sur le dos pendant six années?

— Oui.

— Je te plains! Tu es sûre qu'elle ne t'a pas reconnue?

— Ni elle ni personne dans la maison. A l'exception de cette vendeuse, dans les bras de laquelle on nous a jetés et qui est sûrement ma remplaçante, je les ai toutes retrouvées. Ce qui prouve que je ne travaillais pas dans une si mauvaise maison! Et pourquoi voudrais-tu qu'on me reconnaisse quand toi, qui as été mon amant, tu n'y es pas parvenu lorsque tu m'as revue hier soir?

— C'est vrai!

— Ne trouves-tu pas que c'est assez étonnant pour toi et moi d'être ici, jouant les époux, dans cette cabine où moi-même, pendant des années, j'ai fait essayer des robes à des femmes qui, elles, étaient réellement mariées?

— Oui...

— Tout à l'heure tu as été très gentil en affirmant que tu voulais faire des folies pour moi... Surtout n'en fais pas! Je ne veux absolument pas que tu dépenses inutilement de l'argent.

— Ma petite Sylvie, je trouve au contraire que c'est indispensable!

— Tu es fou, Patrice! Je ne suis pas venue ici pour qu'ils augmentent leur chiffre d'affaires, mais uniquement pour leur donner la leçon qu'ils méritent! Si tu achetais quelque chose, ce ne serait plus ma vengeance, mais leur profit! Pour la forme j'essaierai deux ou trois modèles sans engagement de ma part et en disant que je réfléchirai... Nous partirons dès qu'ils m'auront reconnue, car je veux qu'ils me reconnaissent!

— Comment vas-tu t'y prendre? Tu vas leur dire ton nom?

— « Notre » nom! Ne suis-je pas mariée? Mais sois tranquille : je ne donnerai pas ton véritable nom de famille... Je dirai seulement que je m'appelle maintenant Mme Sylvie Dubois, ou Dupont, ou Durand...

— C'est un peu banal. Il faudrait trouver autre chose...

— Pourquoi pas Mme Arden? C'est le nom de l'une des plus grandes maisons de produits de beauté... C'est tout indiqué et ça fait très international...

— Allons-y pour Arden!

— Sylvie et Patrice Arden, ça sonne magnifiquement!

Les rideaux de velours s'étaient rouverts. La directrice reparut.

— Voici, chère madame, un premier ensemble que nous n'avons encore présenté à personne et qui risque de vous plaire... Il est à la fois élégant et osé... Ça ne peut être porté que par une très jeune et très jolie femme.

Claire l'accompagnait, ayant le modèle sur les bras.

— Cette teinte en dégradé est une véritable trouvaille! dit la cliente. Je vais l'essayer... Chéri, si tu veux bien m'attendre devant la cabine? Dès que je l'aurai sur moi, je te ferai appeler pour que tu me donnes ton avis... Je tiens beaucoup à l'opinion de mon mari! Il a un goût très sûr.

— Ça ne m'étonne pas! répondit Mme Bernier de plus en plus suave. Chez *Marie-Caroline* nous adorons avoir l'avis des messieurs...

« Le mari » sortit de la cabine et attendit patiemment, comme tous les bons époux, que sa compagne fût prête à l'éblouir une fois de plus. Intentionnellement, il s'efforça de prendre l'allure la plus décontractée possible : celle d'un authentique époux qui a la sérénité du bonheur conjugal... Mais, dans le secret de ses pensées, il ne se sentait pas très à l'aise, M. Arden! Il avait hâte que ce jeu aussi cruel pour elle que pour lui et auquel il n'avait pas pu refuser de se prêter, prît fin. Il avait une crainte aussi : c'était que l'une des innombrables créatures qu'il connaissait n'entrât brusquement dans cette boutique très fréquentée! Au lieu de triompher, la pauvre Sylvie se couvrirait alors de ridicule.

Il sentait aussi que les autres petites vendeuses l'observaient avec une curiosité mêlée d'intérêt. Certaines mêmes parlaient à mi-voix entre elles. S'il avait pu les entendre, peut-être aurait-il savouré leur conversation rapide :

— Il n'est pas mal du tout, celui-là!

— C'est tout à fait le genre d'homme qu'il me faudrait...

— Elle est bien aussi, sa femme! Dommage pour nous!

— Tu as vu leur bagnole?

— Il y en a qui ont une de ces chances!

La voix de son épouse l'appela de la cabine :

— Chéri, viens voir... Je trouve que ça ne me va pas mal du tout. Et toi?

Il ne put qu'approuver. C'était à croire que le modèle avait été conçu pour Sylvie... Il était certain que, depuis qu'on lui avait refait la poitrine et qu'elle avait maigri, elle pouvait tout porter.

La directrice le souligna :

— Sincèrement, madame, vous avez ce que nous

appelons la taille mannequin... Mais mannequin de qualité! Tout en ayant des formes agréables, vous réussissez le miracle de rester élancée... C'est très rare! N'est-ce pas, monsieur?

— Je ne me plains pas trop.

— Vous pouvez même dire qu'avec une femme aussi jolie et aussi charmante, vous êtes comblé!

Un deuxième modèle « inédit » — une autre règle de la maison voulait qu'il n'y eût que des modèles « inédits » : c'était du moins ce qu'on disait à chaque cliente — fut apporté par Claire.

— Et ce petit deux-pièces, chère madame, qu'est-ce que vous en pensez?

— Il est adorable! N'est-ce pas, Patrice?

— Lui aussi est fait pour toi.

— Alors, je l'essaie!

Les rideaux se refermèrent. Le mari reprit sa position d'attente. Et il en fut ainsi, de modèle en modèle. Dès que la cliente en avait un sur elle, l'époux était consulté. A chaque fois, il approuvait : un mari en or.

La grande cabine était devenue une ruche où les robes ne cessaient plus d'affluer, portées par d'autres vendeuses qui avaient été réquisitionnées pour aider une Claire débordée. Toute la maison semblait électrisée. Son centre d'activité s'était déplacé vers cette cabine comme si les autres clientes, même les plus fidèles, ne comptaient plus. A chaque nouvel essayage, c'était un concert d'extases :

— Jamais, s'exclamait Mme la Directice, nous n'avons eu une cliente telle que madame! Ce serait véritablement un honneur pour *Marie-Caroline* si nous vous habillions...

Les grandes rumeurs courent vite. Celle-ci parvint

jusqu'au bureau du premier étage où Nat Venfel continuait à faire ses comptes. Après que le cinquième modèle eut été présenté et pratiquement plébiscité, la directrice était montée précipitamment lui dire :

— Nous avons en ce moment, dans une cabine, une cliente tout à fait exceptionnelle accompagnée de son mari. Elle devrait nous permettre de faire un bon chiffre tout en étant pour nous un remarquable porte-drapeau... Vous devriez venir la voir, monsieur Venfel.

Assez intrigué, parce que ces grands moments d'exaltation collective devenaient de plus en plus rares dans la profession, il descendit :

— Madame, monsieur, se hâta de dire Mme Bernier, notre patron, M. Nat Venfel, souhaiterait beaucoup vous être présenté...

Il s'avança, obséquieux et servile, en s'inclinant devant la cliente en puissance :

— Mad...

Il ne termina même pas le mot. Cloué sur place, ahuri, incapable de parler, « le patron » dévisageait la dame.

— Qu'est-ce qui vous arrive, cher monsieur? demanda celle-ci toute souriante.

— Il m'arrive... Je me demandais si c'était vrai, mais maintenant que vous venez de parler, j'en suis sûr! Sylvie!

— Voilà enfin quelqu'un qui m'a reconnue dans cette maison où je suis restée pendant des années! Je suis d'ailleurs très heureuse que ce soit vous, monsieur Venfel.

Mme Bernier, à son tour, avait écarquillé les yeux. Quant aux vendeuses, à l'exception de Mlle Claire qui ne l'avait pas connue auparavant, elles étaient médusées... Sylvie! C'était Sylvie, le laideron métamorphosé! La nouvelle courut dans la boutique et dans l'atelier du rez-de-chaussée : très vite on se bouscula devant la cabine pour « la » voir, cette revenante.

— J'ai toujours pensé, reprit Nat Venfel, que vous étiez une femme extraordinaire... Mais jamais, je le reconnais, je n'aurais pu croire que vous atteindriez à un pareil résultat! C'est admirable. C'est même un exploit! Il est inutile, je crois, de vous dire que vous êtes maintenant une très jolie femme... On a déjà dû tellement vous le répéter!

— Pas tellement... A l'exception cependant de mon mari que j'ai la joie de vous présenter : Patrice Arden... C'est lui qui a été l'artisan discret de ma transformation : il m'a tellement aimée depuis le premier jour où nous nous sommes rencontrés qu'il m'a embellie!

— Permettez-moi, monsieur, de vous adresser doublement mes félicitations, continua Venfel en serrant avec chaleur la main de Patrice. D'abord pour avoir épousé une jeune femme aussi intelligente... Ensuite pour avoir su la débarrasser de ce qui, pour elle, était une souffrance perpétuelle... Maintenant elle est heureuse : ça se voit! Il n'y a qu'à la regarder!

Modeste, ne sachant plus très bien quelle attitude prendre, « le mari » accepta les félicitations, pendant que le créateur de *Marie-Caroline* s'exclamait :

— Quel couple!

— Ne vous avais-je pas promis à tous, dit Sylvie, de venir vous présenter mon mari soit avant, soit après notre voyage de noces?

— Ce n'est pas la peine non plus de vous demander à l'un et à l'autre si celui-ci s'est bien passé?

— Ce fut le plus étonnant voyage que l'on puisse

imaginer! Patrice m'a donné carte blanche pour l'organiser... Aussi lui ai-je réservé de ces surprises! Regardez-le : même aujourd'hui, il n'en est pas encore revenu!

Il était vrai que l'époux semblait être resté complètement éberlué de ce qu'il avait dû voir...

— Dites-moi, patron... — ça me fait plaisir de vous appeler encore ainsi... Vous avez été pour moi un patron tellement gentil! — j'aimerais quand même savoir à quel détail vous m'avez reconnue. Même avant de vous avoir parlé, j'ai senti que quelque chose en moi vous avait frappé?

— C'est très simple. Quand je me suis incliné devant vous, en arrivant, j'ai vu la main que vous me tendiez... Et j'ai tout de suite réalisé qu'une main aussi fine et aussi gracieuse ne pouvait appartenir qu'à celle que nous appelions « notre petite Sylvie ».

— C'est assez curieux, ce que vous me dites là... En effet, on m'a déjà expliqué que l'une des rares choses que l'on ne puisse pas changer chez une femme, ce sont les attaches...

— Pourquoi ne pas avoir téléphoné pour nous prévenir de votre visite à tous les deux?

— Patrice et moi nous préférions vous réserver la surprise. Avouez qu'elle est de taille?

— Nous connaissions déjà votre prénom, monsieur, dit Mme Bernier qui venait à peine de retrouver ses esprits. Oui... Sylvie nous l'avait révélé juste avant la petite réception que nous avions préparée pour fêter son départ ainsi que vos fiançailles... Nous avons toutes été tellement déçues que vous n'ayez pas pu venir parmi nous ce soir-là à cause de ce malencontreux accident de voiture!

— L'accident? demanda Patrice.

— Mais oui, chéri, tu te souviens bien, voyons! Quand cette camionnette est rentrée dans ta voiture alors que tu revenais du golf...

— C'est possible, après tout!

— Mais ça l'est, mon amour!

— Pendant votre tour du monde, avez-vous pu vous servir de la caméra? demanda Venfel.

— La caméra? répéta le mari de plus en plus ahuri.

— Voyons, Patrice! Ce n'est pas possible! Je sais que tu es très amoureux mais enfin l'amour ne fait pas perdre la mémoire à ce point-là! Tu sais bien : ce merveilleux cadeau qui ne m'a pas quittée pendant tout le voyage... Je t'ai dit et redit qu'il était dû à une collecte qui avait été faite exprès pour moi parmi tout le personnel de *Marie-Caroline*... Ce n'est pas Patrice qui s'en est servi, mais moi! Quand les films seront développés, nous vous les montrerons à tous! Je crois qu'il va falloir maintenant nous sauver... Nous avons promis d'aller à un cocktail chez des amis de mon mari... C'est épouvantable : dès qu'on revient à Paris, les mondanités reprennent!

— Mais, s'empressa de demander la directrice, pour ces modèles que vous avez essayés, qu'est-ce que nous faisons, madame Arden? Aimeriez-vous que nous vous les réservions?

— Y a-t-il des retouches à faire? demanda Patrice.

— Pratiquement aucune, monsieur. Votre épouse a la taille idéale!

— Alors nous les emportons tous!

— Mais il y en a sept...

— Je les achète puisqu'ils plaisent à ma femme.

— Tu fais des folies, chéri!

— Je crois que je n'en ferai jamais assez pour toi...

Il avait sorti son portefeuille. Fort heureusement pour eux deux, il avait pris la précaution de passer à sa banque et de se munir largement de « liquide ». Avec le faux nom qu'ils avaient donné, comment aurait-il pu payer par chèque sans démolir le beau château de cartes?

— La caisse est par ici, monsieur, dit Mme Bernier en l'entraînant vers le fond du magasin. Nous allons faire tout de suite le compte.

Pendant ce temps, encerclée dans la cabine, Sylvie subissait l'assaut de ses anciennes camarades les vendeuses, auxquelles — par une faveur exceptionnelle — les arpètes de l'atelier avaient été autorisées à se joindre pour quelques instants. Les voix fusaient :

— Ce qu'il est bien ton mari!... Ça, c'est un homme! Et toi, qu'est-ce que tu es devenue belle!

Puis ce fut le départ, transformé en marche triomphale jusqu'à la Ferrari dans laquelle on empila les cartons. Ce furent des « Au revoir », des « Reviens vite nous voir » jusqu'à ce que la voiture démarrât dans un fracas de tonnerre. La dernière vision que les Arden eurent de *Marie-Caroline* fut celle de Nat Venfel et Mme Bernier faisant, sur le seuil de la boutique, de grands signes d'amitié qui exprimaient à la fois l'émotion, l'envie, la joie et surtout le souhait ardent de voir le couple prestigieux revenir vite faire l'emplette de nouveaux modèles...

Dès que la voiture fut dans une autre rue, Sylvie dit :

— Si cela t'arrange, tu peux me laisser ici, ou n'importe où... J'ai déjà pris beaucoup trop de ton temps.

— Mais non. Je suis bien allé te chercher devant ta porte, c'est normal que je t'y ramène. A cette heure-ci, tu ne trouverais pas de taxi et je me demande comment tu te débrouillerais avec tous ces paquets!

— Je t'avais demandé de ne rien acheter... Ce qui me gêne c'est qu'actuellement je ne peux pas te rembourser... Connaissant les prix que l'on pratique chez *Marie-Caroline*, cela a dû coûter une petite fortune!

— N'exagérons pas. Ça n'a même pas été cher en proportion de la leçon que tu viens de donner... Sais-tu que tu es une curieuse fille?

— C'est possible, mais ça ne sert pas à grand-chose d'être une telle fille! Je crois qu'on a plus de chances d'être heureuse quand on est médiocre...

— Ne recommence pas à dire des bêtises! Je vais même te faire un compliment, qui va peut-être te paraître un peu vulgaire, mais que je n'ai jamais adressé à une femme... Et Dieu sait si j'en ai rencontré! Tu as du ventre, Sylvie!

— Merci... En tout cas, tout à l'heure dans la boutique, toi et moi nous avons été très bien.

— J'ai fait ce que j'ai pu! Si tu crois que c'était facile avec toutes ces choses dont tu ne m'avais pas parlé : la réception de fiançailles, « mon » prétendu accident de voiture, la caméra...

— Des détails sans importance...

La Ferrari allait vite, trop vite à son gré. Elle aurait souhaité que le trajet ne se terminât jamais. Quand la voiture s'arrêta devant son immeuble, elle eut comme l'impression que le monde s'écroulait.

— On s'embrasse? dit Patrice.

— Sur la joue seulement... Tu serais encore capable de me dire que ma bouche te plaît toujours! Et comme je ne veux plus entendre de mensonges...

Elle était déjà sortie de la voiture.

— Passe-moi « mes » robes, dit-elle. Pour une fois que je vais crouler sous la nouvelle mode! Je me fais l'effet d'être la plus importante cliente de *Marie-Caroline*... C'est presque flatteur!

— Tu n'arriveras jamais à monter jusque chez toi avec ce fardeau! Veux-tu que je t'accompagne jusqu'à ton appartement?

— Jamais de la vie! C'était plus tôt qu'il fallait venir... Aujourd'hui, c'est trop tard! Bye! Et bonne chance, Patrice!

Elle s'enfuit sous le porche de l'immeuble, encombrée de ses paquets.

Il attendit pendant quelques secondes avant d'embrayer. Puis il haussa les épaules et partit. Mais, dans le fond de son cœur, il n'était pas tellement fier... Alors que la voiture commençait à rouler, il se demandait si cela n'aurait pas valu la peine de tenter à nouveau l'aventure avec celle dont le physique ne lui disait plus rien mais dont le cran le laissait rêveur...

Enfermée chez elle, Sylvie n'eut même pas le courage d'ouvrir les cartons pour passer les robes, ainsi que le fait toute femme qui vient d'acheter une nouveauté. Sa décision était prise. Maintenant que son numéro chez *Marie-Caroline* avait pris fin, elle n'avait plus envie d'éblouir personne. Elle comprenait que son besoin effréné de plaire, en la poussant à utiliser tous les moyens, ne l'avait conduite qu'à la faillite de ses rêves. L'insolence de sa beauté était devenue une arme terrible qui s'était retournée contre elle-même. Ne se sentant plus la force de faire des conquêtes, elle trouvait plus sage de disparaître.

La veille au soir, lorsqu'elle était revenue de chez Patrice, elle avait eu tout le temps d'étudier son « chez elle » d'un œil nouveau... Ce petit appartement qu'elle avait aménagé pour créer le cadre de sa solitude alors qu'elle n'avait pas encore connu l'amour, lui apparaissait mesquin et inutile depuis qu'elle avait vécu une grande passion... Elle savait aussi que celle-ci ne pourrait mourir qu'avec elle. Alors, pourquoi attendre? Pourquoi continuer à espérer l'impossible? Son instinct de femme lui faisait réaliser que, malgré la compréhension dont il semblait avoir fait preuve cet après-midi, Patrice ne serait plus jamais à elle. Il n'avait consenti à jouer le rôle du faux époux que pour terminer amicalement ce qui n'avait été pour lui qu'une aventure de plus. Le cadeau de rupture était là, sous la forme d'un joli lot de robes. Ce soir, le beau Patrice aurait la conscience tout à fait tranquille.

En quoi cela lui importerait-il s'il apprenait que la petite vendeuse tellement laide, rencontrée au hasard d'une discothèque, s'était bêtement suicidée au gaz, comme tant de désespérés? L'appartement n'était pas vaste : il se prêtait admirablement à ce genre de départ... Ce ne serait qu'un fait divers. Qui sait d'ailleurs si Patrice en serait jamais informé? Et, s'il l'était, peut-être saurait-il trouver les mots composant l'oraison funèbre : « *C'était une curieuse fille...* »

Allons, le plus tôt serait le mieux!

Alors qu'elle commençait, avec calme, à calfeutrer toutes les ouvertures, on sonna à la porte. Et comme elle restait figée, dans le plus grand silence, pour faire croire qu'elle n'était pas là, le timbre de la sonnette retentit à nouveau. On insistait, on frappait même à coups redoublés contre la porte. Qui pouvait se permettre ainsi de venir interrompre les préparatifs du grand voyage? Qui osait violer le dernier de ses secrets, celui qu'elle emporterait avec elle sans laisser aucune explication?

Une voix cria sur le palier, une voix qu'elle reconnut aussitôt :

— Ouvre, Sylvie! Je sais que tu es là...

La voix de Dédé.

Après tout, pourquoi ne le recevrait-elle pas? C'était le seul qui s'était toujours montré honnête à son égard... Depuis des mois, il ne lui avait jamais menti. Il avait toujours répété la même chose : qu'il l'aimait... Une fois encore, elle l'écouterait le lui dire : ce serait agréable... Ensuite elle lui offrirait un dernier whisky, puisqu'il affectionnait tant ce breuvage, puis elle le laisserait repartir après lui avoir dit gentiment bonsoir et sans rien lui révéler de sa décision.

La dernière fois qu'ils s'étaient vus, il s'en était allé en lui disant adieu. Et pourtant, le voilà qui revenait... C'était donc qu'il avait besoin de la revoir. Ne valait-il pas mieux que le dernier visage vivant fût pour elle celui d'un ami? On ne doit pas quitter ce monde brouillé avec un ami... Elle ouvrit.

— Qu'est-ce que tu faisais? demande-t-il.

— Rien... Ou plutôt si : des rangements... J'ai acheté tellement de robes que je ne sais pas où les mettre!

— Laisse-moi d'abord te regarder depuis le temps que je ne t'ai vue! Tu parais être en pleine forme?

— Comme tu le dis... Et toi, Dédé, ça va?

— Ça irait mieux si on se voyait un peu plus souvent.

— Toi au moins, tu ne changes pas d'idée.

— Tu sais bien que je suis têtu... Dis-moi : c'est vrai ce qu'on vient de me raconter, il y a une heure, chez *Marie-Caroline*?

— Quoi?

— Que tu y étais venue avec ton mari, un certain

M. Arden qui est, paraît-il, beau comme un dieu... Qu'est-ce que c'est que cette histoire? C'est vrai?

— Ça t'ennuierait que je me sois mariée?

— Oui!

— Et toi, qu'est-ce que tu es allé faire chez *Marie-Caroline*?

— J'y suis allé pour mon boulot. J'y suis passé vingt minutes à peine, m'a-t-on dit, après ton départ... dans une somptueuse Ferrari.

— Ça, c'est vrai.

— Alors, es-tu mariée, oui ou non?

— Si je l'étais, penses-tu que je serais seule ici?

— Qui est cet Arden?

— Un personnage d'invention...

— Tu te f... de moi?

— Non, Dédé! C'est un homme qui n'existe pas et dont j'ai même fabriqué le nom...

— Tout le monde l'a pourtant vu et lui a parlé chez *Marie-Caroline!*

— Ce sont des imaginatifs...

— Ils m'ont même dit qu'il t'avait offert je ne sais combien de robes.

— Elles sont dans ces paquets que je n'ai même pas encore défaits.

— Ce n'est pas de l'imagination, mais du réel, ça! Alors?

— Mais enfin, Dédé, c'est pour me faire une scène de ménage que tu es venu? Je te rappelle que je ne suis pas plus mariée avec toi qu'avec un M. Arden!

— C'est l'un de tes amants?

— L'un de mes... Comme si j'en avais plusieurs à la fois! J'ai toujours préféré les choisir l'un après l'autre...

— Celui-là, c'est l'actuel?

— Il y a longtemps que c'est terminé avec lui! Et sais-tu pourquoi? Parce qu'il était exactement comme toi : il ne m'aimait que laide!... A propos, la dernière fois où nous nous sommes chamaillés — oui, je crois que toi et moi nous sommes condamnés à nous disputer éternellement! — c'était avant que je ne me fasse remonter la poitrine et arranger les dents... Qu'est-ce que tu penses du résultat?

— Rien!

— C'est peu... N'est-elle pas plus « excitante », ma poitrine? Et mes dents... Regarde, Dédé, comme elles sont belles! Quel sourire! Tu n'approuves toujours pas? Si tu boudes encore, c'est donc que je t'ai manqué pendant ces mois de séparation?

— Je n'ai pas honte de l'avouer. Et toi? As-tu pensé une seule fois à moi?

— C'est amusant ce que tu viens de dire... J'ai posé exactement la même question, hier, à M. Arden! Eh bien, lui n'avait pas pensé à moi! Et ce n'est même que maintenant, au moment où je te le dis, que je réalise que ce doit être la vraie raison pour laquelle je l'ai liquidé!

— Sois franche : c'est toi ou lui qui s'est débarrassé de l'autre?

— Jusqu'à ton arrivée, je croyais que c'était lui... Mais, une fois de plus, je commettais une erreur... C'est moi qui n'ai pas voulu renouer, aussi bien hier soir que cet après-midi, lorsqu'il m'a ramenée ici avec toutes ces robes qu'il a payées... Sans même m'en rendre compte, j'ai dû comprendre que, si nous remettions ça, lui et moi, ce ne serait toujours que du replâtrage. C'est pourquoi j'ai préféré fuir... Avec toi, au contraire, c'est autre chose : ta force, Dédé, c'est qu'il ne s'est jamais rien passé entre nous... C'est formidable, un homme qui vous a respectée! De cela aussi je me rends compte aujourd'hui... Je devais être folle!

— C'est ton besoin de plaire qui t'a tourné la tête... Si tu avais compris tout de suite que tu me plaisais, les choses auraient été beaucoup plus simples!

— Mais non, Dédé, parce que toi, jusqu'à ce soir, tu ne me plaisais pas! Je te trouvais laid... Oui! Sans doute était-ce parce que moi aussi, j'étais un laideron. Tandis que maintenant que je sais être jolie, ce n'est plus pareil... Je me demande même si je ne vais pas apprécier ta laideur. C'est la loi des contrastes qui joue en notre faveur...

Interloqué par ce qu'il venait d'entendre, il la regarda en silence, derrière ses lunettes de myope, pendant un long moment, puis il dit :

— Est-ce que tu te rends compte que c'est la première fois que tu me parles ainsi?

— Oui, et je ne le regrette pas.

— Tu es sincère, Sylvie?

Ce fut elle, cette fois, qui demeura muette. Il reprit :

— S'il en était ainsi, pourquoi ne tenterions-nous pas ensemble l'expérience du bonheur?

— J'y mettrais une condition : c'est que tu m'emmènes loin, très loin de ce Paris que je ne peux plus voir et où je ne peux même plus me faire admirer puisque, depuis cet après-midi, certaines personnes qui ont tendance à bavarder sont convaincues que je m'appelle Mme Arden!

— Depuis quelque temps déjà, une importante agence de presse américaine m'offre de devenir son correspondant permanent au Brésil. Je gagnerais beaucoup plus d'argent qu'ici...

— Ça tombe bien parce que moi, je suis complètement fauchée! Ça coûte cher, tu sais, de devenir belle!

— Je t'avais prévenue... Mais, pour revenir à l'offre que l'on m'a faite, je dois dire que j'hésitais.

— Tu avais tort! L'avenir appartient à ceux qui savent s'expatrier.

— Je le sais, seulement ça m'ennuyait de mettre encore un peu plus de distance entre nous... C'est bizarre, mais une sorte de conviction intime me faisait croire qu'un jour viendrait fatalement où tu aurais besoin de ma présence à un moment où tu t'apprêterais à faire une grosse bêtise...

— Quand as-tu pensé cela?

— Souvent... Mais, je ne sais pas pourquoi, plus particulièrement hier soir et ce soir... C'est pourquoi je suis venu... Alors, Rio de Janeiro, ça te dit quelque chose?

— Si ça me dit? Mais c'était l'une des étapes prévues dans mon voyage de noces imaginaire! Quand partons-nous?

— Le plus tôt possible. Je vais activer les choses.

— Regarde...

Elle désignait les cartons, toujours fermés, portant la griffe de *Marie-Caroline*.

— En tout cas, tu n'auras pas de frais à faire au départ pour m'habiller... J'ai là toute une garde-robe qui va épater les Brésiliens! C'est très important pour un homme d'avoir une compagne élégante, surtout à l'étranger! Disons que c'est ma dot...

— Tu dînes avec moi ce soir?

— Tous les soirs, si tu le veux.

— Je vais t'emmener dans l'un de ces petits bistrots...

— Où cette fois, je serai la plus belle, Dédé!

Il la regarda pendant quelques secondes avant de dire, en souriant :

— C'est drôle... Je crois que je vais finir par m'habituer à l'idée que tu es devenue belle...

BELLONCI Maria	***Renaissance privée*** *2637/**6**** *Inédit*
BENZONI Juliette	***Un aussi long chemin*** *1872/**4****
	Le Gerfaut des Brumes :
	-Le Gerfaut *2206/**6****
	-Un collier pour le diable *2207/**6****
	-Le trésor *2208/**5****
	-Haute-Savane *2209/**5****
BEYALA Calixthe	***C'est le soleil qui m'a brûlée*** *2512/**2****
BINCHY Maeve	***Nos rêves de Castlebay*** *2444/**6****
BISIAUX M. et JAJOLET C.	***Chat plume - 60 écrivains parlent de leurs chats*** *2545/**5****
	Chat huppé - 60 personnalités parlent de leurs chats *2646/**6****
BLIER Bertrand	***Les valseuses*** *543/**5****
BOMSEL Marie-Claude	***Pas si bêtes*** *2331/**3**** *Illustré*
BORGES et BIOY CASARES	***Nouveaux contes de Bustos Domecq*** *1908/**3****
BOURGEADE Pierre	***Le lac d'Orta*** *2410/**2****
BRADFORD Sarah	***Grace*** *2002/**4****
BROCHIER Jean-Jacques	***Un cauchemar*** *2046/**2****
	L'hallali *2541/**2****
BRUNELIN André	***Gabin*** *2680/**5*** & 2681/**5**** *(Novembre 89) Illustré*
BURON Nicole de	***Vas-y maman*** *1031/**2****
	Dix-jours-de-rêve *1481/**3****
	Qui c'est, ce garçon ? *2043/**3****
CALDWELL Erskine	***Le bâtard*** *1757/**2****
CARS Guy des	***La brute*** *47/**3****
	Le château de la juive *97/**4****
	La tricheuse *125/**3****
	L'impure *173/**4****
	La corruptrice *229/**3****
	La demoiselle d'Opéra *246/**3****
	Les filles de joie *265/**3****
	La dame du cirque *295/**2****
	Cette étrange tendresse *303/**3****
	L'officier sans nom *331/**3****
	Les sept femmes *347/**4****
	La maudite *361/**3****
	L'habitude d'amour *376/**3****
	La révoltée *492/**4****
	Amour de ma vie *516/**3****
	La vipère *615/**4****
	L'entremetteuse *639/**4****
	Une certaine dame *696/**4****
	L'insolence de sa beauté *736/**3****
	Le donneur *809/**2****
	J'ose *858/**2****

	La justicière 1163/2*
	La vie secrète de Dorothée Gindt 1236/2*
	La femme qui en savait trop 1293/2*
	Le château du clown 1357/4*
	La femme sans frontières 1518/3*
	Les reines de coeur 1783/3*
	La coupable 1880/3*
	L'envoûteuse 2016/5*
	Le faiseur de morts 2063/3*
	La vengeresse 2253/3*
	Sang d'Afrique 2291/5*
	Le crime de Mathilde 2375/4*
	La voleuse 2660/3*
CARS Jean des	Elisabeth d'Autriche ou la fatalité 1692/4*
CASSAR Jacques	Dossier Camille Claudel 2615/5*
CATO Nancy	L'Australienne 1969/4* & 1970/4*
	Les étoiles du Pacifique 2183/4* & 2184/4*
	Lady F. 2603/4*
CESBRON Gilbert	Chiens perdus sans collier 6/2*
	C'est Mozart qu'on assassine 379/3*
CHABAN-DELMAS Jacques	La dame d'Aquitaine 2409/2*
CHAVELET J. et DANNE E. de	Avenue Foch / Derrière les façades... 1949/3*
CHEDID Andrée	La maison sans racines 2065/2*
	Le sixième jour 2529/3*
	Le sommeil délivré 2636/3*
CHOW CHING LIE	Le palanquin des larmes 859/4*
	Concerto du fleuve Jaune 1202/3*
CHRIS Long	Johnny 2380/4* Illustré
CLANCIER Georges-Emmanuel	Le pain noir :
	1-Le pain noir 651/3*
	2-La fabrique du roi 652/3*
	3-Les drapeaux de la ville 653/4*
	4-La dernière saison 654/4*
CLAUDE Madame	Le meilleur c'est l'autre 2170/3*
CLAVEL Bernard	Le tonnerre de Dieu qui m'emporte 290/1*
	Le voyage du père 300/1*
	L'Espagnol 309/4*
	Malataverne 324/1*
	L'hercule sur la place 333/3*
	Le tambour du bief 457/2*
	L'espion aux yeux verts 499/3*
	La grande patience :
	1-La maison des autres 522/4*
	2-Celui qui voulait voir la mer 523/4*
	3-Le cœur des vivants 524/4*
	4-Les fruits de l'hiver 525/4*

	Le Seigneur du Fleuve 590/3*
	Pirates du Rhône 658/2*
	Le silence des armes 742/3*
	Tiennot 1099/2*
	Les colonnes du ciel :
	1-La saison des loups 1235/3*
	2-La lumière du lac 1306/4*
	3-La femme de guerre 1356/3*
	4-Marie Bon Pain 1422/3*
	5-Compagnons du Nouveau-Monde 1503/3*
	Terres de mémoire 1729/2*
	Bernard Clavel Qui êtes-vous ? 1895/2*
	Le Royaume du Nord :
	-Harricana 2153/4*
	-L'Or de la terre 2328/4*
	-Miséréré 2540/4*
CLERC Christine	L'Arpeggione 2513/3*
CLERC Michel	Les hommes mariés 2141/3*
COCTEAU Jean	Orphée 2172/2*
COLETTE	Le blé en herbe 2/1*
COLLINS Jackie	Les dessous de Hollywood 2234/4* & 2235/4*
COMPANEEZ Nina	La grande cabriole 2696/4* (Décembre 89)
CONROY Pat	Le Prince des marées 2641/5* & 2642 /5*
CONTRUCCI Jean	Un jour, tu verras... 2478/3*
CORMAN Avery	Kramer contre Kramer 1044/3*
CUNY Jean-Pierre	L'aventure des plantes 2659/4*
DANA Jacqueline	Les noces de Camille 2477/3*
DAUDET Alphonse	Tartarin de Tarascon 34/1*
	Lettres de mon moulin 844/1*
DAVENAT Colette	Les émigrés du roi 2227/6*
	Daisy Rose 2597/6*
DEFLANDRE Bernard	La soupe aux doryphores ou dix ans en 40 2185/4*
DHOTEL André	Le pays où l'on n'arrive jamais 61/2*
DICKENS Charles	Espoir et passion (Un conte de deux villes) 2643/5*
DIDEROT Denis	Jacques le fataliste et son maître 2023/3*
DJIAN Philippe	37°2 le matin 1951/4*
	Bleu comme l'enfer 1971/4*
	Zone érogène 2062/4*
	Maudit manège 2167/5*
	50 contre 1 2363/3*
	Echine 2658/5*
DORIN Françoise	Les lits à une place 1369/4*
	Les miroirs truqués 1519/4*
	Les jupes-culottes 1893/4*

DUFOUR Hortense	*Le Diable blanc (Le roman de Calamity Jane)* 2507/**4**★
DUMAS Alexandre	*La dame de Monsoreau* 1841/**5**★
	Le vicomte de Bragelonne 2298/**4**★ & 2299/**4**★
DUNNE Dominick	*Pour l'honneur des Grenville* 2365/**4**★
DYE Dale A.	*Platoon* 2201/**3**★ Inédit
DZAGOYAN René	*Le système Aristote* 1817/**4**★
EGAN Robert et Louise	*La petite boutique des horreurs* 2202/**3**★ Illustré
Dr **ETIENNE** J. et **DUMONT** E.	*Le marcheur du Pôle* 2416/**3**★
EXBRAYAT Charles	*Ceux de la forêt* 2476/**2**★
FIELDING Joy	*Le dernier été de Joanne Hunter* 2586/**4**★
FLAUBERT Gustave	*Madame Bovary* 103/**3**★
FOUCAULT Jean-Pierre & Léon	*Les éclats de rire* 2391/**3**★
FRANCK Dan	*Les Adieux* 2377/**3**★
FRANCOS Ania	*Sauve-toi, Lola !* 1678/**4**★
FRISON-ROCHE Roger	*La peau de bison* 715/**2**★
	La vallée sans hommes 775/**3**★
	Carnets sahariens 866/**3**★
	Premier de cordée 936/**3**★
	La grande crevasse 951/**3**★
	Retour à la montagne 960/**3**★
	La piste oubliée 1054/**3**★
	Le rapt 1181/**4**★
	Djebel Amour 1225/**4**★
	Le versant du soleil 1451/**4**★ & 1452/**4**★
	Nahanni 1579/**3**★ Illustré
	L'esclave de Dieu 2236/**6**★
FYOT Pierre	*Les remparts du silence* 2417/**3**★
GEDGE Pauline	*La dame du Nil* 2590/**6**★
GERBER Alain	*Une rumeur d'éléphant* 1948/**5**★
	Le plaisir des sens 2158/**4**★
	Les heureux jours de monsieur Ghichka 2252/**2**★
	Les jours de vin et de roses 2412/**2**★
GOES Albrecht	*Jusqu'à l'aube* 1940/**3**★
GOISLARD Paul-Henry	Sarah :
	1-La maison de Sarah 2583/**5**★
	2-La femme de Prague 2661/**4**★
GORBATCHEV Mikhaïl	*Perestroïka* 2408/**4**★
GOULD Heywood	*Cocktail* 2575/**5**★ Inédit
GRAY Martin	*Le livre de la vie* 839/**2**★
	Les forces de la vie 840/**2**★
	Le nouveau livre 1295/**4**★
GRIMM Ariane	*Journal intime d'une jeune fille* 2440/**3**★
GROULT Flora	*Maxime ou la déchirure* 518/**2**★
	Un seul ennui, les jours raccourcissent 897/**2**★
	Ni tout à fait la même, ni tout à fait une autre 1174/**3**★

	Une vie n'est pas assez 1450/**3***
	Mémoires de moi 1567/**2***
	Le passé infini 1801/**2***
	Le temps s'en va, madame.... 2311/**2***
GUIROUS D. et GALAN N.	*Si la Cococour m'était contée* 2296/**4*** Illustré
GURGAND Marguerite	*Les demoiselles de Beaumoreau* 1282/**3***
HALEY Alex	*Racines* 968/**4*** & 969/**4***
HARDY Françoise	*Entre les lignes entre les signes* 2312/**6***
HAYDEN Torey L.	*L'enfant qui ne pleurait pas* 1606/**3***
	Kevin le révolté 1711/**4***
	Les enfants des autres 2543/**5***
HEBRARD Frédérique	*Un mari c'est un mari* 823/**2***
	La vie reprendra au printemps 1131/**3***
	La chambre de Goethe 1398/**3***
	Un visage 1505/**2***
	La Citoyenne 2003/**3***
	Le mois de septembre 2395/**2***
	Le harem 2456/**3***
	La petite fille modèle 2602/**3***
	La demoiselle d'Avignon 2620/**4***
HEITZ Jacques	*Prélude à l'ivresse conjugale* 2644/**3***
HILL Susan	*Je suis le seigneur du château* 2619/**3***
HILLER B.B.	*Big* 2455/**2***
HORGUES Maurice	*La tête des nôtres (L'oreille en coin/France Inter)* 2426/**5***
ISHERWOOD Christopher	*Adieu à Berlin (Cabaret)* 1213/**3***
JAGGER Brenda	*Les chemins de Maison Haute* 1436/**4*** & 1437/**4***
	Antonia 2544/**4***
JEAN Raymond	*La lectrice* 2510/**2***
JONG Erica	*Les parachutes d'Icare* 2061/**6***
	Serenissima 2600/**4***
JYL Laurence	*Le chemin des micocouliers* 2381/**3***
KASPAROV Gary	*Et le Fou devint Roi* 2427/**4***
KAYE M.M.	*Pavillons lointains* 1307/**4*** & 1308/**4***
	L'ombre de la lune 2155/**4*** & 2156/**4***
	Mort au Cachemire 2508/**4***
KENEALLY Thomas	*La liste de Schindler* 2316/**6***
KIPLING Rudyard	*Le livre de la jungle* 2297/**2***
	Simples contes des collines 2333/**3***
	Le second livre de la jungle 2360/**2***
KONSALIK Heinz G.	*Amours sur le Don* 497/**5***
	La passion du Dr Bergh 578/**3***
	Dr Erika Werner 610/**3***
	Aimer sous les palmes 686/**2***
	Les damnés de la taïga 939/**4***
	L'homme qui oublia son passé 978/**2***

736

Impression Brodard et Taupin
à La Flèche (Sarthe) le 3 novembre 1989
6535B-5 Dépôt légal novembre 1989
ISBN 2-277-11736-6
1er dépôt légal dans la collection : oct. 1987
Imprimé en France
Editions J'ai lu
27, rue Cassette, 75006 Paris
diffusion France et étranger : Flammarion